民国人文丛书

民国情事

介子平 著

山西出版传媒集团

北岳文艺出版社

·太原

图书在版编目（CIP）数据

民国情事 / 介子平著 . —太原：北岳文艺出版社，
2023.8
ISBN 978-7-5378-6726-9

Ⅰ.①民… Ⅱ.①介… Ⅲ.①散文集—中国—当代
Ⅳ.①I267

中国版本图书馆 CIP 数据核字（2023）第 102903 号

民国情事

介子平　著

//

出 品 人
郭 文 礼

选题策划
关 志 英

责任编辑
关 志 英

装帧设计
张 永 文

印装监制
郭 勇

出版发行：山西出版传媒集团·北岳文艺出版社
地址：山西省太原市并州南路 57 号
邮编：030012
电话：0351-5628696（发行部）　0351-5628688（总编室）
传真：0351-5628680
经销商：新华书店
印刷装订：山西人民印刷有限责任公司

开本：890 mm × 1240mm　1/32
字数：176 千字　印张：7.625
版次：2023 年 8 月第 1 版
印次：2023 年 8 月山西第 1 次印刷
书号：ISBN 978-7-5378-6726-9
定价：68.00 元

不讲故事，只讲现象，现象背后隐藏着观点。本集所选，皆为这一时期发生在文化人中间的情感故事，没有波澜壮阔，却也刻骨铭心，没有浓墨重彩，却也暗香浮动。

时间长河，不停流逝，唯有情事，代代不竭。枉费了，意悬悬半世心；好一似，荡悠悠三更梦。同一情感，不光民国有，不同时空，不同记忆，《诗经》里唱过，《古诗十九首》里吟过，记忆存储在时空的每个角落。经历晚清数十年的启蒙，至民国，民智开启，人性解放，与昔时相比，虽也无外家国情怀，男女情愫，看上去已然戛戛独造，别开生面。明月转廊，家与国情怀，如鸟之双翼；高烛红妆，男与女情愫，似剪之双刃。所谓缺一不可者，半张钞票只有找到另一半，方有价值。故曰人能尽其情，与地能尽其利、物能尽其用、货能畅其流，同等当紧。任鸿隽说："现在观察一国文明程度高低，不是拿广土众民、坚甲利兵作标准，而是用人民知识的高明，社会组织的完备和一般生活的进化来作衡量标准的。"情事纹路可归一般生活类，其高明，在进化。情至深处，诗最美，这个世界的佳景，唯有自由了羁绊的心灵，才会遇到。

此间，男女情感也可以更为自由地表达，其开放度，今人或有不及，比如同居登报广告，离婚也要登报说明。熊希龄与毛彦文、潘赞化与潘玉良、郁达夫与王映霞、沈从文与张兆和、鲁迅与许广平、徐悲鸿与蒋碧薇等等情感大戏之外，尚有诸多鲜为人知的小戏。拨动心弦者，知音，撞击心灵者，爱意，有道是台上曲含泪，曲终人断肠。日暮天际，一叶归舟，若有一张青春的返程票，最想寻觅者，定是那些无以挽回的情感。比如婚礼，1929年的圣诞节，国民革命军第十路航空司令刘沛泉与南京女子中学教师王素贞结婚，二人在上海虹桥机场乘坐民用一号飞机，在空中完成了婚礼。待升至一定高度，在机舱里交换戒指，宣读结婚证书，完成了系列婚礼仪式，而后安全降落。这个中国历史上第一次空中婚礼，后来还被拍成了纪录片。

感天动地，感动的只是自己。天地尽头，可与自己的初时模样会面。而动人之事，往往不大，尤其涉及人性方面者。于陌生故事里，似曾相识；在熟悉文字间，似是而非。平凡中的真情，未必绚烂，却闪烁。雪莱说"一个人如果不是真正有道德，就不可能真正有智慧"，而一个人如果不是真正有道德，也不会做出动人之事。清者自清，浊者自浊，从哄堂大笑，到热泪盈眶，那些不太正经的君子，那些做人两难的政客，同样演绎过动人故事。

栀子比众木，人间诚未多，动人故事，源自真情实感，此情与彼情，因了在同一频率。正襟危坐的胡适之赞叹陆小曼的美貌，"陆小曼是北京城一道不可不看的风景"，生性木讷的朱生豪十载书信于宋清如，"我愿意舍弃一切，以想念你终此一生"。古者富贵而名磨灭，不可胜记，唯倜傥非常之人称焉。

东风袅袅，二月二日江上行；香雾空蒙，东风日暖闻吹笙。"于千万人之中遇见你所遇见的人，于千万年之中，时间的无涯的荒野里，没有早一步，也没有晚一步，刚巧赶上了"，合久必婚，却是好事难成，落花满径夜雨，头浇冷水透心凉。他日之因，今日之果，其实好的文字，都是情感的并发症。

那是一个摧毁与创新的时代，一个革命与流血的时代。几十年前民国文人说过的话，或仍适用于当下，今天的人们仍需以旧时毒舌来抵抗当下的庸俗。发生过的情感故事，今日读来，依旧津津有味，那个时代离我们并不遥远。

是为序。

作　者

目录

征婚

伦理重婚姻，诗三百，关雎第一，夫妇配定，家族始成。自古婚姻大事，必待父母之命，媒妁之言。《孟子·滕文公下》曰："不待父母之命，媒妁之言，钻穴隙相窥，逾墙相从，则父母国人皆贱之。"礼教也。偶有"月上柳梢头，人约黄昏后"互赠信物者，有"待月西厢下，迎风户半开"私订终身者，也只在娱人的文学作品中有所闻，却未见现实中的公开征婚，且要张榜出示，告白于世。王韬周游列国，见识过现代生活，且素喜嫖妓，但对于挑选终身伴侣的标准颇为严格："娶一旧家女郎，容不必艳，而自有一种妩媚，不胜顾影自怜之态。性情尤须和婉，明慧柔顺而不妒，居家无急言遽色。女红细巧，烹饪精洁，倘能作诗作字更佳。薄能饮酒，粗解音律。每值花晨月夕，啜茗相对，茶香入牖，炉篆萦帘，时与鬟影萧疏相间，是亦闺中之乐事，而人生之一快也。"此标准，说说而已。然民国前后，西风东渐，风气为之大开。

佳偶天成，爱妻早逝。1900 年夏，三十三岁的蔡元培丧偶后，提亲者不计其数。面对纷至沓来的媒人，其写下一纸征婚启事，贴在书房墙壁："（一）女子须不缠足者；（二）须识字者；（三）男子不娶妾；（四）男死后，女可再嫁；（五）夫妇如不相和，可离婚。"此做法可谓离经叛道，混淆纲常。对女子提出要求的同时，自己也作出"男子不娶妾"等等的承诺，为婚姻平等之具体化。"可再嫁""可离婚"，更是对"三纲五常"思想的宣战。消息传开，一时间沸沸扬扬，但无一应征者。1921 年 1 月，蔡元培的续弦夫人黄世振也病逝。蔡元培再续娶，此次提出的条件是："（一）原有相当认识；（二）年龄略大；（三）熟谙英文而能为研究助手者。"违背礼教，即大逆不道，其行为有故作宣示之意，蔡先生是那个时代的思想先驱，且为果敢行动之人。然这两则征婚广告，只张挂于壁而已。

1912 年底，四十四岁的章太炎丧偶，众人为之提亲，问及择偶条件，对曰："人之娶妻当饭吃，我之娶妻当药用。两湖人甚佳，安徽人次之，最不适合者为北方女子，广东女子言语不通，如外国人，那是最不敢当的。"其还在北京《顺天时报》登载征婚广告，此举轰动全国。他对女方提出了三个条件："一须文理通顺，能作短篇；二须大家闺秀；三须有服从性质，不染习气。"1913 年，在孙中山秘书张通典的介绍下，章太炎娶汤国梨为妻，汤为乌镇人，第一条便不符合要求，条件归条件，实际归实际，终归有出入。

1923 年冬，冯玉祥的原配夫人因病去世。其后，好友僚属劝其续娶，他遂接受好意。消息传出，仗其位高权重，提亲者门限为穿。本人却一个都相不中，遂提出择偶三条件，并由友人在报端做征婚广告："不穿绫罗绸缎，只能穿粗布衣裳，吃粗茶淡饭；能纺纱织布，会自食其力；必须抚养前房子女。"此征婚广告一出，轰动效应，可想而知。

1933年10月13日的《东海日报》刊出徐玉诺征婚启事："徐玉诺征求伴侣：敝人独处九年，深感不便，今征求伴侣，凡北方女子年在四十岁以上，能缝纫，善作面条，并无嗜好，愿与敝人技术合作者，请来八中教育宿舍接洽。"这在烟台可谓破天荒之事。

名人尽情表演，平民百姓也不甘落后。民国初年《申报》刊出一首打油诗："无媒婚嫁始文明，奠雁牵羊礼早更。最爱万人齐着眼，看侬亲手挽郎行。"近代上海处处引领风气之先，男女平等思潮渐入人心。1931年7月6日的上海《民国日报》刊出一则男青年的征婚启事："我所希望于女子者，约有十项：一、要有清洁的嗜好和能力；二、要有概括的眼光以及学识；三、要有缜密而周到的心思；四、要有充量而素养的情感；五、要有治家的兴趣和能力；六、不要眼光势力；七、不要自我太强；八、不要太无意见；九、不要见人羞怯；十、不要态度虚浮。"

男人也罢，该报同日更有破天荒之举，竟刊登了一则启事，题为《一般女士征求如意郎君的标准》："一、面貌俊秀，中段身材，望之若庄严，亲之甚和蔼；二、学不在博而在有专长；三、高尚的人格；四、风姿潇洒，身体壮健，精神饱满，服饰洁朴；五、对于女子的情爱，专而不滥，诚而不欺；六、经济有相当的独立；七、没有烟酒等不良嗜好；八、有创造的精神，有保守的能力。"

1931年9月16日《大公报》刊登过一则男性征婚启事："余二十七岁，现中校职，世界主义之泛东方者。欲聘精通英文，具有姿色，富革命思想。长政治、外交，不尚虚荣，年在十七上、二十五下者为内助。有意者请函济南按察司街马子贞转刘海涛。"

这样的择偶条件，多是原则性的泛泛而谈，具有向上向善意愿，故今天的男女青年大致也能接受，标准未降，仅需次序调整，凸显经济第一而已。但其中还是有所区别的，比如《民国日报》男子的征婚条件之九"不要见人羞怯"，已没有多少人理解，何为羞怯？若在今日，这条定要改为"不要见人张扬"。两则男性征婚广告都对女子的学识、思想提出了要求，"女子无才便是德"的传统看法在此受到冲击。再则女子的征婚条件之八"有保守的能力"，本意为守业持家，生活规矩，但这个"保守"在改革开放的今天，似乎已非中性之词。

为迎合此般潮流，上海某书局还出版了速成版《求婚尺牍》。据说老板约某作者编一本男子向女子求婚的尺牍，要求信件写法多种多样，措辞各异，反映求婚者不同的思想与愿望，交稿时间越快越好。该作者接稿后，异想天开，以才女身份于报端写了一则征婚广告，伪娘骗得求婚信无数，半月时间收信五百余。经挑选分类、编号按语，十余万字的文稿交出版人，出版即畅销。当时的"鸳鸯蝴蝶派"小说家也不失时机将这一现象写进作品，1926年，平襟亚以网蛛生的笔名出版长篇小说《人海潮》，其中第三十二回里有一段描述："过了几天，幼凤拟一段风华绮丽的求婚小启，大致说'有冯韵笙女士，随宦来沪，工诗擅画，毕业于某女校，今因父故无依，愿征一才貌兼优之少年，作终身伴侣'。自从这广告披露于新、申两大报之后，求婚的函件，像雪片一般。一星期内，积下一千七百多通。……函中形形色色，笑话百出。单是求婚人的身份，有拆字先生，洋行西崽，店倌伙计，以及洋场才子，小报记者，落魄文人，三教九流，不可方物。求婚函里的措辞，有委婉曲折，有大言不惭，有哀求苦恼，有肉麻不出，极光怪陆离所致。"

相比之下，与上海相距不远、且为首府的南京便保守多了。市民张钧霖有意开办一家婚姻介绍所，呈请内政部立案，竟批斥不准："我国婚姻素重媒妁。媒之言谋，妁之言酌，合二姓之好，正人伦之始。历来为媒妁者，率皆亲戚故旧，未闻以媒妁为职业，等人道于驵侩。至于周礼设媒氏之官，所掌皆国家之法令，所司如现今之登记，自有政府筹统一之办法，决非人民所能私自仿效。且现在男女订婚，以当事人自行订立为原则，又岂能执途人而与之为媒，使之任介绍之责？"总之，"揆之古义，按之新制"，非礼勿处，概不批准。

循规蹈矩、方圆有度是男子圭臬，安分守己、文静贤淑乃女子懿德。然保守归保守，不准归不准，均已物是也非人也非，事过境迁成谈资，但阐述"不准"的原因，却写得真好。文字功底深自不必说，而引经据典、自圆其说的论调，也很是了得。公文能写出这样的面貌，具备这样的精彩，也就是旧文人了。

征婚条款，实则婚姻契约，婚前者有，婚后者也有。许地山曾与夫人订立"爱情公约"：一、夫妻间，凡事互相忍耐；二、如意见不合，大声说话以前，各自离开一会儿；三、各自以诚相待；四、每日工作完毕，夫妻当互给肉体和精神的愉快；五、一方不快时，他方当使之忘却；六、上床前，当互省日间未了之事及明日当做之事。

民国的开放程度，难以想象，不仅征婚登报，离婚、同居也公之于世。

杨之华于1923年底被上海大学社会学系录取，瞿秋白时任教务长兼社会学系系主任，之后两人产生感情，然杨之华业已成家。趁着暑假，瞿秋白来到萧山杨家。当时杨之华的丈夫沈剑龙也在。沈剑龙对瞿的人品与才华仰慕有加。面对复杂的感情问题，三人开始"谈判"。

先在杨家谈了两天，然后沈剑龙把瞿、杨二人接到自己家去谈，各自推心置腹，互诉衷肠，又谈了两天。最后，瞿秋白又把沈、杨二人接到常州再谈。谈判结果是，1924年11月某日在《民国日报》同时刊登三则启事：一是沈剑龙与杨之华离婚启事，二是瞿秋白与杨之华结婚启事，三是瞿秋白与沈剑龙结为好友启事。瞿、杨婚礼进行到高潮时，杨的前夫沈剑龙步入新婚礼堂。其剃了光头，身穿和尚服，手里拿着玫瑰花，送上了自己精心准备的一份贺礼，上书"和尚献花"。瞿秋白自幼便是个不拘一格之人，钱穆《师友杂忆》对其有记述："时低余两级有一同学名瞿双，因其发顶有两结故名。后易名霜，遂字秋白。其人矮小文弱，而以聪慧得群誉。周末晚餐后，瞿双独自一人直入舍监室，室内壁上有一木板，悬家在城中诸生之名牌。瞿双一人肩之出室，大声言，今晚全体告假。户外数十人呼哗为助。士辛师一人在室，竟无奈何。遂大群出至门房，放下此木板，扬长离校。瞿双星期一返校，是否特有训诫，则未之知。瞿双以家贫，未在府中学堂毕业。"在此之前，瞿秋白的妻子是王剑虹。丁玲与王剑虹于1923年9月进入上海大学学习，翌年1月，瞿秋白与王剑虹延津剑合，丁玲从中撮合，算是红娘。1930年初，其在《小说月报》连载以二人为原型的中篇小说《韦护》，其中的男主人公韦护，即瞿秋白，知识女性丽嘉，即王剑虹。然婚后半年，命薄如花的王剑虹即因患肺病在上海猝逝，这才有了与杨之华的故事。瞿秋白遇难后，杨之华一直保存有三十七封丈夫与王剑虹间的往来书信。如瞿秋白、沈剑龙大度者，不乏其人。王赓与陆小曼结婚时，女傧相有九人，徐志摩是男傧相之一。后来王、陆离婚，陆小曼改嫁徐志摩，两人结婚时，王赓又成了男傧相。李清照的表妹夫是秦桧，表姐夫是蔡京，外公是王珪，王珪是欧阳修的妹夫，父亲李格非是苏轼的学生晁补之的朋友，苏轼的二公子娶了欧阳修的孙女，苏轼与欧阳修既是好友又是亲家，欧阳修的学生是王安石，王安石的女儿嫁给了蔡京的弟弟蔡卞。同样，民国的知名人物，兜兜转转，小半都在这个关系网内。

徐志摩陆小曼结婚不久，《上海画报》即刊出《徐志摩再婚记》一文，称"鼎鼎大名自命诗圣的徐志摩先生"与"也是鼎鼎大名声震京津的陆小曼女士"，各自经历了婚姻破裂后，重新找到感情的归宿，"从此，徐先生无妻而有妻，陆女士离夫却有夫。真是一时佳话，多么可喜"。《上海画报》1927年6月6日"二周年纪念号"头版刊发陆小曼的大幅照片，其两手托腮，面带微笑，发际簪一朵花，既有名门淑女的清秀典雅，又不失妩媚动人。同时还记录了从徐、陆结婚到徐志摩早逝期间，二人的感情旅程。

与此相近，1942年8月，张道藩父母张铭渠及伍夫人七旬双寿，张道藩回盘县祝寿，蒋中正亲笔题写"齐眉合德"匾额相赠。任重庆大学教授、蒋碧薇的父亲蒋梅笙用工楷书写全文成六条屏，由蒋碧薇亲手交给张道藩。意想不到的是，徐悲鸿也以一幅《七喜图》贺寿，题识为："铭渠老伯、伯母七旬大庆，世侄徐悲鸿敬写贺。壬午大暑，重庆柏溪。"张道藩与徐悲鸿、蒋碧薇夫妇相识于巴黎，之后徐、蒋离婚，张、蒋同居。在婚姻、爱情、友情的复杂纠葛漩涡中，尚能以此精品为张道藩父母贺寿，徐的做人境界大矣，非寻常人可比。

1925年，丁玲与胡也频宣布同居。1933年初，上海《明星日报》发起评选"电影皇后"活动，阮玲玉名列第二，并与上海"茶叶大王"唐季珊有了恋情。同年4月，阮玲玉与张达民脱离同居关系，同时给予张氏经济补贴。8月，阮玲玉与唐季珊宣布同居。此皆通过报端公布的。

赵元任与杨步伟的婚姻，一波三折。两人都曾破除包办婚姻。赵元任十四岁时，长辈告之，他就要与一个女孩订婚，他在日记中遂写下"婚姻不自由，我至为伤心"，后来，他以对方年长为由，坚持退婚，折腾多年，女方终于同意解除婚约，但需赵元任提供女方"学费"两千元，遂又在日记中写道："我和这个女孩订婚十多年，最后我终于得到自由。"但与之终身相伴的杨步伟，恰恰也大他三岁。喜今日赤绳系定，珠联璧合；卜他年白头永偕，桂馥兰馨。两人于1921年6月1日结婚，婚礼无仪式，也不收礼，唯朱征、胡适两位证婚人，四人围坐，吃了杨步伟烧制的四样小菜，算是礼遇。翌日，《晨报》刊登《新人物的新式结婚》启事。后来，赵元任问罗素："我们结婚的方式是不是太保守？"罗笑道："足够激进。"

有些公示，则以报道的形式出现。1936年7月9日，上海《铁报》有一条题为《风传人语》的简讯，发在不显眼的版面位置："'现代派'诗人戴望舒，与穆时英之妹丽娟女士，定十二日假新亚大酒店礼堂举行结婚礼。"该报当日另一版面上，常设栏目"文坛人事"最后一条称："戴望舒将结婚，昨发出请柬云：'迳启者，望舒丽娟定于国历七月十二日下午五时在上海北四川路新亚大酒店礼堂结婚，因望舒新有失怙之悲，奉慈命如期结婚，实为从权，未敢偕礼，亲友处恕不恭具吉柬，敬此奉闻，届时伏盼光临，便颂台绥。'"戴望舒即将结婚的喜讯，一经披露，众人皆知。而柬中所言"望舒新有失怙之悲"，指其父是年6月间逝世之事，杭州《东南日报》曾于6月6日"作家动静"栏目中，对此事有所披露："戴望舒近因父丧返杭，其父修甫在中国银行服务达二十年，颇著劳绩。望舒昨向该行领取优恤金及保险金一万一千元。"较之自行公告，这种方式适合腼腆之人。

昔时闹离婚

莫高窟文本中，发现有唐代离婚协议书："凡为夫妇之因，前世三生结缘，始配今生之夫妇。若结缘不合，比是冤家，故来相对……既以二心不同，难归一意，快会及诸亲，各还本道。愿娘子相离之后，重梳婵鬓，美扫蛾眉，巧呈窈窕之姿，选聘高官之主。解怨释结，更莫相憎。一别两宽，各生欢喜。"

此协议，读之感人，虽曰离婚，却未恶语相加，留下的只是祝愿，心平气和，聚好散好，很有些君子绝交不出恶声的风范，也可窥得唐人的些许襟怀。既有如此情感，何至于此，让人猜测这对离异夫妻是否也如焦仲卿刘兰芝、陆游唐琬夫妇，由于公婆的横亘，而不得不分手，但"二心不同，难归一意"的说法却很明确。

晚清以来，西风渐劲，结婚自由，离婚也要自由。从1911年颁布《大清民律草案亲属编》，到1915年北洋政府制定的民法草案《民律亲属编草案》，再到1930年国民政府颁布《民法典亲属篇》，婚姻家庭立法完成了由传统制度到近代立法的转型。此间，旧有规矩已破，婚姻自由、男女平等被写入律条。

胡适于1918年9月写成的《美国的妇女》一文对此有过严厉斥责："近来留学生吸了一点文明空气，回国后第一件事，就是离婚。"男人闹离婚也罢，女人也闹。此时，人们所称的"烈女"，已非守节之女，而是闹离婚之女。《子寿终录》云："授男子以权羁女子，君劳半也。"束缚女人，终是国家的阴谋。古时只有休妻之说，而无离婚概念，离婚之说本身便体现了男女的平等。

1922年5月6日天津《大公报》刊登了一则离婚启事："桐城城内方（大家）某之女，许与叶（亦大家）某之子为妇，订立婚约，已有多年。该女饱吸女子蚕桑讲习所新鲜空气（不知哪省），自由恋爱，久切心头。日前竟请尔家证婚人，及父兄族戚，齐集大宁寺，举行离婚盛典。当时闻系该女先将婚书交兑与男，男乃将婚书交兑与女，双双情愿，落落大方。一对好鸳鸯，顿时解羽分飞，各寻良伴，有情人对此，应作如何感想耶？"如此高调刊登离婚广告，纵使今日，也属新鲜。1933年9月19日的《徽州日报》刊有一则《章丽贞声明》："窃丽贞前与率口牌楼前叶振声结婚有年，因意见不合，双方愿意永远脱离夫妇关系，各听自由，除由叶振声收受丽贞退还聘礼银洋六十五元并央中亲立退婚字据证明外，特此登报声明。"徽州地区位置偏僻，交通闭塞，本土社会传统观念厚重，程朱理学与宗族势力强大，难以全面接受近代启蒙风气与先进的科学文化信息，近代化转型进程缓慢且受阻，虽如此，这一时期由徽州女子自己登报的离婚声明在《徽州日报》等当地报刊上已屡见不鲜，离婚启事和离婚纠纷的报道多达四百五十余例。

1933年9月，也在《大公报》上，孟小冬连登三天"紧要启事"：

启者：冬自幼习艺，谨守家规，虽未读书，略闻礼教，荡检之行，素所不齿。迩来蜚语流传，诽谤横生，甚至有为冬所不堪忍受者。兹为社会明了真相起见，爰将冬之身世，略陈梗概，惟海内贤达鉴之。

窃冬甫届八龄，先严即抱重病，迫于环境，始学皮黄。粗窥皮毛，便出台演唱，藉维生计，历走津沪汉粤、菲律宾各埠。忽忽十年，正事修养。旋经人介绍，与梅兰芳结婚。冬当时年岁幼稚，世故不熟，一切皆听介绍人主持。名定兼祧，尽人皆知。乃兰芳含糊其事，于祧母去世之日，不能实践前言，致名分顿失保障。虽经友人劝导，本人辩论，兰芳概置不理，足见毫无情义可言。

冬自叹身世苦恼，复遭打击，遂毅然与兰芳脱离家庭关系。是我负人？抑人负我？世间自有公论，不待冬之赘言。

抑冬更有重要声明者：数年前，九条胡同有李某，威迫兰芳，致生剧变。有人以为冬与李某颇有关系，当日举动，疑系因冬而发。并有好事者，未经访察，遽编说部，含沙射影，希图敲诈，实属侮辱太甚！

冬与李某素未谋面，且与兰芳未结婚前，从未与任何人交际往来。凡走一地，先严亲自督率照料。冬秉承父训，重视人格，耿耿于怀惟天可鉴。今忽以李事涉及冬身，实堪痛恨！

自声明后，如有故意毁坏本人名誉、妄造是非，淆惑视听者，冬惟有诉之法律之一途。勿谓冬为孤弱女子，遂自甘放弃人权也。

　　特此声明。

　　为与宋美龄结婚，1927年9月28日、29日、30日连续三天，蒋介石在上海《民国日报》等报刊上刊登《蒋中正家事启事》："各同志对于中正家事，多有来函质疑者，因未及遍复，特此奉告如下——民国十年，元配毛氏与中正正式离婚。其他两氏，本无婚约，现已与中正脱离关系。现除家有二子外，并无妻女。惟传闻失实，易滋淆惑，特此奉复。"此"家事启事"，实则"离婚启事"。同年12月1日，蒋、宋在上海大华饭店举行婚礼，当天的《申报》刊登了两则启事，一为蒋、宋联姻，一为离婚声明。声明称："毛氏发妻，早经仳离，姚陈二妾，本无契约。"蒋还在当日在报上发表《我们的今日》："我今天和最敬爱的宋女士结婚，是有生以来最光荣、最愉快的事。我们结婚以后，革命事业必定更有进步，从今可以安心担当革命的大任。我们结婚，可以给中国旧社会以影响，同时又给新社会以贡献。"政治家不浪费任何一次宣讲的机会，包括这一结婚公告。谁知张季鸾翌日便在《大公报》发表《蒋介石之人生观》一文，直言"为国民道德计，诚不能不加以相当之批评，俾天下青年知蒋氏人生观之谬误"。随后冷嘲热讽："累累河边之骨，凄凄梦里之人；兵士殉生，将帅谈爱；人生不平，至此极矣。"提醒其不要"自误而复误青年"，很是扫兴。

　　登报广告结婚离婚者，此间不在少数。王映霞与郁达夫闹离婚，遂请朋友分别在香港《星岛日报》、重庆《中央日报》、浙江《东南日报》代登《王映霞离婚启事》："郁达夫年来思想行动，浪漫腐化，不堪同居，业已在星洲五条件协议离婚，脱离夫妻关系。儿子三人，统归郁君教养，此后生活行动，各不相涉，除各执有协议离婚书外，特此奉告海内外诸朋友，恕不一一。王映霞启。"

与孙多慈热恋时，徐悲鸿单方面于1938年7月31日在桂林的报纸上，以醒目标题，刊出与蒋碧薇脱离同居关系的声明："鄙人与蒋碧薇女士久已脱离同居关系，彼在社会上一切事业概由其个人负责，特此声明。"当徐的好友沈宜甲到孙家提亲时，却遭到孙父孙传瑗的破口大骂，并被逐出门外，慈、悲二人八年苦恋，终归无果。1944年，徐悲鸿新觅红颜廖静文，又在《贵阳日报》刊登了一则声明："悲鸿与蒋碧薇女士因意志不合，断绝同居关系，已历八年。中经亲友调解。蒋女士坚持己见，破镜已难重圆。此后悲鸿一切。与蒋女士毫不相涉。兹恐社会未尽深知。特此声明。"蒋碧薇理智地开出了离婚条件："我要了他一百万元和一百幅画。"用这些钱和画补偿自己二十八年来对家庭所付出的艰辛、所蒙受的不公，也用来安置以后的生活，支付两个孩子的教育费用。蒋碧薇为徐悲鸿背弃豪门，私奔在外，历尽坎坷，备尝煎熬。其实，那时的一百万元，也就是普通公务员一年的薪水。1945年12月，在大律师沈钧儒的见证下，徐、蒋签字离婚。对蒋碧薇提出的条件，徐悲鸿一一照办，且为赶出给一百幅画，废寝忘食，以至于当时很多人不理解此般作为。徐悲鸿也自知理亏，最后还特意多给了一幅蒋所喜欢的《琴课》。

1939年，王洛宾与妻子杜明远所在的剧团被强行解散，两人只好去西宁。在此妻子有诸多不适应，闹着要回兰州，二人过起了分居生活。1941年3月，听到妻子出轨的风传，王洛宾自西宁风尘仆仆赶回兰州，而妻子并不藏掖："你回来今晚住哪里呀！"王洛宾一气之下，在兰州一家报纸登出离婚启事，一场婚姻，走到尽头。

民间女子闹离婚倒也罢了，妃子也革命。溥仪尝回忆：1931年8月下旬的某日，"我从宫中出来，太监递给我一张《国强报》。打开一看，只见上面报道说：'淑妃文绣不堪皇帝虐待、太监威逼，自杀未遂，设计逃出。聘请律师离婚。这是数千年来皇宫中破天荒的一次妃子革命。'……我这个中国最后一个皇帝，共干过两件轰动世界的事：一是给日本人当傀儡，成了日本人的走狗；二是答应淑妃文绣的离婚要求。妃子提出离婚是中国历史上没有过的，因为老祖宗没这个规矩，也不容许。可是，我还是答应她了，在她请求离婚的信上签了字。成为中国历史上皇帝离婚第一案！"10月20日，溥仪收到法院的"调解传票"，经天津地方法院民事调解处调解，双方各作让步。溥仪担心出庭审理有失体统，遂与文绣签署了《离婚协议书》。几天后，溥仪在媒体发布"上谕"："谕淑妃文绣擅离行园，显违祖制，应撤去原封位号，废为庶人。钦此。宣统二十三年九月十三日。"看上去很有面子。虽以调解方式结案，但案件也经司法程序解决，不仅有新闻效应，在法律上也有里程碑意义。

莫再说男尊女卑，同是新国民，然新式离婚的理由，往往在于旧式观念作祟。姜泣群《朝野新谭》载："有一北京人，因成婚时不见落红，谓其妻不贞，请求离婚。该厅以各国民法，曾无此离婚之理由。由落红与否，验女子贞操，实吾国习惯上一种恶劣风俗。若不设法改良，一经公然涉讼，女子往往因羞自尽。违背人道，莫此为甚。今春该厅马厅长，特邀集各庭推事会议以后，对于此种案件，须先以生理学解释。晓谕当事人，令其自行撤销，以全家庭名誉，则决定驳回，不能认为离婚正当理由。"

离婚也有被迫者。王献之初婚郗氏，郗县女也。后简文帝的三女儿新安公主丈夫死，选中献之替补，君命难违，遂被迫离婚，生人作死别，恨恨那可论，颤笔作《别郗氏妻》："虽奉对积年，可以为尽日之欢，常苦不尽触类之畅。方欲与姊极当年之乏，以之偕老，岂谓乖别至此。诸怀怅塞实深，当复何由日夕见姊耶？俯仰悲咽，实无已已，惟当绝气耳！"未几，献之遇疾，家人为上章，道家法应首过，问其有何得失。对曰："不觉余事，惟忆与郗家离婚。"魏晋风流，令人远想。陆游与唐琬本情投意合，丽影成双，无奈陆母借八字不合，反感儿媳，强令休弃唐琬。后二人沈园相逢，已是劳燕分飞，各自成家，陆游写下了感伤至极的《钗头凤》，错！错！错！莫！莫！莫！

离婚对男女双方皆有伤害，尤其女方，然坏婚姻是所好学校，离婚更是锤炼人。活泼飘逸、热情奔放的诗人，遇到呆板无趣、僵硬乏味的小女子，终究碰撞不出任何的火花。与徐志摩离婚后的张幼仪，脱胎换骨，也找到了自我。其随兄至德国，入裴斯塔洛齐学院攻读幼儿教育，归国后出任上海女子商业银行副总裁、云裳服装公司总经理。晚年张幼仪坦陈："我要为离婚感谢徐志摩，若不是离婚，我可能永远都没有办法找到我自己，也没有办法成长。他使我得到解脱，变成另外一个人。"

离婚只是最终的结果，至于其中的因由，唯有当事人清楚。莫高窟文书"二心不同，难归一意"之说，与今日"感情不和"的含混不清甚似。今日离婚理由中，还有不对缘法者，"瓜好吃不讲老嫩，人对眼不说俊丑"，还有选中财而未找准人者，"会嫁的嫁人尖，不会嫁的嫁门楼"，盖先前亦然。文绣的理由是："事帝九年，未蒙一幸，孤衾独抱，悲泪暗流，备受虐待，不堪忍受。"

原配

旧式婚姻，父母之命，媒妁之言。但父母的想法，与子女的念头毕竟不同，尤其对于西学东渐后的学生，受新思潮、新审美影响，对于父母包办，反感至极，却又无力规避，如此，娶过门的原配可就遭殃了，原配几成"不配"之代用词。在南开女子中学某届毕业典礼上，张伯苓校长嘱咐道："你们将来结婚，相夫教子，要襄助丈夫为公为国，不要要求丈夫升官发财。男人升官发财以后，第一个看不顺眼的就是你这个原配。"而有些男人，虽未升官发财，也看不顺眼原配。

鲁迅的原配朱安，一生欠安。因不符合"放足和读点书"的条件，被视为"母亲娶的媳妇"，恩泽一场，形同陌路。朱安尝对人讲："老太太总怪我没有能生个孩子，可大先生整天和我连一句话都不说，我怎么能生得出?"喜怒哀乐，唯有哀挂在了脸上。穿破十条裙，不知丈夫心。鲁迅则说："婚姻中最折磨人的，并非冲突，而是厌倦。"鲁迅与许广平结合后，有人问朱安对以后日子的打算，其阴霾道："过去大先生和我不好，我想好好地服侍他，一切顺着他，将来总会好的。我好比是一只蜗牛，从墙底一点一点往上爬，爬得虽慢，总有一天会爬到墙顶的。可是现在我没有办法了，我没有力气爬了。我待他再好，也是无用。"以昆德拉一言，解析朱安此话更是贴切，"追求未来是最糟糕的因循守旧，是对强者的胆怯恭维"。二人对鲁迅都产生过影响，若论谁对鲁迅的影响更大，恐怕不是许广平，而是朱安。正是朱安，使鲁迅体味了封建礼教对人性的压抑和命运的荒诞，断了他的后路，刺激他与传统彻底决裂，一往无前、义无反顾地反抗封建礼教，与命运进行"绝望的抗争"。

郭沫若与日籍妻子郭安娜育有五子，抗战爆发后，郭沫若不辞而别回国。日本投降后，郭安娜来到香港千里寻夫，无奈，郭沫若已同于立群结婚，也育有五子。中华人民共和国成立后郭安娜由中国政府安置，享受副部级待遇，其晚年谈到自己时仍凄然："我这一辈子生活得像是一只野狗！"郭沫若的原配夫人张琼华乃旧式女子，婚后因不被喜欢，在郭家空守六十八年，无子女。后来，郭沫若写了自叙体的《黑猫》记述这场婚姻："隔着口袋买猫，说好是白的，带回来打开一看，却是黑的！"新婚之夜，见新娘长得难看倒也罢了，又发现其三寸金莲，被戏弄之感愤然而生。婚后第五天，郭便义无反顾远走他乡。开始无权选择，后来竟不断选择，显然欲望提升了热忱。

郁达夫同原配孙荃育有三子，但自与王映霞相遇，这桩婚姻便名存实亡。此后，孙荃携子回富阳与郁母同居，守斋吃素，诵佛念经，直至去世。孙荃对郁达夫始乱终弃之负情，始恨终怜，但看破却无法突破。郁达夫流亡南洋期间，报上凡有与之相关的消息，孙荃都会特别关注，并悉心贴剪，报上的署名文章也会一一收好。当她读到胡愈之的《郁达夫的流亡与失踪》后，方得知其已遇害，且尸首无存。一连几个月，她以泪洗面，望着村口通往沪杭的大路，独坐发呆。夜阑犹未寝，人静鼠窥灯，她在富阳以八十二岁高龄去世前，绝少离开郁家老屋，堂屋里依然挂着郁达夫的手书联："绝交流俗因耽懒；出卖文章为买书"。

徐志摩同原配张幼仪也育有一子，婚后徐志摩从未正眼看过张幼仪。徐志摩留学英国，张幼仪赴欧与之团聚，徐志摩则一心向往林徽因，断然提出离婚，见回心转意已无指望，无助的张幼仪只得蒙着退让，无奈应允，心境从此归于死寂。有一种感情叫无缘，有一种放弃叫成全。晚年有人问徐志摩事，张幼仪对曰："在他一生遇到的女人里面，说不定我最爱他。"此时的张幼仪，心中早已无恨，只有淡然的意绪。说这话的张幼仪是有根据的。徐志摩一生有几个节点，与陆小曼的结合算一个。1924 年年末，北京下了一场鹅毛大雪，雪后的 12 月 30 日，徐志摩写下一首著名的诗《雪花的快乐》，与陆小曼热恋中的甜蜜由此可见一斑："假如我是一朵雪花，翩翩的半空里潇洒。我一定认清我的方向——飞扬，飞扬，飞扬，——这地面上有我的方向。……在半空里娟娟的飞舞，认明了那清幽的住处，等着她来花园里探望——飞扬，飞扬，飞扬，——啊，她身上有朱砂梅的清香！"然二人婚后并不幸福。由于北伐军一路北上逼近硖石，徐志摩仓皇携陆小曼逃至上海，躲避战火。抵沪后，唱戏、演剧、交际，陆小曼乐此不疲，日日不空。徐志摩当面苦劝，甚至写信相告，试图诱其回归文学。但其已全然沉迷其中难以自拔，二人婚姻遂陷入危机。陆小曼因患有胃病，一方面吸食鸦片，缓解痛楚，一方面频繁接受翁瑞午的推拿之术，因而引得风言风语。因这段婚姻来之不易，不敢轻言放弃，徐志摩只能担起全责来。自幼物质生活无忧的陆小曼，从无金钱概念，徐志摩为担负此巨大开销，需同时在上海中国公学、光华大学、南京中央大学等校兼课。上海与南京间当时只有普通火车，需坐半个晚上，为省钱还得当夜返回，经济窘迫的诗人，已无洒脱可言。后期去北大讲课，也是为着收入更高。婚后生活的不幸福，导致二人间到了难以相容的地步，徐也成了即便到家，不愿回家，又不得不回家的男人。郁闷至此，徐志摩于1928年选择出国。正是这一年，林徽因与梁思成成婚。得知此消息后，徐志摩禁不住缅怀起昔日单恋的林徽因，遂写下那首著名的《再别康桥》。1931年2月9日，徐志摩致胡适的信中，提及自己收到暨南大学聘书事："暨南聘书虽来，而郑洪年闻徐志摩要去，竟睡不安枕，滑稽之至，我亦决不向次长人等求讨饭吃。已函陈钟元，说明不就。"郑洪年为暨南大学时任校长，作为校长何以如此恐惧引进徐志摩？据梁实秋《关于徐志摩》一文所言，郑洪年认为徐志摩"此人品行不端"，自然是指离婚又再婚之事。1931年11月19日，在得知林徽因要在北平协和堂举办"中国建筑艺术"讲座后，徐志摩从南京乘华航"济南号"邮机北上，不幸迷失于大雾，坠毁济南。而徐志摩之所以会乘坐这架安全系数不高的邮政飞机，又是陆小曼逼出来的。1932年上海保卫战期间，已是中将军衔的王赓闻知徐志摩的噩耗后，奋不顾身穿越前线探望前妻陆小曼。不料途中遭日本人抓获，稀里糊涂成了"间谍"，闹出不小的风波。虽说被释放，但乌纱帽终究没保住。直至1942年，赋闲的王赓终于被任命为赴美军事代表团成员，却在经过埃及开罗时，突染疾病不幸逝世。与陆小曼离婚后，其未再娶，无儿无女，此为后话。徐志摩死后，林徽因在给胡适的信中，将自己的情感做一小结："这几天思念他得很，但是他如果活着，恐怕我待他仍不能改的。事实上太不可能。也许那就是我不够爱他的缘故，也就是我爱我现在的家在一切之上的确证。志摩也承认过这话。"1954年，与徐志摩离婚已三十二年的张幼仪，给其子徐积锴写了一封简短的信："母拟出嫁，儿意云何？"其子回信道："母孀居守节，逾三十年，生我抚我，鞠我育我，劬劳之恩，昊天罔极。母职已尽，母心宜慰，谁慰母氏？谁伴母氏？母如得人，儿请父事。"此为后话。前半生纸醉金迷，养尊处优，高高在上；后半生穷困潦倒，竹杖芒鞋，了却一生。1965年4月3日，六十二岁的陆小曼在上海去世。临终前几日，对前来探望的好友赵清阁说出遗愿：死后能和志摩合葬。陆小曼去世后，徐家的两位亲戚陈从周、徐崇庆赶到她在延安路上家徒四壁的故宅，那里只有最后的遗产：梁启超为徐志摩撰写的一副长联和《徐志摩全集》的十包纸样——这是陆小曼晚年视若生命的工作结晶。而她临死前心心念念"与志摩合葬"的愿望，也因徐志摩长子徐积锴的坚决反对，不了了之，也因此少了一段佳话。

女人心，海底针，女人不难为女人。鲁迅去世后，朱安一直拒绝别人的接济，包括周作人的钱，却一直乐于接受许广平汇寄的生活费，"许小姐待我好，她懂得我的想法，她的确是个好人"。徐志摩失事时，陆小曼只有二十九岁，徐父得知陆小曼和翁瑞午同居的消息后，勃然大怒，寄钱的同时附便条一张：既然你已和翁瑞午同居，从此以后你就不再算我徐家的儿媳，今后也不会再资助你任何钱。其实当时陆小曼尚未与只有感情、没有爱情的翁瑞午正式同居，只是看公公态度如此决绝，心高气傲的陆小曼，怒气之下真就与翁瑞午同居了，并与之约法三章：不许他抛弃原配，也不与之名正言顺结婚。此举无异于告诉对方，她对徐志摩余情未泯；再则，翁的原配是旧式女子，倘若被抛弃，会孤苦无依，无路可走。1949年，蒋碧薇随张道藩退走台湾。为减少家庭矛盾，张道藩则将法国夫人苏珊及孩儿送至澳大利亚，全身心地与蒋碧薇过起了夫妻生活。为弥补内心歉疚，蒋碧薇则常以张道藩的名义给其原配苏珊寄钱，以求心灵慰藉。四季流转，人情薄凉，父母之命与自由恋爱难以两全。原配或只是一种名分，其既非衡量感情的标准，也不体现另一半对自己的态度，但对于女人而言，至关重要，世间没有哪个女人喜欢没有名分的感情，只是在某个阶段，大开大合，敢爱敢恨，因爱情战胜名分而委身于人。一世负累，红尘情爱，一个情字，最为伤人，现世不安稳，也不可贵，不管抽身离去，还是怨妇守节，原配的名分，终身享有。原配的名分，未必是自信，有时却实用，意味着至上的道德在己一方。名分缺失，未必是不自信，终觉是不曾戳破的理亏，帮是情，不帮是理，小心翼翼寄些小钱的心理弥补，其无关量小识短与见多识广。

被弃之著名原配，尚有孙中山原配卢慕贞、蒋介石原配毛福梅。但也有不被弃之著名原配，如胡适之原配江冬秀、李大钊原配赵纫兰。

被弃原配的共同特点是忍辱负重，从一而终，宁人负我，我不负人，对父母孝顺，对子女尽心，这些都算老派妇女的美德。姻缘主角，当事双方，但旧式家族却不这么看待，门当户对、传宗接代似乎更重要。个人的自由与幸福须服从于家族，服帖于尊长。蒋介石曾在日记中记录下对包办婚姻的不满："母亲老悖一至于此，不仅害我一生痛苦，而且阻我一生事业，徒以爱子孙之心，强欲破镜重圆，适足激我决绝而已。"鲁迅发表于1927年10月10日《莽原》上的《怎么写》一文，足以表达包括婚姻不美满带来的沉郁："我沉静下去了，寂静浓到如酒，令人微醺。望后窗外骨立的乱山中许多白点，是丛冢；一粒深黄色火，是南普陀寺的琉璃灯，前面则海天微茫，黑絮一般的夜色简直要扑到心坎里，我靠了石栏远眺，听得自己的心音，四处还仿佛有无量的悲哀，苦恼，零落，死灭，都杂入这寂静中，使它变成药酒，加色，加味，加香。"那时，对婚姻不如意的男人，可以一走了之，将自己的情感也随之典当出去，少年气盛，膂力方刚，智小而志大，力小而谋大，正是"日覆帱于天，而不知天之高；日持载于地，而不知地之厚"的年龄，人生尚未准备即仓促开始，慈悲还没来得及教会他们如何对待一个不完美的人。但对经济不独立、思想不解放、社会不开明、行动不方便的女人而言，只能选择无以复加的屈辱了，永不能赎回的，还有短暂如昙花一现的青春。蒋介石在胡适去世时，送了那副名挽联："新文化中旧道德的楷模；旧伦理中新思想的师表。"但新文化的男人，确实害苦了一批旧道德的女人。

敖英《东谷赘言》云："水覆舟航，人不怨水；火焚室庐，人不怨火；食伤脾胃，人不怨食；色蛊元精，人不怨色。"此人或许就是作为原配的妇人，其不怨天，不怨地，只能怨自己的命运不济、遇人不淑了。怨妇之怨，实则此怨，故此怨隆若气团，憋屈胸臆，甚巨甚重。原配何以成怨配、冤配？白先勇曾云："人生绕来绕去，一个情字要紧。"尤其对于昔时没有事业、没有自我的女人而言，情何以堪！尝遍所有的伤心，就缺此味，游遍所有的绝望，就缺此景。

旧式家族消亡了，旧式婚姻也就不存在了，此乃近代中国社会最基本的变革。旧式家族与旧式婚姻是原配。而旧式家族消亡，意味着依农业社会生产方式形成的伦理格局，也将土崩瓦解。农业社会的生产方式，与农业社会的伦理道德也原配。

妾命

《齐人有一妻一妾》乃《孟子》中的名篇。先有妻，后有妾，纳妾是男权社会的特有现象，而先来者往往阻挠后到者的介入，总之你不能进入我的生活。

人之耳目，喜新厌故，天下之同情。《艺文类聚》引《妒记》云："谢安欲娶妾，夫人不许，安之侄、甥以《关雎》《螽斯》诗有不忌之德相劝。夫人问谁撰此诗？答云周公。夫人乃曰：'周公是男子，相为尔；若使周姥撰诗，当无此也。'"此即"周姥"典故由来。唐太宗欲替当朝宰相房玄龄纳妾，房妻就是不让，太宗无奈，令其在喝毒酒与纳妾之间选其一。房夫人则砭砭不贰，宁死不低头，遂端起毒酒一饮而尽，喝后方知不是鸩，而是醋。醋喝进嘴里，方有资格说酸不酸。此即"吃醋"典故由来。江盈科《雪涛谐史》载诙谐事："有悍妻者，颇知书。其夫谋纳妾，乃曰：'于传有之，齐人有一妻一妾。'妻曰：'若尔，则我更纳一夫。'其夫曰：'传有之乎？'妻答曰：'河南程氏两夫。'夫大笑，无以难。又一妻，悍而狡，夫每言及纳妾，辄曰：'尔家贫，安所得金买妾耶？若有金，唯命。'夫乃从人称贷得金，告其妻曰：'金在，请纳妾。'妻遂持其金纳袖中，拜曰：'我今情愿做小罢，这金便可买我。'夫无以难。"林黛玉倒拔垂杨柳，薛宝钗醉打蒋门神，女子虽弱，看遇何事，此与格局无关，事关尊严。赵孟頫知天命时，欲纳一妾，又不好意思与妻开口，遂作书示意："我为学士，你做夫人，岂不闻王学士有桃叶、桃根，苏学士有朝云、暮云。我便多娶几个吴姬、越女无过分，你年纪已四旬，只管占住玉堂春。"妻子管道升便写下了那首著名的《我侬词》回应："你侬我侬，忒煞情多，情多处，热如火。把一块泥，捻一个你，塑一个我。将咱两个一齐打破，用水调和，再捻一个你，再塑一个我。我泥中有你，你泥中有我，我与你生同一个衾，死同一个椁。"赵阅后，从此不再提纳妾事。

双峰对峙，两水分流，丈夫纳妾对于妻子而言一万个不愿意，人之常情也。即便旧式闺秀，难以做到心甘情愿，爱人如己，却也有例外。

钱穆《八十忆双亲》转述家族史：其十八世祖为一巨富，拥良田十万亩，而上无父母，下无子女，仅夫妇两人同居。三十岁时忽生大病一场，无医可治。病已至此，只有听天由命静养一途，三年后，竟痊愈。十八世祖母告之："自君居西院，我即在佛前自誓，当终生茹素，并许愿居家为优婆夷，独身毕世。惟为君子嗣计，已为物色品淑宜男者两人，并谆谆诲导，已历两年。君与此两女同房，断可无虑。"之后，生下七子。妻子为丈夫主动纳妾，多出于传宗接代考虑，由此认为具有纯孝之德，多被传作美谈。为传宗接代的纳妾，名正言顺，《晋书·邓攸传》载："石勒过泗水，攸乃斫坏车，以牛马负妻子而逃。

又遇贼，掠其牛马，步走，担其儿及其弟子绥。度不能两全，乃谓其妻曰：'吾弟早亡，唯有一息，理不可绝，止应自弃我儿耳。幸而得存，我后当有子。'妻泣而从之，乃弃之。……攸弃子之后，妻不复孕。过江，纳妾，甚宠之。讯其家属，说是北人遭乱，忆父母姓名，乃攸之甥。攸素有德行，闻之感恨，遂不复畜妾，卒以无嗣。时人义而哀之，为之语曰：'天道无知，使邓伯道无儿。'"

刘文彩有一妻四妾。三姨太凌君如为挤走二姨太杨仲华，扩张己之势力，推荐表妹梁慧灵为四姨太。情动乎遇，以为牵了手，便可成为一辈子的姐妹，怎么可能，各色床单各色梦，其中满是倾轧。凡梦里相见之人，皆入心入命者，一部分待见，一部分不待见。兴盛需要美人点缀，衰败需要美人顶罪，其后期事业及身体每况愈下，族人多怪罪于妾。虽曰衣食无忧，地位却不高。南京城陷之际，冒襄在颠沛流离的逃亡路上，首先保全的是老母与正妻，其一手搀扶一个，任凭妾室董小宛跟跄尾随。《红楼梦》里，探春血缘上的亲娘虽是赵姨娘，但名义上的母亲却是王夫人，赵姨娘认为探春是"我肠子里爬出来的，我再怕不成"，探春认为"谁不知道我是姨娘养的，必要过两三个月出由头来，彻底翻腾一阵，生怕人不知道，故意的表白表白"。王夫人为贾政之妻，王夫人的亲人即贾府的亲戚；赵姨娘是介于主奴之间的妾，她的亲人只能是贾府的奴才，其兄弟赵国基即贾环的仆人。

例外当然有。明嘉靖年间，松江府进士顾名世长子顾汇海的妾室缪氏以针代笔，擅长刺绣，"所绣人物、山水、花卉大有生韵，字亦有法"，为"顾绣"的开创者，由此在家族中备受重视。1905年，清廷钦差大臣、兵部侍郎铁良赴湖北巡察，湖广总督张之洞派时任湖北新军第二镇协统兼护统领的黎元洪负责接待。其陪铁良冶游，由此与危红宝相识并生情。不久，黎为危红宝赎身并纳之为妾，更名黎本危。1911年武昌起义后，黎元洪任都督，革命军与清廷鏖战正酣之时，黎本危曾代表黎元洪亲往前敌慰问伤兵，激励将士，赢得誉扬一片。从此，黎府上下均以黎夫人称之。嗣后，黎元洪当选副总统、大总统，每与外宾宴会，多携黎本危出席。黎二次出山后，只黎本危一人随侍左右。1923年6月，黎元洪在直系军阀的逼迫下通电离京，乘坐专车赴天津途中，被直系军阀拦截，索要国玺与大总统印信，黎称印信均由黎本危保管。1928年夏，黎元洪在津病逝，其生前对遗产分析甚清，尤其优遇黎本危一人。黎本危遂投资十万元，与青年商人王葵轩开办一家绸缎铺，并在青岛置办房产，开设分店。尽管王葵轩比她小十余岁，合作中二人产生感情，加之此时与黎家关系不睦，从而坚定了改嫁信念。确定改嫁后，担心黎家获悉后出面干涉，遂在青岛举行婚礼。婚后，黎本危在平津各报刊发结婚启事。获悉消息后，黎府中人认为既辱没黎家，又辱没大总统形象。旅青的湖北同乡组织更是公开发表《湖北同乡组织义愤团讨危王》宣言声讨之。对此，其发表公开信予以回击："人之爱情，受命于天，其进行亦无止境。当此文明世界，新道德盛兴之际，孀者再嫁，礼所不禁；居孀守节，苦度岁月，乃愚妇所为。君等责我不应再作冯妇，此正智者见智，仁者见仁，吾亦深谢君之隆情。黎公待我虽厚，然二十年来尽心侍奉，虽不敢谓报答厚恩，亦无亏妇道。乃黎尸骨未寒，既不能相容于其后人，再不自谋相依，焉能图存？君达人鉴我环境之艰难，或亦相谅。纵人或不谅，但求我心之所安，更曷所顾乎？"

红尘女子莫秀英在众多追逐者中，择嫁小连长陈济棠，且不介意做妾室。娶此妾后，陈济棠如获仙人指引，竟一路官运亨通，不出十年便由连长晋升为主政一方的总指挥，几次军阀混战，皆能大难不死，逢凶化吉，最终成为称霸一方的"南天王"。一朝时运至，半点不由人，同时生育十一个子女，陈以为此妾有旺夫益子的命格，视之如宝，言听计从。在集广东军政大权于一身时，莫秀英鼓动其办实业，兴建设，实现了黄金十年发展。后又实施三年计划，海珠大桥、西村水泥厂、发电厂、糖厂、钢铁厂、港口码头等一批项目拔地而起。除此之外，力主改善民生，督办中山大学、中山图书馆、慰慈救济院等新式民生机构。三年间，广东新增小学四百余所、中学六十余所。人称莫秀英为"广东之母"。

曹锟当上大总统后，娶天津当红京剧演员刘凤玮为三妾。刘虽出身清寒，却深明大义，在曹锟坚持民族气节的节骨眼儿上，起到了关键作用。1931年九一八事变之后，日本人操纵华北自治，便看中了曹锟。土肥原贤二亲自部署，派出了好几拨人马，前往游说，泼辣的刘夫人见状，悍然堵在大门口，指桑骂槐，高声叫骂。日本人讨个没趣，灰溜溜撤走。骂走说客之后，刘凤玮回转身来教育曹锟，其历数日本人在东北三省犯下的罪行，对曹锟道："就是每天喝粥，也不能出去为日本人办事！"游说无效，土肥原贤二仍不死心，便派曹锟曾经的下属齐燮元、高凌蔚劝降，均吃了闭门羹。

梁启超在上海创办《女学报》时，李惠仙担任报社编辑。后来，梁又在上海创办一家女子学堂，李惠仙担任校长，其也是中国历史上第一位女学堂的女校长。梁启超在檀香山办理保皇会事宜期间，与随行翻译何蕙珍日久生情，遂写信给妻子李蕙仙刺探态度："余归寓后，愈益思念蕙珍，由敬重之心生出爱恋之念来，几乎不能自持，明知待人家闺秀，不应起如是念头，然不能制也。酒阑人散，终夕不能成寐，心头小鹿忽上忽落。"对于丈夫的来信，李蕙仙未拒绝也未首肯，而是回复："你是男子，不必从一而终。如果真的喜欢她，我就秉明公婆，成全你们；如果不是这样，请保重身体。"李蕙仙真是好手腕，以退为进，搬出公婆，便让其放弃了迎娶何蕙珍的想法。与其让别人做妾，不如让自己的陪嫁丫鬟王桂荃站得位置，1903年，在李蕙仙的操持下，梁启超迎娶王桂荃。由于梁启超坚持一夫一妻制原则，因此王桂荃在梁家无名无分，连妾的名分也没有。其后，梁家的九个子女中，有六人为妾室所生。出于对原配的尊重，令子女称王桂荃"王姨"，之后改称李蕙仙"妈"，称王桂荃"娘"。1966年，由于被诬陷为"保皇党的老婆"，八十岁高龄的王桂荃被下放接受劳动改造。当听到这一称呼时，非但不觉有辱，反而甚是欢喜，这是她一生第一次以梁夫人的身份而为人所知。

烟熏火燎的尘世，何来冰清玉洁。占得有利位置，支棱起来便不肯放手，多数人如此。

十六岁的梅兰芳娶王明华为妻，生一儿一女后，王不顾家人反对，做了绝育手术，不承想一双儿女均因麻疹夭折。王明华便托人将同门师妹福芝芳介绍过来，福芝芳旗人出身，其母提出女儿不能作妾，最终以妻礼相娶，与原配平起平坐。进门之后，生育九子女，夭折五。后来，名盛当世的梅兰芳带着红颜知己孟小冬到天津看望王明华，告知欲纳之为妾，王闻听此事，不仅赞同，且愿将正室位置让出，简直遇到了菩提树下的活菩萨。未到千般恨不消，福芝芳对此咬牙切齿，借家中琐事刁难之。关于老年人与小女人，王小波《关于幽闭型小说》说得透彻："中国有种老女人，面对着年轻的女人，只要后者不是她自己生的，就要想方设法给她罪受：让她干这干那，一刻也不能得闲，干完了又说她干得不好；从早唠叨到晚，说些尖酸刻薄的话——捕风捉影，指桑骂槐。"福芝芳此时便是这般心态。有忧伤，无愤怒，有绝望，无仇恨，面对非对称性风险，迷途未远的孟小冬毅然离家出走，并在报端声明分手，将此事大白于世。有眼光，未必有机会有能力，倘若没有无依无靠过，真就不知自己是谁。在这个人与人不再长情的世界，士之耽兮，犹可脱也，女之耽兮，不可脱也。誓言之美无以对抗世事无常，离梅而去后，并未被这个世界抛弃，孟小冬成为杜月笙的五姨太。绝世红颜，终不脱一生姜命。

二十岁那年，张大千学成归来，欲与表姐成亲。然上天捉弄人，表姐因病去世。伤心欲绝的他，决意前往松江禅定寺出家。三个月后，母亲又为其安排了一桩亲事。洞房花烛夜，当他掀起新娘曾正蓉的盖头时，大惊失色，新娘长得如此丑陋。从来善良无法取代容貌，二人结婚三年，一点动静没有。此间，张大千开始在画坛崭露头角，所设画展，每每销售一空，从此命运转机。1922年，二十三岁的张大千迎娶十五岁的黄凝素。不久，带黄凝素进入家门。母亲不反对，妻子曾正蓉的脸上则一脸愁容。无奈，为了张家后代，只得睁只眼，闭只眼。二人琴瑟友之，十年间，育有八个子女。1927年，张大千云游朝鲜，在此结识池春红，二人彼此赏识，迅速坠入爱河。张大千写信寄家，说明自己欲纳此女为妾，望家人允许。曾正蓉、黄凝素火冒三丈，家中已有一妻一妾，怎可贪得无厌。最终，张大千只好撇下池春红回到家中。归来后，黄凝素色难，张大千马上赔礼道歉，才算平了这场风波。1947年，张大千扭头与十八岁的杨宛君结婚。一气之下，黄凝素摔门而去，并告诫杨宛君："一定要提防十八九岁的小姑娘！"年轻的杨宛君不以为意，未几，张大千又与女儿好友、十八岁的徐雯波结婚。

1949年，张大千只拿到三张前往台湾的船票，考虑再三，最终只带走了徐雯波与一个女儿。

1932年，三十四岁的张伯驹，在上海吃花酒的时候，与当时潘素偶然相遇。十七岁的潘素弹得一手行云流水的好琵琶，张公子听后，不禁拍案叫绝，即兴挥毫一联："潘步掌中轻，十步香尘生罗袜；妃弹塞上曲，千秋胡语入琵琶。"写完后便心有盘算，决定将其迎娶进门。岂料名花有主，且为一将军，此人得知潘素的越轨行为后，将其软禁。张伯驹得到线人情报，随即采取营救行动。然后，二人连忙离开上海，抵达苏州，当晚即纳之为妾。那将军闻讯，深知张公子背景了得，且已生米熟饭，便不再追究。张伯驹熟谙音律，乐于浅吟轻唱。潘素的现身，更令之灵感涌动，佳作频出。张伯驹晚年，为厘清复杂的家庭关系，使潘素能独享当家夫人的尊严与宠爱，不惜付出巨款，遣散原有妻妾。

"静"中藏了一个"争"，"稳"中藏了一个"急"，"忙"中藏了一个"亡"，"忍"中藏了一个"刀"。心有惊雷，面似静湖，明明心中有那么多妒忌，却总是面带笑容，妻子问丈夫"我和你的妾，哪个好？"任何答案都不会令其满意。

美酒佳酿，妻妾成群，古来英雄士，俱已归山阿，此皆历历往事。徐珂《清稗类钞》载一事："某侍郎之夫人甚贤淑，侍郎以三百金买一妾，绝色也，嬖之，恒与妾同宿，然绝不闻笑语，某秉烛观书，妾为之添香捧砚而已。逾年，夫人探之，犹处子也，诧而问之，某笑曰：'譬之天上一轮好月，人间一枝好花，流连玩赏，生趣无穷，若距跃攀折，则俗子所为矣。'夫人大笑。"这位夫人大笑为何，甚是寓意。

死老婆

夫妻一场，千年姻缘，互济搭补，患难与共。然天不假命夺其魂，风云翻转有不测，除泫然泪下、痛哭失声外，由衷哀文不在少数。

潘岳妻死，赋《悼亡》诗："如彼翰林鸟，双栖一朝只。如彼游川鱼，比目中路析。"元稹妻死，赋《离思》诗："曾经沧海难为水，除却巫山不是云。"贺铸的"梧桐半死清霜后，白头鸳鸯失伴飞"，为悼亡妻赵氏而作，陆游的"伤心桥下春波绿，疑是惊鸿照影来"，为悼前妻唐婉而吟。

悼亡诗中，沈约的《悼亡诗》最为悲怆："万事无不尽，徒令存者伤。"梅尧臣《悼亡三首》最为痴情："见尽人间妇，无如美且贤。"悼亡词中，苏轼的《江城子》最为著名："十年生死两茫茫，不思量，自难忘，千里孤坟，无处话凄凉。"纳兰性德《沁园春》最为哀婉："便人间天上，尘缘未断；春花秋叶，触绪还伤。"

龚炜《巢林笔谈》中有"内亡度岁"篇："今夕是除夕耶？内亡且

二十日矣，含泪濡毫，粗述其生平大略，三十七年夫妇之情与一切病亡惨境，不忍一二道也。往年度岁，纵极艰难，内必勉措齐整；今夕但闻幕内哭声。孙男女麻衣绕膝，泪霶霶不止，何心更问度岁事？哀哉！壬午除夜泪笔。"佳节念亲，人生一苦，时龚炜年已花甲，含泪濡毫，情深意切。

吴锡麒在《寄邹论园》中悼念亡妻："仆归里后，内子已自病危，乃不数日间，遽然化去。以数十年同艰共苦者，而目中忽无此人，觉'蒙楚'一诗，字字皆为我辈画出泪痕。方知此种伤心，固自同于千古。特仆不幸，适然觏之，惨惨何已。"偕老路上，幽泉忽噎，彼何人，予何人，数十年同艰共苦之二人，从花开到花落，自红颜而白发，"目中忽无此人"，眼前顿时荒芜失景，意兴何以阑珊聊赖，无论生前吵也罢，闹也罢，哭也罢，笑也罢，浓也罢，淡也罢，喜也罢，怒也罢，此种感受，丧偶者最为不堪。幽情如蓝，静夜尤清，心若一动，泪即千行，短的是生命，长的是磨难。

蒋坦《秋灯琐忆》有悼念亡妻秋芙记述："去年燕子来较迟，帘外桃花已零落殆半。夜深巢泥忽倾，堕雏于地。秋芙惧为猫儿所攫，急收取之。且为钉竹片于梁，以承其巢。今年燕子复来，故巢犹在，绕屋呢喃，殆犹忆去年护雏人耶？"燕子犹识旧，人却不能归。燕子归来人去也，此时无奈昏黄。

礼教社会，存天理，灭人欲，母子之恩可表，夫妻之情讳谈，主流文人多无意于此，偶有只言片语之悲切，多不列正式，唯以笼统之词，概括言之而已，加之有三妻四妾分心，小楼佳日，丝竹管弦旁骛，阑干几曲，未尝见十分文字。倒是布衣之士，贫贱夫妻，百事人哀，相呴以湿，相濡以沫，常有戚戚之抒。沈复《浮生六记》，整书忆述与妻芸的闺房之乐、居家琐趣，真纯率真，独抒性灵，伉俪笃深，缠绵缱绻，妻殁，悒悒不得稍脱，遂作如此泪涟篇章。

梦好难留，诗残莫续，悼亡诗文，抑郁难平矣。

但也有例外。

梁漱溟夫人黄靖贤于1934年在邹平去世，梁写一诗悼亡：

> 我和她结婚十多年，我不认识她，她也不认识我。
>
> 因为我不认识她，她不认识我，使我可以多一些时间思索，多一些时间工作。
>
> 现在她死了，死了也好；
>
> 处在这样的国家，这样的社会，她死了使我可以更多一些时间思索，更多一些时间工作。

说实在的，这首诗写得不怎的，文采不足，却内容深刻，梁毕竟是哲学家。黄靖贤旗人出身，体格健壮，气概一如男儿，绝无女儿羞态，暮年梁漱溟能记得黄靖贤的只是"刚爽"二字。年轻时梁漱溟则一心向佛，无意于婚姻家庭，梁有家训曰："不谋衣食，不顾家室，不因家事而拖累奔赴的大事。"其志在国事，其思在哲学。如此夫妇，隔阂之异，殊于外人，感情的不融洽是很自然的事了。类似的话，死了丈夫的张兆和也说过，其在编选《从文家书》时，深有感触："从文同我相处，这一生，究竟是幸福还是不幸？得不到回答。我不理解他，不完全理解他。"学人之寂寞，在于精神空间的荒寒，哪怕亲密之人，也难以温暖。

"我和她结婚十多年，我不认识她，她也不认识我"，如此隔阂的夫妇不在少数，过去的媒妁之言时代如此，今天的自由恋爱时代亦然。唐代女诗人李冶早已说过："至近至远东西，至深至浅清溪。至高至明日月，至亲至疏夫妻。"而"死了也好"的话，就是"庄子鼓盆"的翻版："庄子妻死，惠子吊之，庄子则方箕踞鼓盆而歌。惠子曰：'与人居，长子老身，死不哭亦足矣，又鼓盆而歌，不亦甚乎！'庄子曰：'不然。是其始死也，我独何能无慨然！察其始而本无生，非徒无生也而本无形，非徒无形也而本无气。杂乎芒芴之间，变而有气，气变而有形，形变而有生，今又变而之死，是相与为春夏秋冬四时行也。人且偃然寝于巨室，而我噭噭然随而哭之，自以为不通乎命，故止也。'"其中，庄子强调的是生命"回到本源的状态"，而梁先生道出了"处在失望的社会"之无奈。

亦舒说："事无大小，若非当事人本身，永远没法子明了真相。"确实如此，尤其是夫妇之间，别人据只言片语去揣测，多数是隔靴搔痒，痒在何处，缘木求鱼，岂得一鳞。村上春树说："每一次，当他伤害我时，我会用过去那些美好的回忆来原谅他，然而，再美好的回忆也有用完的一天，到了最后只剩下回忆的残骸，一切都变成了折磨，也许我的确是从来不认识他。"或许这才是梁漱溟夫妇的真实状况，无论是谁伤害了谁，或者是相互伤害。

在道学家看来，梁漱溟或许是残忍无道的，但梁先生说的却是真话。美男子潘岳妻李氏死，三吟《悼亡诗》："徘徊墟墓间，欲去复不忍。徘徊不忍去，徙倚步踟蹰。"江淹妻死，作《悼室人》："膇尘岁时阻，闺芜日夜深。流黄夕不织，宁闻梭杼音。"李商隐妻王氏死，作《房中曲》："忆得前年春，未语含悲辛。归来已不见，锦瑟长于人。"梅尧臣妻死，作《悼亡三首》："窗冷孤萤入，宵长一雁过。世间无最苦，精爽此消磨。"苏东坡妻王氏死，作《江城子》："十年生死两茫茫，不思量，自难忘。千里孤坟，无处话凄凉。"生前相欢，死后情深，这样的话的确听起来感人。

1923年，梁启超心脏出了问题，一度登报谢客。病情甫好转，没想到第二年，夫人李蕙仙因癌症去世。其悲痛道："半年以来，耳所触的只有病人的呻吟，目相接的只有儿女的涕泪。丧事初了，爱子远行。中间还夹着群盗相噬，变乱如麻，风雪蔽天，生人道尽。块然独坐，几不知人间何世。""哎！哀乐之感，凡在有情，其谁能免，平日意能活泼兴会淋漓的我，这会也嗒然气尽了！"1981年，夫人杨步伟去世，赵元任悲痛万分，在致友人信中悲怆道："韵卿去世，现在暂居小女如兰剑桥处，一时精神很乱，不敢即时回伯克来，也不能说回'家'了。"次年，赵元任即追随而去。官场上流行过一谚："中年男人的三大快事：升官，发财，死老婆。""死老婆"后可名正言顺地再娶新欢，这是否为如今官场中人的普遍心态，不得而知。女人何不然，陕北便有咒丈夫死的民歌："杜梨树树开白花，至死还要说离婚的话！先死上婆婆后死汉，胳夹上鞋包包再寻汉！随黑里死下半夜里埋，赶明里做下一双结婚鞋。前锅里羊肉后锅面，我给我男人过周年！"

对女人而言，做庄妻梁妻，确系一种悲哀。贫困煎熬、疾病折磨之外，尚需忍受哲学家尖酸刻薄的语言、疯疯癫癫的行为，夫妻一场，死了未盼得丈夫的一滴眼泪，反"鼓盆而歌"，惠子不解，恐天下人都不解，惠子不满，恐天下人都不满。但庄妻梁妻较之官妻，尚存一息慰藉，那便是未使二奶咒其死，未设迷局害其死。

另一位梁先生的语调则截然不同。梁实秋《槐园梦忆——悼念故妻程季淑女士》中，记老夫妻忆少年事，一日，程季淑抚摸着梁实秋的头发："你的头发现在又细又软，你可记得从前有一阵你不愿进理发馆，我给你理发，你的头发又多又粗。硬的像是板刷，一剪下去，头发渣迸得满处都是。"行文至此，岁月的沧桑感，不言自生。夫人死后，"我现在茕然一鳏，其心情并不同于当初独身未娶时。多少朋友劝我节哀顺变，变故之来，无可奈何，只能顺承，而哀从中来，如何能节？我希望人死之后尚有鬼魂，夜眠闻声惊醒，以为亡魂归来，而竟无灵异。白昼萦想，不能去怀，希望梦寐之中或可相觌，而竟不来入梦！环顾室中，其物犹故，其人不存"。在程季淑墓前，其取出一纸，上书献给妻子的诔词。站在深秋的凉风中，他满怀深情地诵道："绩溪程氏，名门显著，红闺季女，洵美且淑，雍容俯仰，丰约合度，洗尽铅华，适容膏沐，自嫁黔娄，为贤内助，毕生勤俭，穷家富路，从不多言，才不外露，不屑时髦，我行我素，教导子女，正直是务，善视亲友，宽待仆妇，受人之托，竭诚以赴，蜜月迟来，晚营小筑，燕婉之求，朝朝暮暮，如愿以偿，魂兮瞑目。"

然就在程季淑去世不出七个月时，梁实秋已掀开了历史性一页，其与歌星韩菁清萍水相逢，一见钟情，并迅速坠入爱河。

1943年，梁漱溟在好友的介绍下，认识了在桂林当地做教师的陈淑芬。此时的梁漱溟五十岁，陈淑芬四十七岁。没有比较便没有伤害，陈淑芬属知识新女性，黄靖贤则是大字不识的旧女性，性格也截然不同，陈淑芬的强势每每使之不堪，未几，他在《纪念先妻黄靖贤》一文中感叹，"只有她配做自己的妻子"。儿子梁培恕便说："在父亲的生活里，家庭生活始终不重要，无论是第一个或第二个配偶都不重要。"夫妻之间"我不认识她，她也不认识我"，看来是个永久命题。

为妻守贞

　　昔时妇之从夫，终身不改；臣之事君，有死无贰。女子守贞，殊不知男子也守贞。然女子守贞可获旌表、树牌坊，立节完孤，奉为诰命，为道学先生津津乐道，奉为无上荣耀之事，赞之为节妇、烈女，而男子则不然，故知之者甚少。清人戴名世《李烈妇传》云："女子之不幸失所天，而身从死与夫守节不他适者，皆天下之大义也。或谓守节难而慷慨殉死犹易。夫人寻常一小事尚多有濡忍不决，而况生死之际乎。余读李烈妇之事，喟然叹息，盖尝闻孙氏、李氏两家皆巨族贵显，诗书之泽被于妇人矣。呜呼，岂不盛哉！"此乃鲁迅笔下成千累万、史不绝书的"吃人的旧礼教"。社会对于男子的要求，在于忠烈不贰。女子殉节，男子何不然耶，只不过殉的是王朝之节，而非夫妇之节。女子为男子附庸，事宗庙，广继嗣，男子为皇权从属，安社稷，尽忠诚，贞节忠孝，人之四维，看似分属，实则一也。

　　《新唐书》载王维"丧妻不娶，孤居三十年"。其卒年六十一岁，妻子死时，不过三十左右，正当青春年华。之后其笃信佛教，"斋中无所有，唯茶铛、药臼、经案、绳床而已。退朝之后，焚香独坐，以禅诵为事"（《旧唐书》）。"一生几许伤心事，不向空门何处消"（《叹白发》），深爱亡妻，其伤心事一也。司马光与张夫人终身未育，只好过继侄子司马康为子。妻子去世后，其友刘贤良拟用五十万钱买一婢女供其使唤，司马光婉拒之："吾几十年来，食不敢常有肉，衣不敢有纯帛，多穿麻葛粗布，何敢以五十万市一婢乎？"

明天启七年（1627），二十二岁时的傅山与忻州张泮之女张静君结缡，次年生子傅眉。二十七岁时，张氏即卒，誓不复娶，也再未续弦。十四年后，傅山偶见亡妻所绣大士经，怀念之情油然而生，遂作《见内子静君所绣大士经》："断爱十四年，一身颇潇洒。岂见绣陀罗，悲怀略牵惹。即使绣花鸟，木人情已寡。况为普门经，同作佛事者。佛恩亦何在？在尔早死也。留我唯一心，从母逃穷野。不然尔尚存，患难未能舍。人生爱妻真，爱亲往往假。焉知不分神，劳尔尽狗马。使我免此闲，偷生慈膝下。绀绵传清凉，菩萨德难写。"傅青主不但为前朝守节，也给亡妻守贞。

蒲华二十二岁娶缪晓花为妻，其亦善书画，二人贫困相守，情感至深。越十年，妻病逝，蒲华以诗抒恸："十年结知己，贫贱良可哀。"时年三十二岁，无子，之后不再续娶，孑然一身至老。

林森的发妻郑氏患病而亡后，其与表妹的感情便渐难舍分。正当此时，表妹由父母做主许配一华侨巨商之子。表妹对这门亲事竭力反对，拼死不从，然木已成舟，无济于事。紧要关头，她不顾众人议论，父母阻拦，径直跑到林森身边，恳求与之私奔，远赴南洋谋生，并哭诉道："哪怕过流浪生活，也决无怨言。"此一片痴情，使林激动万分。

而当时恰好孙中山电邀他远赴他乡，乃一个绝好机会也。可一想到革命尚未成功，常年奔波在外，环境险恶，随时都有生命危险，带着一女眷有诸多不便。苦思再三，终于未答应恳求。绝望之际，表妹上吊自戕。待林森回乡，闻听此耗，五雷轰顶，悲痛欲绝，备受自责。遂扒开坟墓，取出表妹头骨，并立誓自此之后，不近女色，终身绝娶。此后，不管处境如何，表妹头骨之骷一直陪伴身边。果然，林鳏一身以终结。1943年5月，已是国民政府主席的林森在重庆遇车祸致瘫，8月1日去世。遵其生前遗嘱，表妹头骨与之合葬一穴。

谭延闿任湖南省省长时，夫人病逝于上海，两人没见上最后一面。谭终身未再娶，每年三月三及七望日，必作诗悼念。孙中山想为其谋一门婚事，当时宋美龄从美国留学归来，孙中山有意将宋介绍给谭延闿，并让谭认宋的母亲为干妈。此时的谭延闿，正值壮年，且与宋家门当户对，如能联姻，与孙中山关系会更加密切，但谭延闿却以"我不能背了亡妻，讨第二个夫人"为由予以拒绝，他的悼亡妻诗句"故人恩义重，不忍再双飞"，流传甚广。

马一浮与妻汤仪感情甚笃。上海游学时，马突然接到家乡电报，得悉妻子病危，于是夤夜匍匐奔路。由于交通不便，经过两昼夜才回到家乡绍兴长塘。谁知幽明永隔，阴阳两界，亡妻已停棺在堂。马肝肠俱碎，在灵柩合棺前一日，不吃不喝，不哭不闹，只是轻轻握着妻子之手，家人恐其因悲愤过度而痴呆。在妻子下葬入土数日后，马坐在物是人非的清冷居所内，方号啕大哭起来。哀痛之余，作《哀亡妻汤孝愍辞》以托哀思："孝愍归我三十一月，中间迭更丧乱，无一日不在悲痛中，浮未有与卿语尽三小时者。然浮所言他人所弗能解者，卿独知其意。……卿既死，马浮之志、之学、之性情、之意识，尚有何人能窥其微者!"此后数十年,马一直未娶,孑然漂泊在外。对于这一点,其尝言:"吾见室人临终后之惨象,惊心触目,不忍人睹,自此遂无再婚之意。"此后他与岳家一直保持着交往。岳父汤蛰先逝世时有遗愿:"亡女缘悭福浅,希望马先生能再继画眉之乐,不要再孤灯独对的苦待自己了。"当时,一些大户人家的女子,仰慕其声名,表达爱慕之情感,但他表示坚决不再续娶,并于报端登出婉拒信:"浮德非虞鳏,生无立锥之地;才谢孔父,已邻衰白之年。分当枯木寒岩,自同方外;此而犹议婚姻,私亦讶其不伦。"此信一刊,议声偃息。

唐圭璋中年丧妻,美满婚姻戛然中断,亦未再娶。20世纪80年代,唐在南京师范大学讲授苏东坡的《江城子》,他在黑板上写下"十年生死两茫茫"后,再无力下写,口中喃喃:"十年生死两茫茫!十年生死两茫茫!"然后长叹一声"苦啊!"便无法再讲。学生皆惊讶,却深刻体会到了其中的内涵。唐圭璋悼亡词《虞美人·柳》云:"西风一箭成迟暮,消得斜阳顾。背人已自不胜愁,哪有心情,再系木兰舟。"

1921年4月21日,德国人露娜小姐在洛阳拜会吴佩孚,并一见倾情,秋波频传,无奈吴不领情。回去之后,露娜小姐给吴大帅写信道:"吴大帅,我爱你,你爱我吗?"吴看后在原信上批了四个大字"老妻尚在"。

1921年秋,郑天挺与周稚眉结婚。两人是旧式的婚姻,定的是"娃娃亲"。郑天挺的女儿郑晏说:"母亲在泰州读过私塾,虽文化水平不高,但知书达理,是位典型的贤妻良母。婚后两人相亲相爱,关系极为和睦。此时父亲还在北大文科门读研究生,家庭负担较重,便开始各处兼职。"1937年2月10日,大年除夕这天,全家人正准备欢度春节,周稚眉突然肚子痛。家人将其送至医院,谁知动手术时发生医疗事故，意外去世。本来喜庆的春节，变得愁云惨淡。其撒手西去，留下五个孩子，最大的十三岁，最小的才五岁。朋友赶到医院，极力主张郑天挺与医院打官司。郑天挺却说："人已经死了，如果打官司能将人活过来，我就打，否则打这场官司有什么用？"1937年11月17日，郑天挺告别五个年幼的孩子，与罗常培、罗庸、魏建功等同车赴天津南下。郑天挺在北平的五个孩子，交由弟弟郑少丹照顾。在西南联大，郑天挺工作繁重，一肩挑教学，一肩挑行政。每当深夜，看到梅花绽放，便就会想到亡妻，因妻子的名字中有个"梅"音。品尝到扬州风味的食物，也会想到妻子所做饭菜。郑天挺在昆明时定决心不再续弦。抗战中他的弟弟郑少丹于1945年春天病逝。幼年父母双亡，他与弟弟郑少丹相依为命，靠亲戚抚养长大。抗战期间，弟弟为照顾郑天挺的五个儿女，虽年已四十，始终未婚。其心可表，其节可叹，一段故事，字字深情。

1945年春，张君劢的夫人王世瑛因分娩时心脏衰疲，难产离世，所诞男婴也于次日夭折。此时张君劢远在美国旧金山出席联合国成立大会，得知妻子去世后，悲痛欲绝拟就一副挽联："廿年来艰难与共，辛苦备尝，何图一别永诀；六旬矣报国有心，救世无术，忍负海誓山盟。"并写下一篇《亡室王夫人告窆述略》，以表思念。1946年底，王世瑛的灵柩从重庆运回上海，张君劢余生未再娶，孤单终老。

孝节大矣！女子守贞，守的是一个名节，也是一份念想，男子亦然。齐衰之泪未干，花烛之筵复盛，女子守贞不易，男子亦然。罗兰·巴特《恋人絮语》说"我不想再花时间去习惯另外一个人，接受他的好与不好，然后，再互相伤害，重复又重复"，确实有些人不愿再娶，此原因或也隐于其间。

替身

　　人在江湖走，怎能离了酒。想要倾诉，身边无人，酒即介质，伺机表达心思。如若被每个人理解，也是件可怕之事，太容易的路，抵达不了秀峰。

　　江湖不是道义场、理想国，同样也是名利场、等级制。《笑傲江湖》里的岳不群算是位君子，一心振兴门派，坚守担当，且为好丈夫、好父亲，最终不容于江湖，重压之下，弃君子操守而变态自宫。爱默生论梭罗："他君子不器；他从未娶妻；他孑然一身；他从不上教堂；他从不去投票；他拒绝向政府纳税；他不吃肉，不喝酒，从不沾染烟草；尽管他是自然家，却不用圈套，也不用枪支。"洋君子梭罗是位现实中人，可惜没有仗剑闯江湖。然有人的地方，就有江湖，血雨腥风有察觉，打打杀杀无声息，仅此而已。

　　现实江湖故事，件件也都传奇。

　　萧红躺在病床上，写与友人的一封信中说："当我死后，或许我的作品无人去看，但肯定的是，我的绯闻将永远流传。"1942年1月22日，三十一岁的萧红病逝于香港。临终前在纸上写了一句话："我将与蓝天碧水永处，留得那半部红楼与别人写了。"萧红便常以抽烟喝酒排遣苦闷。1986年，旅欧东北女作家赵淑侠开会时，与"东北文坛三老"萧军、端木蕻良、骆宾基合影，这三老比风尘三侠还多一侠，皆与萧红有过情感纠葛。1997年3月20日，《澳门日报》刊出此合影，仿佛穿越至从前，隔花隔木隔天涯，照片上的那一团光芒，分明是萧红替身。

行止由心，从不遂愿，做可做，却不能要想要。擅长安慰人者，定也度过了许多自己安慰自己的日子。善良之人，纵使无能为力，但拒绝别人，便觉做错了事。沈从文说"事功为可学，有情则难学"，江湖上不学有情，学无情。习惯沉默，悄然离开，哪有特别的缘分。江湖上并非情多，恰是情寡，古龙说："一个没有根的浪子，只要得到别人的一点点真情，就永远也不会忘记。"管住情绪，控制心态，也就无所谓险恶不险恶，失望不失望。撞上便有三分喜，座上客常满，樽中酒不空，之后四下鸟散，无影无踪。

江湖之事，以酒来，以酒去，酒醉的自己，是酒醒自己的替身。

娶少妻得幼子的尴尬

北宋词家张先早年因词句"云破月来花弄影""娇柔懒起，帘压卷花影""柳径无人，坠轻絮无影"被时人称作"张三影"。其八十岁时，壮心不已，娶了十八岁的小妾。苏轼及众友前来道贺，问老先生得此美眷有何感想，张先随口道："我年八十卿十八，卿是红颜我白发。与卿颠倒本同庚，只隔中间一花甲。"苏则当即和曰："十八新娘八十郎，苍苍白发对红妆。鸳鸯被里成双夜，一树梨花压海棠。"从此，"一树梨花压海棠"便成了老夫少妻的委婉说法。

章太炎少时，所居与烟馆为邻，烟馆主人年五十，娶少妻仅十五，结婚之日，太炎撰一联贺之："五十新郎，十五新娘，天数五，地数五，但愿儿孙传五代；三两好土，两三好友，损者三，益者三，互相谈笑到三更。"

1915年10月25日，孙中山与宋庆龄结婚时，孙四十九，宋二十二。孙对宋说："你是我的秘书，每天为我工作。如果不结婚，人们会把你说成我的情妇，而流言蜚语将对革命有害。"

1923年7月10日，蔡元培续弦，与小自己二十四岁的学生周峻在苏州举行了婚礼。为不让众人诟病二人的年龄之差，蔡元培在婚礼上特别说明了结婚的原因："一、我年已五十七，且系三娶，所欲娶者为寡妇，或离婚之妇，或持独身主义而非极端者，惟年龄须在三十岁以上；二、我熟悉德文，略通法文，而英文则未尝学好，故愿娶一位长于英文的女子；三、我不信宗教，故不欲以宗教中人为妻；四、我嗜好美术，尤愿与研究美术者为偶；五、我既辞去北京大学校长，即将去比利时或瑞士继续求学，有志愿留学欧洲的女子，有所欢迎。再是，希望是原有相应认识者。恰巧，周峻女士年三十三，原上海爱国女校毕业，曾改名为周怒清，有反清革命思想，学英文多年，非宗教中之人，亦嗜美术，油画作品有相当水平，有志游学。介绍人徐仲可先生认为周峻是一位'才、学、识三者具备之闺秀也'。"凡事因人而异，凡话因人而设，这番话说出后，着实找不出一字一言的不妥，在场之人会意之间，报以祝贺的掌声。

黄炎培老来娶少妻，白发红颜，一树梨花压海棠。一日有冒失鬼来访，乍见黄夫人，竟率尔问曰："此是第几位令爱了？"黄徐徐以答："不敢，她是家岳母的独生女儿！"

苏东坡谪惠州，一老举人年六十九为邻，其妻三十，诞子，为具邀公，公欣然而往。酒酣乞诗，东坡戏一联云："令阁方当而立岁，贤夫已近古稀年。"一个已近花甲，松柏耐寒，一个花信年华，海棠睡足，传闻有一天，钱谦益对柳如是说了句"我爱你乌黑头发白个肉"，柳如则俏皮回应："我爱你雪白头发乌个肉。"1936年，六十六岁的熊希龄在上海见到复旦大学教授毛彦文，两人一见钟情，熊即刮去胡须，向毛求婚，毛彦文时年三十三岁。虽说年龄悬殊，辈分不同，熊希龄还是毅然迎娶毛彦文为妻。吴宓苦爱毛彦文，三洲人士共惊闻，1935年初，吴宓自报端得知二人订婚消息，悲愤莫名，竟在《晨报》发表一组《忏悔诗》，即《吴宓先生之烦恼》，其中有"花样翻新记艳闻，红颜白发语徒纷"句。婚礼隆重，轰动沪上，为一时之盛。其间，贤达名流，门生故旧，则多有佳联奉上。刘禺生有诗谑之云："闺人应惜首飞蓬，婉燕词新老凤雄。不用丈夫髯发美，更无长齿话元丰。"郑洪年赠联曰："儿孙环绕迎新母；乐趣婆婆看老夫。"马相伯赠联曰："艳福晚年多，人成佳偶；春光先日到，天结良缘。"崔通约赠联曰："老夫六六新妻三三，老夫新妻九十九；白发红颜双双对对，白发红颜眉齐眉。"章士钊赠联曰："几峰苍洞求凰意；万里丹山引凤声。"沈尹默赠联曰："且舍鱼求熊，大小姐构通孟子；莫吹毛求疵，老相公重做新郎。"此联暗指吴宓事，吴宓号雨僧，联中以鱼暗喻，并嵌入二人姓氏，颇有趣。其同学写就一联戏谑："旧同学成新伯母；老年伯做大姐夫。"北京报界集体赠联曰；"以近古稀之龄，奏凤求凰之曲，九九丹成，恰好三三行满；登朱庭祺之庭，观毛彦文之颜，双双如愿，谁云六六无能。"当时尚有一联流传甚广："熊希龄，雄心不死；毛彦文，茅塞顿开。"1938年7月28日，吴宓偶见本年4月18日上海《大美晚报》晨刊第五版《记天然婚姻信托社出现》一文后大发感慨，写下日记："自然，去世不久的熊希龄在四年前刮光了胡子与年方花信的毛彦文结婚之后，不但打动了那些老年人，而且还暗示了当时的社会，流行集团结婚。"读来仍泛酸水。

据《白石年谱》载，1919年7月，年已五十五岁的齐白石，聘得川籍女子胡宝珠为副室，胡十八岁，小齐白石三十七岁。至1937年胡宝珠三十六岁，前来买画的门客不断有人以"请安问好"为名，话外有话地搭讪胡宝珠，由此激怒了七十三岁的白石老人，老人无奈，遂张挂出"凡我门客，喜寻师母请安问好者，请莫再来"的字条，此为无奈下策。

吴稚晖曾作《论房事》打油诗："血气方刚，切忌连连。二十四五，不宜天天。三十以上，要像数钱。四十出头，教堂会面。五十之后，如进佛殿。六十在望，像付房钿。六十以上，好比拜年。七十左右，解甲归田。"吴的好友李石曾断弦再婚，他急忙写信劝之曰："老夫少妻，动都动不得。"他还说，年轻女孩嫁老头，不是谋财，就是害命。李石曾于1946年与林素珊博士结婚，年六十有八，林虽再婚，犹是盛年，为此，张一渠也有诗谑："春风先日到公家，连理枝头嫩欲芽。白首元勋新伴侣，红颜博士老才华。堪夸倒燕甘难及，即比寒梅韵亦佳。更喜岁星临曼情，奎光长照眷如花。"

娶少妻，就有可能得幼子，得幼子，同样也尴尬。

白居易老蚌生珠，衰年得子，刘梦得戏之曰："雪里高山头白蚤，海中仙果子生迟。"罗聘据此还绘有《得子图》（现藏山西省博物馆）。"嫁鸡随鸡，嫁狗随狗"之俗语，原为"嫁稀随稀，嫁叟随叟"之讹音，可见其现象之普遍。

吴梅村晚年得子。《清人逸事》载："吴梅村晚年精于星命之学，连举十三女，而子暻始生。时唐东江孙华为名诸生，年已强壮，赴汤饼会，居上坐，梅村戏云：'是子当与君为同年。'唐意怫然。后戊辰暻举礼部，东江果同榜。或赠梅村《五十生子诗》云：'九子将雏未白头，明珠老蚌正相求。兰闺自唱河中曲，十六生儿字阿侯。'盖少妾所出，后官兵科给事中。"顺治十七年（1660），李渔联想到自己已年过半百而无儿子，顿生感叹，作《五十初度答贺客》道："尽日为农曲水边，偶因客至罢耘田。穷愁岂复言初度，衰病空穷祝大年。艾不服官今已矣，岁当知命却茫然。纷纷燕贺皆辞绝，止受心交一字怜。"此事过后一月，侧室纪氏果为其产下一子。晚年得子，为寥落生活带来无穷乐趣，遂取名将舒，并作《五十生男自题小像志喜》："年逾四十便萧条，人说愁多面色凋。欢喜若能回老态，十年霜鬓黑今宵。"意犹未尽，又吟："五十生男命不孤，重临水镜照头颅。壮怀已冷因人热，白发催爷待子呼。"之后，一发不可收拾。次年，纪氏又生一子，取名将开；五十二岁时，纪氏再生一子，取名将荣；逾月，侧室汪氏也得一子，取名将华。后又得将芬、将芳、将蟠三子，共七子，将荣、将芬早殇，实存五子。

胡适为铁花公与第三任妻子冯顺弟所生。其父胡传之前曾有过两任妻子，第一任冯氏婚后不久，即死于洪杨兵乱，未留子嗣；第二任曹氏生过三子三女后，不幸病亡。第二任妻子去世时，胡传三十七岁。虽正值盛年，因家贫孩子多，自己又有志远游，故久未续娶。直至光绪十五年（1889），仕途稍顺，四十八岁的胡传利用探亲假期，回乡娶了十六岁的冯顺弟。胡适在《四十自述》中说："我母亲结婚后三天，我的大哥嗣稼也娶亲了。那时我的大姊已出嫁生了儿子，大姊比我母亲大七岁，大哥比她大两岁。二姊是从小抱给人家的。三姊比我母亲小三岁，二哥三哥（孪生兄弟）比她小四岁。这样一个家庭里忽然来了一个十七岁的后母，她的地位自然十分困难。"

1938年，齐白石七十八岁，最小的儿子齐良末出生，此时距离大女儿出生中间隔了五十五年。而1932年时，白石老人的曾孙齐耕夫已诞生，良末比他的曾孙还小七岁。幼子出生时，白石老人日记写道：

"二十六日寅时，钟表乃三点二十一分也，生一子，名曰良末，字纪牛，号耋根。"他还在良末的命册上批注："字以纪牛者，牛，丑也，记丁丑年怀胎也。号以耋根者，八十为耋，吾年八十，尚留此根苗也。"夫人宝珠难产去世后，白石老人对这位小儿子倍加爱护，一直将良末带在身边，且抱出抱进。期间不断有人相问，这是您的第几个孙子，每当此时，老人颇为尴尬。晚年胡适谈及齐白石时，放低声音笑着对胡颂平说："这位齐（白石）老先生七十八岁还生儿子；良怜之后，还有好几个子女呢！"话语间不乏戏谑调笑意味。

晚年康有为仍不甘寂寞，娶市冈鹤子为第四妾。1925年初，二十八岁的鹤子怀身孕后，急急回到日本产子，秋，生下一女，取名凌子，这年康有为六十八岁。传言，康凌子并非康有为的女儿，而是孙女。想起李国文《不娶少妇》里的一句话："在这个世界上，任何事情都可以通过金钱、权力、名望、关系网等等的精神和物质手段达到预期的改变。……当然也包括娶一个妙龄少妇，重新焕发青春。但有一条却是钱也好，权也好，都无能为力的事情，那就是无论怎样把头发染得黢黑黢黑也遮挡不住的老。"

多子女少子女

多子多福，古之所求，近代以来，此风不竭。

梁启超育九子，朱自清育八子，丰子恺育七子，齐白石育十二子。多子女家庭自得其所，也自得其乐，民国诗人张弘弢《爱儿歌·并引》云："我生既壮，近又得男。夜深人静，众子皆眠。纵横就寝，杂卧床前。看之心喜，顾盼流连。因歌短句，聊志华年。行年三十一，始有爱儿情。长子十三岁，次子十一庚。三子方四载，四子前月生。为尔谋衣食，勉哉小弟兄。"黑了睡，明了起，穿上衣裳把脸洗，一觉醒来，爹在烧火，娘在做饭，该是一幅令人神游千载、梦回过往的美好画卷，该是一首听多少遍仍会感动的曲子。

鹦鹉能言，不离飞鸟，猫狗通灵，不离禽兽，养宠物不及养儿女。有道是自食其力，方能自得其乐，丰子恺在散文《儿女》中吐露，其心为"四事"占据，"天上的神明与星辰，人间的艺术与儿童"。年猪月马十天牛，生一个是生，一堆也是生，虽曰群养放养，养起来照例费力，嗷嗷待哺，巧妇难为无米之炊。学人家庭，仰仗一支笔支撑，时常捉襟见肘，寅吃卯粮。然人间的许多悲伤，总得有人承担，地里刨食者，更就苦不堪言，三天饿九顿，衣短脚无袜，孩儿打工去，老母家中留。

一母生九子，子子不相同。扩其思想，开其智识，动其感情，家长能参与每个孩子的成长，影响其人格建构与心灵质地，该是一件极具成就感之事。王云五娶一双亲姐妹徐净圃、徐馥圃为妻，共生育有九个子女，八个长大成年。好友朱经农之子朱文长曾小住王家，目睹过王云五与子女的关系。逢休息日，王云五必给孩子们上课，其方式很是独特。他给每个孩子选一本英文书，指定若干内容，令其在限定时间内译成中文，之后逐个评点。孩子们有不同见解，可直接与之争论。王云五不以为忤，反会兴致勃勃地同查词典、翻资料，反复讨论，直至达成一致意见。王云五将其自学成才的经验，不动声色地灌输给了子女。

至乐莫如读书，至要莫如教子，昔有学郎诗，读之具味，"非衣裴醋大，口口吕秀才。白七皂罪过，王卅弄人子""且之是不善，非心悲慈深。八王全法用，人曾会言语。山佳崔夫子""高山高高高入云，真僧真真真是人。清水清清清见底，长安长长长有君"，想想解读时的比画，不也乐哉。遗子黄金满籯，不如教子一经，买尽天下物，难买子孙贤，有些心血的付出，不值得。参差多态，因材施教，不事炉锤，纯任天机，子女个个成才，别说这是巧合，自有规律其间。无理由的护短，潜意识的偏爱，不可以。期待或许是一种伤害，所谓成才，善良正直，重情重义，人格健全，独立而不依附。享受生命乐趣与追求事业成功，是一对伴随矛盾，最终世俗还是淹没浪漫。世间事，不求太满，方为圆满。有子不教，父母之过，《笑林广记》便载一趣事："秀才年将七十，忽生一子。因有年纪而生，即名'年纪'。未几又生一子，似可读书，命名'学问'。次年，又生一子，笑曰：'如此老年，还要生儿，真笑话也。'因名曰'笑话'。三人年长无事，俱命入山打柴，及归，夫问曰：'三子之柴孰多？'妻曰：'年纪有了一把，学问一点也无，笑话倒有一担。'"

救别人的孩子，便是救自己的孩子，一个孩子得不到尊重，岂能学会尊重他人。越长大越觉得，父母给的别人永远给不了，别人对你好或有企图，唯有父母无私如是。故父母之言，可以不听，但须参考，并与他们妥协。

子女多，拖的生育时间必长，甚至与自己的孙辈相仿。道光八年（1828）正月十四日，杜煦写给好友蔡名衡的信中，提及自己晚年得女的欣喜与忧虑："新年有一喜事奉告，元旦子时小妾阿章生一女儿。唐人以茶为小女儿美称，正月又茶花盛开之时，故以阿茶呼之。弟老矣，即幸而年周花甲，此女仅十二岁耳。"这段文字，相当理智。

有多子女门户，便有少子女家庭，且不以为忤。胡适二子，鲁迅一子，傅雷二子，杨绛一女。孩子少自有少的理由，其中一条，便是不愿让后代生活在罪恶世界里。鲁迅在给学生李秉中的信中谈及："我本以绝后顾之忧为目的，而偶失注意，遂有婴儿，念其将来，亦常惆怅，然而事已如此，亦无奈何。"周海婴回忆录中也说"我的出生是一个意外"，是避孕失败的结果。不想要孩子，不是不喜欢孩子，既然有了，便赋予了额外的期待，独子不是孤儿，老来得子，上手即慈父，无情未必真豪杰，怜子如何不丈夫。

旧式婚姻的好

旧式婚姻，父母之命，媒妁之言，论及和谐般配，较之今日稳定，但许多人只知新式婚姻的高，不知旧式婚姻的好。取其一，不责其二，即其新，不究其旧，然民国前期一个显著标志，是对本土传统的批判，否定旧文化的同时，建立新文化，否定旧式婚姻的当间，主张新式婚姻。先有欲望，再造理论，激进的近代文学，已无法对旧式婚姻中的不自主有一分的容忍，故无一不持抨击态度。却也有述其美好者，如孙犁的《亡人轶事》。

没有切身经历，写不出情节，生不出枝杈，构不成章回，更不会感人。旧式婚姻做主者家长，考虑的首先是门当户对。曲有误，请君顾，孙与妻的结合，纯属偶尔。秀才骂遍四方，和尚吃遍四方，媒婆传遍四方，媒婆因"崔家的姑娘不大般配"，方找到妻家，凡事天注定，此可印证。配对不规范，亲人双行泪，乃媒人罪过。当事人其实也有相当的自主，订婚之前，媒人总要巧妙安排几次见面的机会，较之卓文君年代的"窃从户窥之，心悦而好之"，毕竟开明了许多。朱家溍与赵仲巽两家是世家的情谊，朱家溍为朱文钧的儿子，赵仲巽为荣庆的孙女。两人的婚配由上一辈人介绍，并非盲婚哑嫁，决定结婚之前的1934年，赵小姐去看了一场堂会。此为朱家溍首次登台，演了《扫花》《芦花荡》《闻铃》三出折子戏。赵小姐由嫂子陪同观看，一到朱家溍出场，便问："你觉得朱四的戏怎么样？"答曰："朱四的《扫花》演得真好，《闻铃》的陈元礼也不错，有点杨派武生的意思，《芦花荡》的周瑜不怎么样。还是吕洞宾的扮相最漂亮，总而言之是戴黑胡子比不戴更好。"佳偶天成，便是这几句话，定了终身。婚后，亲友之间见面，少不了以"戴黑胡子比不戴更好"一句，开二人的玩笑。太原一带流传一句顺口溜："俺村有个姐姐，进城眊她舅舅，买了个醋溜溜，吃了个酸溜溜。"进城何为，舅舅安排了一场无察觉的会面。村里唱大戏时，他们在人群中见过，"我看见站在板凳中间的那个姑娘，用力盯了我一眼，从板凳上跳下来，走到照棚外面，钻进了一辆轿车"，孙犁写夫妻结缘时的情景，极具北方农村风情，很是有趣。与君初相识，犹如故人归，二人都还觉得满意，未几，腰中双绮带，梦为同心结，过上了布衣菜饭的生活。小旗村店酒，微雨野塘中，乡村与爱情的结合，是诗经时代就有的浪漫。

旧式婚姻的过往，男在外奔波生计，女在内相夫教子。在家体贴翁婆，善待叔姑，勤俭持家，对己素衣淡妆，荆钗布裙，更见女德，本分是传统里的一项美德。然岁久人无千日好，春深花有几时红，爱情终美不过容颜，此非一时好感之事功，而是知道遇见不容易，错过会可惜。其之所以经久，正因平淡无波澜，淡去的风景，仍是风景。夫妻情分，首在恩爱，不热烈却能相濡以沫，相牵于舁，不以严寒易故心，许多情节已散之于孙先生的文字里。选入中学课本的《荷花淀》，开篇即是"月亮升起来，院子里凉爽得很，干净得很，白天破好的苇眉子潮润润的，正好编席。女人坐在小院当中，手指上缠绞着柔滑修长的苇眉子。苇眉子又薄又细，在她怀里跳跃着"，为世俗所阻，一句耳鬓厮磨、互诉衷肠的话也没有，却满是多愁善感，柔情蜜意。

变化都在岁月里，记忆都在画面中，法国社会学家让·鲍德里亚解释"照片的终结"："用照片的沉默，抵制噪音、话语、谣言；用照片的静止，抵制运动、变迁、加速；用照片的秘密性，抵制交流和信息的放纵；用意义的沉默，抵抗意义和信息的专制。"孙犁的文字，不激不厉，一任自然，往往使人静穆雍然，具有照片般的画面质感。善写人情，乃作家第一要领。

有的人恨不得早些相逢，有的人恨不得从没遇见，未能常见，心中挂念，宫商角徵羽，以身爱相许。伤感袭来，倒不是越过山丘，无人等候，而是明知前方无人等候，仍要咬牙抵达，万家灯火，无一盏为你点亮。任何社会都是文化与观念的共同体，旧式婚姻存在于昔时，新式婚姻发生在当下。旧式婚姻的持衡，在于婚后才开始了解对方的脾性，发现缺点的同时，也在发现优点，互补机制，可谓巩固双方的稳定器。当下社会，实在太适合独身，无奈传宗接代需要二人。与现实世界中的人恋爱，种种不如意，有时在于意料之外的要求。宁肯错过，也不主动，不是对方不重要，而是不知自己在对方心中是否重要，害怕爱上了一个根本不可能之人。人之倦，通常不是来自工作与学习，源自忧虑与紧张也。

俞平伯的夫人许宝驯，是其青梅竹马的表姐，1982年2月7日病逝。"六十四年夫妇，一旦分手，痛哉！！！"丧事极简，只是俞坚持将骨灰安放于自己的卧室，之后常在夜间一人自言自语，甚至狂吼，遂将自己的抑郁心酸书于《壬戌两月日记》："高龄久病，事在定中。一旦撒手，变出意外。余惊慌失措，欲哭无泪，形同木立。次晨火葬，一切皆空。六十四年夫妻，付之南柯一梦。"并作《妻许小传稿》，详述其一生。许宝驯缠足，深居简出，是标准的旧式女子。

有所珍惜，方有所真心，有所懂得，才有所值得。"我在北平当小职员时，曾买过两丈花布，直接寄至她家。临终之前，她还向我提起这一件小事，问道：你那时为什么把布寄到我娘家去啊？我说：为的是叫你做衣服方便呀。她闭上眼睛，久病的脸上，展现了一丝幸福的笑容。"平铺直叙的文字里，有这么一笔，足可空纳万境，与"庭有枇杷树，吾妻死之年所手植也，今已亭亭如盖矣"一句堪比。1993年1月9日，朱家溍正在香港办事，忽接夫人昏迷抢救的电话，赶最后一班飞机回到北京，"插着各种管子，口中有呼吸机"的赵夫人已无法讲话，看着他慌张的样子，拿笔写了"不要急"三个字，朱先生看着，已潸然泪下。2003年，有记者至朱先生家采访，临走打算给朱先生拍张照，忽被叫停。他回身走到墙上夫人的相框前，摆上两朵绢花后，转身道："照吧。"琴瑟谐和，缱绻绸缪，情到深处难自禁，《浮生六记》里的沈复与芸娘，萧散雅淡，绝去尘俗，也是鸳鸯交颈、蝴蝶双飞的恩爱一对。

凡事有好的一面，便隐藏不好的一面。1907年《中国新女界杂志》第三期刊载有炼石撰写的《中国婚俗五大弊说》，其认为中国婚俗有诸多弊端，如"媒妁之弊"，造成"男才以配女愚，女才以配男痴，数见而不鲜，甚至心性志愿两不相投，男长女幼，男丑女妍，男俏女陋，男憎女怨，十人而九"。这便是旧式婚姻不好的一面。

胡适的月老红娘身份

一为元气，二为阴阳，男大当婚，女大当嫁，自古而然之大伦。士农工商，各私其私，却在成家立业、传宗接代方面，行当不同，手法则一。世间媒妁，皆热心之人，愿成全这等好事，遂南北张罗之，东西撮合之。

呐喊民主，向往自由，捍卫正义，追求真理，鞭挞邪恶，拷问良心，渴望知识，同情苦难，除此之外，胡适还有"民国第一红娘"之誉。由其牵线作伐促成的有情眷属，不胜枚举。优雅之人，必有包容万物、宽待众生襟怀，其也乐见合卺之美好，且亲自主持过一百五十余场嘉礼。婚主多为学界伉俪，如蒋梦麟夫妇、赵元任夫妇、徐志摩夫妇、沈从文夫妇、陆侃如夫妇、李方桂夫妇、千家驹夫妇、马之骕夫妇、王岷源夫妇、许士骐夫妇等等，华枝春满，天心月圆，皆由其证婚终结潘杨。待箫管敖曹、笙歌嘹喨之时，胡适心满意足地掏出一本"鸳鸯谱"，记上本次婚主的大名。传闻离奇，三头六臂，这个本子是否存在，已不太重要。

姹紫嫣红遍地，桃红柳绿春浓，虽说占用了做学问的时间，却能以内心的阳光，温暖不完美的世界。婚礼乃人生大事，延请这位学界一等名流主持，自是雅逸体面，一生荣光。胡适先生肢体清癯，双眸炯炯，丰标峻整，器宇不凡，加之咳唾成珠，出口成章，更是锦上添花，美妙无比。

一阳初动，二姓和谐，庆三多，具四美，五世其昌征凤卜；六礼既成，七贤毕集，奏八音，歌九和，十全无缺羡鸾和。此证！

喜今日赤绳系定，珠联璧合；卜他年白头永偕，桂馥兰馨。此证！

嘉礼初成，良缘遂缔。情敦鹣鲽，愿相敬之如宾；祥叶螽麟，定克昌于厥后。同心同德，宜室宜家，永结鸾俦，共盟鸳蝶。此证！

喜今日嘉礼初成，良缘遂缔。诗咏关雎，雅歌麟趾。瑞叶五世其昌，祥开二南之化。相敬如宾，永谐鱼水之欢；互助精诚，共盟鸳鸯之誓。此证！

礼同掌判，合二姓以嘉姻；诗咏宜家，敦百年之静好。此证！

合卺逢春月，芳菲斗丽华。鸾竹锁竹叶，凤管合娇花。天上双星并，人间两玉夸。思念往昔情歌。此证！

从兹缔结良缘，订成佳偶，赤绳早系，白首永偕，花好月圆，欣燕尔之，将泳海枯石烂，指鸳侣而先盟。此证！

两姓联姻，一堂缔约。良缘永结，匹配同称。看此日桃花灼灼，宜室宜家；卜他年瓜瓞绵绵，尔昌尔炽。谨以白头之约，书向鸿笺；好将红叶之盟，载明鸳谱。此证。

群祥既集，二族交欢。敬兹新姻，六礼不愆。羔雁总备，玉帛戋戋。君子将事，威仪孔闲。猗兮容兮，穆矣其言。此证！

春花秋月，锦心绣口，虽说都是些程式化的顺口金句，世俗又庄严，滑稽又严肃，却是一堆废话不嫌多。好在其也有度，恰到好处。

仗义疏财不计，成人之美无数，却是命运尾随，自己的婚姻并不美满。婚后，胡适与江冬秀在精神上圆凿方枘，毫无默契，此情此境，在一首名曰《我们的双生日——赠冬秀》的诗中有委婉表达："今天是我们的双生日，我们订约今天不许吵了！我可忍不住要做一首生日诗，他喊道：'哼哼！又做什么诗了？'要不是我抢的快，这首诗早被他撕了。"此间，对传统的身份观、婚姻观、宗族观、家庭观，新旧观念进行过广泛争论，洞彻生活的胡适便主张过"没有爱情，婚姻不道德"的观念。据汪静之回忆："胡适打算同江冬秀离婚，同曹结婚，冬秀不肯。曹佩声告诉我说，一次胡适提到离婚，冬秀便从厨房拿出菜刀威胁胡适说：'你要离婚可以，我先把两个儿子杀掉。我同你生的儿子不要了！'以后胡适不敢说离婚了。"门当户不对，郎才女不貌，这场牛头马嘴、龃龉抵触的婚姻，终因"不忍伤几个人的心"而现状维持。婚后在胡的教导下，夫人放脚识字，终不肯更上一层楼，依旧沉迷牌九雀战，与胡博士的长足进步形成强烈反差，故曰良贱不婚，雅俗也不宜婚。夫妻胖合，蒹葭倚玉树，如此婚姻，竟持续终老，达四十余年。唐德刚喻江冬秀："这位小脚、眼有翳、爱打麻将的女人，成了传统中国社会最后一位福人。"因己之缺陷，希望他人美满，道骨佛心，爱人如己，胡适方对此乐此不疲，在所不惜。一切行为，没有一样出于偶然，其热心社会活动，暂避于一时，盖也与婚姻状况有过。

或许由于自己经历的不幸，其崇尚恋爱自由，喜欢看到有情人结为眷侣，由他牵线做媒的恋人，不计其数，具有"民国第一红娘"的美称。除做媒之外，对征婚行为，也是乐此不疲，据坊间统计，其主持过的婚礼不下一百五十场，著名者有赵元任与杨步伟、徐志摩与陆小曼等的婚礼。1932年，北京大学校长蒋梦麟与陶曾谷的婚礼。蒋与陶的前夫高仁山为挚友，后因政治原因，高仁山被军阀张作霖抓捕杀害，悼念会上，蒋梦麟与陶曾谷两人皆忧伤断肠，泣不成声。之后，蒋梦麟贴心呵护陶曾谷，对其关怀备至。最终，二人感情不断升温，四年之后决定结婚。当时，蒋梦麟已有家室，为与之结婚，毅然选择与妻离婚。二人结婚的消息传出，震惊文化界。作为证婚人的胡适站出来发言，表示十分佩服蒋梦麟的勇气，"这个婚礼可以代表一个时代变迁的象征"。守旧的胡妻，对此颇有微词，竟封门禁出。胡适为参加婚礼，不惜冒着河东狮吼风险，从窗户跳出，赶往现场。婚礼上，蒋梦麟的发言可谓语惊四座："我一生最敬爱高仁山兄……因为爱高兄，所以我更爱他爱过的人，且更加倍地爱她，这样才对得起亡友。"

　　形似无盐，流年似水，如花美眷，似水流年。美满今生，有爱不觉天涯远；缺陷今世，无爱对面隔云天。哪有那么多的同声相应，同气相投，何来如此久的相辅而行，相得益彰，经他撮合的秦晋之约，未必对对幸福。有多少盛名难居的丝萝之期，一屋二人，三餐四季；有多少前不后搭的天作之合，如人饮水，冷暖自知。

单身

自己给自己沏壶茶，斟杯酒，炒盘菜，煮碗面，不起褶皱的日子，别人以为月凉风萧，形单影只，那是同情心用错了地方。

七七事变后，梅贻琦临时动议，委托陈岱孙南下长沙，为清华大学南迁打前站，开完校务会，陈岱孙竟连家也不回，穿着一件夏日长袍，径直奔路前行。如此利落，只因他是单身。当然，无论对学校抑或本人，这都是一件重要的小事。

郁郁乎文哉，经济系教授陈岱孙与物理系教授叶企孙、哲学系教授金岳霖（字龙荪），不仅学问人品俱佳，且都终身未婚，世称"清华三孙"。三人出身或簪缨世家，或书香门第，皆有欧美留学经历，才为世出，学业有成，加之财务自由，经济宽裕，不用掐着指头计算投入产出比，名满天下而受万人瞩目。竹瘦而寿，梅寒而秀，石丑而文，三人形象均属相貌堂堂一路，甚至可入画。至于三人何以不婚，各有说辞。

陈岱孙者，高洁其行，高山其才，世所罕见，其哈佛大学四年学成归来时，心仪女子已嫁作他人妇，人心易变，不似往时，其也及时抽身，以教书为志业，终身未娶。据许渊冲《这一代人的爱情》里称："陈岱孙不结婚，是因为他跟周培源都喜欢王蒂澂，只可惜，后者并没有选择陈岱孙。此后，陈岱孙便再也没有看上别人。"不管选择哪一条路，都会遇到挫折，有人挫折于事业，有人挫折于情感，"让我与你握别，再轻轻抽出我的手，知道思念从此生根。浮云白日，山川庄严温柔"，这是席慕蓉诗中的情形。同一事实，认定不同，皆有所明，而不能相通，在学生眼里，那女子不过是位"有文化的家庭妇女"，并非天仙般的人物，没有诗文传世，甚至连名字也没留下来。局外人论局内事，毕竟隔着一纸，薛宝钗、史湘云劝导贾宝玉关注仕途经济，遭宝玉厌烦；而其深敬黛玉的原因，是"独有林黛玉自幼不曾劝他去立身扬名""从不说仕途经济的混账话"。二人的爱情基础是三观一致，表征之一是对科举态度的一致。

话又说回来，即便遇到，未必珍惜，一起时怀疑，失去时怀念，怀念的想见，相见的恨晚，便真应了王鼎钧回忆录《关山夺路》里的一句话："上帝设局骗人，他使年轻的女子都漂亮，使每一个女子都有一个男子梦寐以求。可是到了中年以后，女人的容貌越变越丑，个性的缺点也逐步扩大，她的丈夫只有忍耐适应。"白头偕老者司空见惯，恩爱承欢者世所罕有。大手一挥，哈哈一笑，终其一生，不过一憾。有些风景，不必在意，有些誓言，不必认真，但有的人对此却信以为真。

翻遍民国史料，发现不了叶企孙爱上过谁，其毕生时间自律，凹镜聚光，全身心投入学业，不想因家庭而受到纷扰。人贵知足，唯学不然，自己没能成为更好的自己，怎么可以奢求别人成为更好的别人，果然，门下峰峦林壑，蔚然成秀。与前两位不同，经过地摊作家的尺水兴波，金岳霖不因学术成就而广为人知，而在其"逐林而居"的故事，一时坊间佳话，"林"即林徽因。作为传奇的存在，索隐派常有石破天惊的猜想，其实谁都明白，世间美好事物，往往源于善意的虚构。

学问之道，本不限于书本，将对待事业的态度移植婚姻，便是死抱一隅之见，同样不肯退而求其次，搭伙过日子，宁缺毋滥，就此瞻顾不前。是否需要拥有两副人格，才能在某些事上说服自己。走入风雨易，青春时经历繁茂；从头再来难，中年时恢复简单。闭门即是深山，单身确实自由。架上有书真富贵，胸中无事小神仙，单身久了便会觉得此状态具有吸引力，倒不是有多么快乐，而是每日心态的风烟俱净，天山共色，不必整天想着猜测对方，取悦对方，注意力均在自己身上，喜怒哀乐全因自己而改变。减少负累，过一种自给自足的生活，钱能够带来世间最为宝贵的东西，就是不求人，且能资助人。后来，身陷牢狱之灾，饱受摧残的叶企孙无罪释放后，小便失禁，双腿肿胀，背驼几成直角，无人照料。陈岱孙不畏被牵连的风险，单向度给予，时常送食物过去，直至其去世。当然单身也有单身的寂寞，感觉太寂寞，是因为寂寞得还不够，"我家门前有两棵树，一棵是枣树，另一棵也是枣树"，他的脸上有两撇胡子，一撇是黑色，另一撇也是黑色。

作为教师，贵在言传身教，言行一致。内心坚定方能磊落坦荡，无所畏惧，由此突破常规或世俗的认知法则，自然真率，不失赤子之心。毕竟世所罕有君子，陈岱孙是周培源与王蒂澂的共同朋友，金岳霖是梁思成与林徽因的共同朋友。

吴贻芳未成年时，祸不单行，灾变多重，三年时间内，父亲、母亲、哥哥、姐姐相继离世。热热闹闹的一大家人，突然间仅剩下她与年迈的祖母、不足七岁的妹妹。一个家族连殁之事，时见。光绪二十三年（1897）腊月，陈寅恪的祖母黄太夫人病逝，不久，从姑母痛哭而死。翌年，祖父陈宝箴被慈禧太后密旨赐死，此前一月，兄嫂范孝嫒也逝。在《巡抚先府君行状》里，其父陈三立不能控制自己，仰天长啸，"天乎，痛哉！"1916年2月，吴贻芳获得杭州弘道女校美籍教师诺玛丽的推荐，投考金陵女子大学，作为特别生插班学习。期间，尚未从家庭不幸的阴影中走出来，不经意间离群索默，寡言少语，除却听课，便是埋头书本。是年夏，其接受洗礼，皈依基督教，希望自己能谨遵教义，以善行造福社会，由此摆脱了悲观厌世情绪，重树生活信心。遗世而独立，终以优异成绩毕业，成为国内首批毕业的五名女大学生之一。之后赴美留学，在密执安大学获得生物学博士学位。大风吹沙日，牡丹依旧开，自强是弱者的拼搏，人的后半生则由前半生点亮，1928年11月3日，三十五岁的吴贻芳出任金陵女子大学校长，成为当时国内最为年轻的大学校长。"人生的目的，不光是为了自己活着，而是要用自己的智慧和能力来帮助他人和社会，这样不但有益于别人，自己的生命也因之而更丰满。学校用这个为目标来教导学生，并通过学校生活的各方面，以潜移默化的方式引导学生向这个方向努力"，抑扬顿挫，起落铿锵，闻之，想起苏轼说女性的一句话，"不惟有超世之才，亦必有坚忍不拔之志"。

　　若出发，必到达，择一业，了一生，吴贻芳终生未婚。1948年，女大举行吴贻芳主校二十周年纪念活动，学生们别出心裁，编演一出话剧美其品节。吴家小姐才貌双全，登门提亲者踏破门槛，其始终不肯点头，最终"教育之神"登门求爱，吴小姐欣然首肯。也曾有人以蠡测海，问及何以单身，"我在等一个合适的人"，这算是她唯一的一次回应，后来人们回味，此不过是例行的敷衍。大脑由自己使用才是大脑，人人皆应具有独立思考的能力。因为没有世俗中的明确指向与目的，无数人的不理解，反强化了她的与众不同，卓越了她的特立独行。

恪遵戒律，清苦自守，其虽持独身态度，却不反对他人恋爱结婚。在她看来，无论婚姻抑或单身，皆应成为女性的自由选择。女校的设置，本为排除男性的旁骛，即便高墙围拢，抑制不住精神焕发，血脉流通，女大学生读书时谈情说爱者尤多。红杏出墙，要么树太高，要么墙太矮。起初其不赞同，学生理应把握好大学生活，用心功课，恋爱结婚或可稍后考虑。于纷冗事物中，其注意到了学生因此耽误学业的现象，认为大禹治水，宣导归海，不敢填湮，一面治水，一面随山刊木，禁不如疏也。遂安排将一会议室划出部分，隔成若干半封闭小间，内设桌椅，允许在指定时间内，携男友在此聊天。幸福感降低人的对抗性，这一措施，使学生倍感学校关爱的同时，又免除了校外交友的安全问题。没有完美的学生，生活中的教育同样是教育。收功于学术之林，致获于道德之渊，所谓大学精神，无非就是知识分子的精神，人的精神。

林巧稚出生于鼓浪屿一个基督教家庭，1921年，二十岁时考取刚建成的北京协和医学院，并于1929年拿到医学博士学位，同年被聘为协和医院妇产科大夫。之后，前往英国伦敦妇产科医院和曼彻斯特医学院进修深造，又赴美国芝加哥大学医学院读研。其也终身未婚，"我一辈子没有结婚，为什么呢？因为结婚就要准备做母亲，就要拿出更多时间来照顾好孩子。为了事业我从进入协和那天起，就选择了不结婚。"自己是自己的全部，更好的人生，更好的自己，外人不足以道也。人生在世，一则让身体舒适，一则使灵魂自在，你不自在，是因为你既未爱自己，也未爱别人，且常常因别人消耗着自己。

鸿是江边鸟，姻是女做因，女性在男权社会，从众随俗不论，若要有所成就，最常见的舍弃，便是婚姻家庭，与自己命运做斗争的唯一途径，便是偏离轨道。立志如山，行道如水，男性何不然。

敌国情侣

两国交战，殃及百姓，亲人分散，音讯隔绝。《四郎探母》中杨延辉的唱段，叙述了这般情形对个人及家庭的影响："孩儿被擒在番邦外，隐姓埋名躲祸灾。萧后待儿恩似海，铁镜公主配和谐。儿在番邦一十五载，常把我的老娘挂在儿的心怀。胡地衣冠懒穿戴，每年间花开儿的心不开。闻听得老娘征北塞，乔装改扮过营来。见母一面愁眉解，愿老娘福寿康宁永无灾。"

太平年间有婚姻悲剧，动荡岁月更多。抗战事起，两国互为敌对，参谋部次长熊斌告诉冯玉祥，其长子冯洪国正与一名日本女子热恋，且时有书信往来，恐生意外，并将书信原件交予冯玉祥。当日，冯令手枪排长将冯洪国抓来，捆绑于柱，严厉训斥之："你是一个中国人，你的国家，你的民族，正在遭受日本强盗的欺凌，你难道不感到痛心吗？可是你却和一个日本女人勾勾搭搭，你还有一点中国人的良心吗？"后经鹿钟麟、邓鉴三等人求情，冯洪国写下悔改书，才算了事。

对下属对家属，军人皆以绝对服从为首要。于国，大是大非，于己，卿卿我我，生在这样的家庭，真相为立场让路，小我只能服从国家，这场异国恋就此结束。

"住英国房子，雇中国厨子，娶日本妻子"，林语堂所说人生的三大享受，在周作人处却未曾体现。据周建人回忆："早在辛亥革命前后，他（周作人）携带家眷回国居住在绍兴时，他们夫妇间有过一次争吵，结果女方歇斯底里症大发作，周作人发愣，而他的郎舅、小姨指着他破口大骂，从此，他不敢再有丝毫'得罪'。"总有人以卑微宽容，成全着别人的傲慢无理，不是所有的日本女人都能和顺贤惠，许广平以女人的视角看女人，讽刺因陋而丑的羽太信子是"奴隶翻身作了奴隶主"。放弃不是不能坚持，而是退路太多，七七事变后，仍安于现状、专注于眼前的周作人不愿南下而留守北平，最终出任伪职，其日籍妻子起了关键作用。最廉价的骄傲，是民族自豪感，这一点在羽太信子身上得以证实。很难想象，假如周作人一家果真迁后方，不被遭白眼，届时，住在八道湾的鲁迅他妈及原配朱安、周建人的原配羽太芳子及三个子女由谁来养活。

李香兰随同学到中南海参加一抗日集会，当论及"假如日军侵入北平怎么办"时，众生群情激昂，纷纷表达抗日决心，唯有李香兰不知该如何回答。同学们鼓励她："告诉我们你的想法，你要怎么做！"李香兰脱口而出："我要站在北平的城墙上。"一个是养育国，一个是祖籍国，对十几岁的李香兰而言，真是一个棘手抉择，面对两难，少女感顿时消失。日本女子三界无家，李香兰两界无国。时过境迁后的她在回忆录中解释："我只能这样说。（站在城墙上，双方的子弹）都能打中我，我可能第一个死去。我本能地想，这是我最好的出路。"昂首不是，低头也不是，受害者心理，竟越陷越深，静默疗伤，此间最好的办法是与自己和解，不再吭声。

蒋百里的夫人名佐藤屋登，二十二岁嫁给蒋百里后更名蒋佐梅，且与日本断绝了联系。1938年，抗日正酣，蒋百里却在迁校时遭遇不幸去世。抗战中，蒋佐梅当上了一名战地护士，救治伤员，且在各地举办募捐活动。蒋去世后，其在误解与怀疑中抚养五个子女，皆以中国文化传统为教育，不习日语一字，因而获得中国人的普遍尊敬。三女儿蒋英回忆，"她说国语，穿的衣服都是中国衣服，你看不出来她是个外国人。"

存在不孤单，哪可能与世隔绝，深山封闭，何人能够无限自我下去？对一个无恶不作国家的仇恨，会移至这个国家的某个无辜者身上，"勇者愤怒，抽刃向更强者；怯者愤怒，却抽刃向更弱者"，因为这人就在你的身边，无以改变大局，却可无端修理身边的这人，本人或与国家无关，却被代表国家。迈克尔·沃尔泽说："国家是看不见的，它被看见之前必须人格化，被爱戴之前必须象征化，被想象之前必须被感知。"抽象的人格化，转至具体的人身上，虽曰简单化，却最为直观，且难以辩驳。时代裹挟下，"今夜我不关心人类，我只想你"，此间很难。

回忆录里无此人

人红是非多，古来皆然。

1915年，当时袁世凯政府外交总长陆徵邀集北京名角举办堂会，梅兰芳与刘喜奎初次同台演出。据刘喜奎云："我到二十多岁的时候，名气也大了，问题也就复杂了，首先就遇到梅兰芳，而且他对我热爱，我对他也有好感。"这时梅兰芳已有妻室。"我经过再三地痛苦地考虑，决定牺牲自己的幸福，成全别人。"成人之美，君子之风，分手时她对梅兰芳说："在我的一生中，从来没有爱过一个男人，可是我爱上了你，我想，同你在一起生活，一定是很幸福的。可是，如果你娶了我，他们必定会迁怒于你，甚至于毁掉你的前程。我以为，拿个人的幸福和艺术相比，生活总是占第二位的。这就是我为什么决心牺牲自己的幸福的原因，我只能把你永远珍藏在我的心里。"梅问："我不娶你，他们就不加害于你了吗？"对曰："宁为玉碎，不为瓦全。"梅沉默片刻："我尊重你的意志。"抗美援朝时，二人又同台演出。

1961年，胡沙陪同剧作家冯育坤进京采访刘喜奎老人，听她讲述从艺经历与遭遇，却只字未提梅兰芳。

白头之约，赤绳系定。1927年，经银行家冯耿光证婚，志趣相投、各有所擅的梅兰芳迎娶孟小冬。婚后，二人住北京城东四牌楼九条，自是美人妆罢，形影自惜，菜肴几碟，且酌且谈，琴瑟和鸣之状，不过如此。1930年，梅兰芳的嗣母去世，孟小冬欲为婆婆披麻戴孝，遂奔丧于梅宅，哪知被下人口称"孟小姐"拦于门外，并称梅夫人福芝芳不承认其有戴孝资格。而怀有身孕的福芝芳则扬言，若是其进门戴孝，便要自尽，连带腹内胎儿再搭上一条人命。福芝芳身上有霸气，也是侠气，其后来帮助许多落难的人，另话不表。两强相遇，必有一伤，受此大辱，痛定思痛，孤傲的孟小冬与梅果断分手，且在1933年9月5日至7日的天津《大公报》第一版连登启事："冬当时年岁幼稚，世故不熟，一切皆听介绍人主持。名定兼祧，尽人皆知。乃兰芳含糊其事，于其母去世之日，不能实践前言，致名分顿失保障，毅然与兰芳脱离家庭关系。是我负人？抑或负我？世间自有公论，不待冬之赘言。"劳燕分飞之后，嫁杜月笙做三姨太。韶华白首，不过氍毹一出，晚年孟小冬，在台北寓所供奉着两块牌位，一为师傅余叔岩，一为前夫梅兰芳。

然翻遍《梅兰芳回忆录》，只字未提孟小冬。

1920年，梅兰芳至上海演出，为此沪上"梅党"于《申报·自由谈》开设"梅讯"栏目，利用主流媒体大造声势。上有对梅兰芳家庭私生活的记述。有表现依恋亲情、孝顺长辈者。1920年5月8日信息称："畹华南通之行，已有成议，惟为期不过数日，倪丹忱做寿，亦已托吴某来沪致意，畹华情不可却，或由沪而通，而皖，而鄂也。汉口不过演十余日，即迁程回京，五月初必须到京，以慰高堂依闾之望。"多次提及梅妻，意在表现夫妻间互敬互爱之情。1922年7月3日有为妻子治病信息："国医许寿如君，自常来沪，梅妻素有肝肺之疾，特请诊脉，想不久即可占元复也。"两天后，为感谢国医为其妻治病，赠画以谢。7月10日，又赞妻曰："梅妻爱梳新式髻，苦无师，日前始辗转介绍友人为之，装成示畹，畹亦赞许，谓当往摄一影也。"1923年12月21日有梅妻观其戏信息："上星期日夜戏，梅妻均列席往观，据包厢正厅而坐，邻位多不知之。"有对业余爱好、饮食习惯描述者。1920年4月23日述其饮食习惯："京师杨梅竹斜街，有扬州人开之小饭店，名不甚着，治肴甚佳，畹华时与十三辈小酌其中也。""畹华畜鸽珍爱异常，故餐间有鸽，亦不下箸，非同聊斋之鸽异道谢，以为味不过而已也。"5月4日又述："三马路小有天对门，有川菜馆曰陶乐春，与玉芙偶一往餐，便惊其制庖之妙，见人即津津道与云。"尚有吸烟之瘾："畹于纸烟当吸者，埃及小九九之一种，沪上不易购得，昨有以天津烟公司所制之细枝而附麦管者遗之，畹遂改吸之。"5月16日述其博彩兴趣："上海跑马时，畹华常偷暇赴场买香槟票十张，为游戏之举，亦未能中，今遭江湾复跑马，或有询之者，畹华已无暇拒却，可知其游戏时间之不易得也。"1926年11月18日述其园艺爱好："海上春秋佳日，例有时花盛会，畹素嗜园艺，尤精种植，家居每手自培养，比已定期往观，一探芳讯。"还有所谓爆料类信息。1920年5月26日披露了梅兰芳与姚玉芙的体重："畹华昨在大世界卡尔登处称磅，计重一百二十四磅，姚玉芙一百二十二磅半。"1920年4月18日披露了梅兰芳着装习惯："畹华偶出，必携西洋呢帽，回家居在御红结小帽，亦别饶趣味者也。"5月14日披露了其天真幽默的性格："上星期日演拷红，李寿山以事至畹华妆次，畹华笑语曰，您瞧老妇人赶到这儿来打红娘呢。"1922年6月21日披露了不为外人所知的梅兰芳名号："昨谓畹华佩金锁，署鹤鸣二字，此盖畹华学名也，人人皆知梅畹华之名澜，不知其为鹤鸣也。"1929年1月16日披露了具有神秘色彩的梅兰芳化妆室："大舞台畹化妆是室，在小楼之次，拾级往寻，室虽不大，坐客常满，要均朋辈有，有所商略，以来就者，玉芙妙香，并皆预席焉。"凡此种种，读来亲切，还原了梅兰芳舞台之下作为普通艺人的可爱形象，却均对与刘喜奎、孟小冬间的恋事，予以回避。

据杜月笙的儿子杜维善回忆："父亲和梅兰芳的关系也并没有因为孟小冬而受到影响。1947年父亲过六十大寿，上海的中国大戏院组织了十天的堂会。梅兰芳和孟小冬都到上海演出了，但他们没有同台——十天的大轴，梅兰芳占八天，孟小冬占两天，回避了见面的尴尬。"1956年，梅兰芳率团访日，过境香港时，由马少波陪同，曾探望过寡居的孟小冬，此再无后话。

大革命失败后的1928年8月，因被通缉，三十二岁的茅盾东渡日本，二十三岁的秦德君与之同船。据秦德君称，邮船之上，"茅盾常常约我到舱外，凭栏眺望大海……不管谈些什么，最后都免不了说到他个人生活上的不幸。"1930年4月，二人结束流亡之旅回国，并公开了情人关系。芙蓉帐里鸾凤鸣，同居期间，秦德君为之两次堕胎。恰在此间，茅盾妻子孔德沚找上门来，且茅盾老母亲也支持孔德沚，此时，茅盾内心深陷矛盾。因其幼年失怙，由寡母含辛茹苦一手带大，故唯母命是从。分手时他对秦德君说："不要孩子，你等我四年，离婚至少要两千元，等我攒够钱，我就去找你。"还特地与秦德君拍了一张合影，并告之，四年后，以合影为信物。秦德君为此深信不疑。然四年后，茅盾给秦德君写去分手信，秦德君则深陷其中，不能自已，遂多次回信，对方则一封不看，当着妻子的面全部烧掉。为避秦，他还带着妻儿搬了家。最终伤心欲绝的秦德君买了二百粒安眠药，一口吞下，好在被抢救了过来。此后，草草嫁人，却又不顺，离婚再婚，丈夫去世，三婚。虽百般在其身，她与茅盾的感情，甚至不被对方承认。

曾有人推举胡适领导某政治运动，其忙谦逊推辞："我不能做实际政治活动。我告诉你，我从小是生长于妇人之手。"胡适也由寡母带大，也唯母命是从。胡适十二岁时，由寡母冯顺弟做主，与长其一岁、缠足的江冬秀订婚。1908 年 7 月，已在上海"作新民"的胡适写信给母亲，拒绝回家完婚，语气悲愤，"男手颤欲哭，不能再书矣……"末尾再署"儿子嗣穈饮泣书"。嗣穈乃胡适乳名。自订婚到完婚的十五年间，二人从未谋面，但终因"不忍伤几个人的心"，没能推翻这门婚事。后来其热恋曹诚英时，曾动过离婚念头，但被江冬秀携子赴死的警告吓了回去。1899 年，由母亲鲁瑞做主，十八岁的鲁迅与二十一岁的朱安订婚。1906 年，远在日本留学的鲁迅，被母亲反复催促回国完婚，鲁迅则回答"让姑娘另嫁人为好"。电报又来，"母病速归"。回家第二天，便在母亲的主持下完婚。恨屋及乌，朱安做的饭菜，不愿吃，缝的衣服，不想穿，但母亲就在身边，无名之火还是强压了下去。一辈子下来，无底深渊中的朱安，竟习惯了不该习惯的习惯，执着了不该执着的执着。晚年鲁迅与内山完造谈及朱安时幽默道："她是我母亲的太太，不是我的太太。"朱安却反复对人讲："周先生对我不坏，彼此间没有争吵。"幽冥路，忘川河，其最大愿望，是死后与先生合葬。陈独秀、李叔同、丰子恺、郑振铎、老舍、沙汀、李健吾、田汉、傅雷、夏衍等等，皆生长于妇人之手，婚姻皆受到过母亲干涉，谢泳称之为寡母抚孤现象。

拥有不易，舍弃更难。秦德君见此状，觉得不能再勉强下去，遂向茅盾主动提出分手。二人分手时，还到照相馆合影，且各持一张以为暂时分离纪念，并约四年为期，再合百年之好。张爱玲说："让你哭到撕心裂肺的那个人，是你最爱的人。让你笑到没心没肺那个人，是最爱你的人，而承诺，有时候，就是一个骗子说给一个傻子听的。"确系如此，得黄金百，不如得季布一诺；得茅盾一诺，别再指望。

虽说茅盾的一生中，这是一个抹不去的名字，然之后的茅盾，只两次提到秦德君。一次，有人提及对秦德君的评价，他说："哪是什么'德君'，简直就是'暴君'。"晚年的口述回忆录，由儿子执笔，问即是否要写秦德君，"不提，只当这个人没存在过"。

但也有提及者。毛彦文晚年在其回忆录《往事》中，只一小节淡淡地说到当年深爱过她的吴宓，标题为《有关吴宓先生的一件往事》，其云："关于吴宓先生追求我的事，不知内情的人都责我寡情，而且不了解为何吴君对我如此热情而我无动于衷，半个世纪以来，备受责骂与误解。"毛彦文出国后，一度在美国任教，大约是1950年代，她在西雅图华盛顿大学从事研究时，看到过一本英文的大陆杂志，"内有吴宓的一篇，大意说，他教莎士比亚戏剧，一向用纯文学的观点教，现在知道错了，应该用马克思观点教才正确"。她还是关心吴宓下落的。

1944年11月，胡兰成在报端读到一篇《封锁》的文章，遂对作者充满期待，自苏青处得到地址，翌日即登门拜访。他与张爱玲对坐畅谈五小时，张顿感知音相遇，离别赠照片予胡，背面写着："见了他，她变得很低很低，低到尘埃里。但她心里是欢喜的，从尘埃里开出花来。"抗战胜利之后，胡兰成汉奸在逃，奔命路上喜欢上护士小周，又与斯家小娘秀美过起了日子。1947年6月10日，胡兰成收到张爱玲的诀别信，"我已经不喜欢你了"。信中还附了三十万元给他，为其新作《太太万岁》与《不了情》的稿酬。胡逃亡两年，生活皆由张供养，诀别仍不忘寄钱来。后来，张爱玲又与家世清白、相貌英俊的桑弧恋爱，无奈桑家不同意这门亲事，认为其靠写作为生，没有正当职业，或也知道了其往日的那段婚姻。西岭雪《张爱玲与电影的华丽缘》一文记述："去国后，她绝口不提胡兰成，亦不肯提起桑弧，每每好友宋淇问起，她只说：'你不要提，你不要提。'"但张爱玲将这两人写进了小说。她看透了人性的不完美，却宽容了他们，在她眼里，无论男性抑或女性，终将回归人性。

若我不识金，宁愿不遇金，虽识金，未必能久持之，等待无法证明爱情的长度。除却亲情，长期不联系，定会变淡，却不会忘记，只是安静地躲在对方的记忆深处，不闻不问，各自生活。人生落幕，好聚好散，不期待便不失望；事过境迁，互不相欠，不纠缠即不受伤。终有一散，是人生离别的设定，却不能辜负起初的相遇。圈子干净，起居规律，不被打扰的生活，便是好光景。不叨扰故旧的安宁，即慈悲；不伤害别人的自尊，即善良。当此不知谁主客，道人忘我我忘言，此或为事过境迁的回忆录里，不便涉及相关人、敏感事的原因。不是东方人矜持，西方人亦然。据美国著名出版家麦可科达的回忆录《因缘际会》中叙述，美国前总统里根的自传出版时，应其要求，方加入一小段，提及了前妻简·怀曼。

回忆录里有无此人者，便有有此人者。

旧时之约，苍老成了沉默的等待。季羡林留学欧洲时，曾有过一位红颜知己，《留德十年》中，其真诚地披露了这段情缘：留学期间，他曾因打印论文，与德国姑娘伊姆加德相识相恋。她清秀温柔，知书达理，对季羡林独有青睐，并给予诸多帮助。从1935年至1937年，季羡林在此居住了十年。个性怯弱，加之传统观念束缚，咽下苦果，回国与妻团聚。曾与美人桥上别，恨无消息到今朝，相隔数十年后的1983年，季羡林重访德国，来到伊姆加德的门前，重新叩响了那扇小门，却未见故人，寻梦老人只好孤单离去。2000年时，一位香港女导演走访哥廷根，并找到了已是满头银发的伊姆加德。思及往事，泪落潸然，其终身未婚，有道是多情总被无情苦，唯有温柔无坚不摧。当年结缘的那台老式打字机，依然安放在寓所的桌上，闻者无不心生苍凉。类似的例子，尚为胡适终身未嫁的曹诚英与韦莲司，不同的是，胡适出版的文字里，没有她们二位。

邵燕祥尝言："民间的、个体的回忆，可以给历史言说注入真实，注入细节，也就注入了质感，有助于还原历史的本相。"有细节，对当时一些历史人物的真实表现，才有一些摆脱漫画化或标签化的披露。非亲历者，于细节处往往不甚了了。即便亲历者，有些人觉得人生一世，要活得明白，有些人觉得还是糊涂点好，回忆使人痛苦，不如出离记忆，故记忆抑或忘却，永远是一对矛盾体。黄仁宇说"我写回忆录不是为了自己，而是为了说明我的背景，为了特定的历史史观"，史家态度，到底不同。回忆录里无此人，或许还有痛苦的一面。然时光流逝，岁月沉淀，凡风月轶事，总会有人穿墙越户，寻幽探胜，人性大致如此。一转身便是一个光阴故事，花边谈资已成文学掌故。

各据一城，永不相见

　　有不善饮的男子，便有善饮的女子。古时女子善饮者，李清照最为著名，到底酒量几许，未曾记录，即便记录，当时的村榨酒与今日的蒸馏酒无以同比。从"常记溪亭日暮，沉醉不知归路""昨夜雨疏风骤，浓睡不消残酒""东篱把酒黄昏后，有暗香盈袖""三杯两盏淡酒，怎敌他，晚来风急"的句子，可知其饮酒状况。

　　美人争劝梨花盏，佳人醉颜酡，与李清照堪有一比的现代女作家是赵清阁。其1936年秋游苏州时写道："临行前一小时，我还和表姐在一家洁净雅致的小酒馆持蟹畅饮，有名的清水蟹，肥硕而味美，与故人对着谈心，真有不醉无归之感。"十二年后，重游苏州，又道："天黑了，凉台上有电灯，晚饭时我喝了半瓶啤酒，夜色苍茫中看垂柳、看小溪，别有一种情调。"此后几日，住在旅馆写作，几乎天天饮酒，喝至第六天，剧本完稿，"我进城访友，和少卿老人把盏谈天，桌前，我们是忘年交，端起杯来，他不像个六旬老人，他不服老，我也不示弱，我们都豪爽……于是我醉了，平日我最爱和长者饮酒。抗日初，诗人卢冀野、画家顾荫亭，我们同客居武汉，曾以酒论英雄，后来在重庆，我和梅贻琦先生共饮，相约不醉不归"。1949年5月19日《和平日报》刊有一则《张爱玲闹恋爱，赵清阁是酒鬼》的花边新闻称："好久没有看到赵清阁的文章了，她住在北四川路一家公寓房子里，此人脾气之怪，无以复加，一向以正统作家自居，公共场所我们谁也不能看到她的影子，有一次，我去看她，忽然发现她闺房里堆满了空酒瓶，想不到大作家竟然是酒鬼呢。"类似的消息尚有1946年10月12日《立报》所载《洪深酒醉杏花楼，举杯跪拜赵清阁》："前夜文协假杏花楼欢宴应重琴，刘开渠等之聚餐会中，洪深酒醉，开罪于女作家赵清阁，赵亦酒醉，硬要洪老陪罪，洪老于众人逼迫下，不得已举杯跪地，向赵小姐致歉，洪老事后大呼倒霉，平生第一次与女人下跪，偏偏又在大庭广众之中，好不悲哀！"洪深殁，其《大胆文章拼命酒——忆念洪深同志》一文，回忆了与洪深的交往，读之方知何为真性情。

饮酒女子，无疑归类豪爽型。抗战时，田汉曾为赵清阁赠诗一首："从来燕赵多奇士，清阁翩翩似健男。侧帽更无脂粉气，倾杯能作甲兵谈。岂因泉水知寒暖，不得山茶辨苦甘。敢向嘉陵寻画料，弹花如雨大河南。"赵清阁是河南信阳人，生于1914年。写下过"生当作人杰，死亦为鬼雄"的李清照，大抵也是这般性格。1934年，赵清阁给鲁迅寄去其诗词、小说作品，数日后，鲁迅回信，劝其多写新诗，并为之介绍上海书店担任编辑工作。

1937年抗战爆发后，老舍独自一人离开齐鲁大学，逃至武汉避难，夫人胡絜青留在北平照顾婆婆与三个子女。翌年，在出版界谋生存的赵清阁转至武汉担任抗战杂志《弹花》编辑，遂结识了同人社群中的老舍，老舍先后在此发表文章十余篇。斯人若彩虹，遇上方知有，之后，老舍担任全国"中华全国文艺界抗敌协会"负责人，转聘赵清阁为秘书。1938年6月，国难日迫，武汉保卫战在即，国民政府下令疏散人口，文化机构随之撤退重庆，7月10日，老舍在"同春酒馆"为赵清阁饯行。同在异乡为异客的孤男寡女，极易产生情感依赖，张爱玲便说"世上有了太太的男人，似乎都是急切需要别的女人的同情"。1941年春节前，老舍也来到北碚，超乎友情，未能克制诱惑，雷池逾越，暧昧界限不再，径直走进赵清阁闺房。据刘以鬯回忆："在重庆时，梁实秋说老舍搬到了马路边的一排平房中的一间，我记得那排平房中，赵清阁住在其中的另一间。"老舍属儒雅绅士一路，性格懦弱，为人腼腆，尤不善与异性打交道，赵清阁则坦率直爽，外秀内刚，处事干练。性格互补，加之日久生情，相濡以沫，二人发乎情而未止乎礼，二十三岁的赵清阁遂与三十八岁的老舍鸳鸯双宿。好姻缘未必通过努力争取得来，只能在各自的道路上奔跑时遇见，一并创作，共同署名，清辨滔滔，词源不竭，四幕话剧《桃李春风》写的是尊师重道事，上演后即引起轰动，还获得了政府的万元奖金。如日丽天，犹水行地，二人名字在各大报刊的头条时有占据，双双成为文艺界炙手可热的人物。

二人间的如此动静，竟突破敌我封锁，远在敌占区的胡絜青也有所耳闻，遂于1943年10月在事先未与丈夫商量的情形下，携三个幼年子女千里寻夫，辗转三个月终于抵达。一路之上，群盗如毛，国贼奔走，艰辛程度不可想象。一行10月28日至重庆，老舍并未跣足出迎，而是安排母子另居别处，二十多天后，方与之团聚。红颜不敌原配，面临抉择的赵清阁，此时异常理智清醒。1945年抗战一结束，赵清阁便在友人的协助下，匆匆离渝返沪，临行前老舍赠诗一首："风雨八年晦，霜江万叶明。扁舟载酒去，河山无限情。"红颜未老恩未断，分离并未使感情变得淡漠，身上反有了一种不可战胜的意愿，随后，老舍不顾一切沿江而下，奔赴上海，欲再续前缘。人狠话不多，决绝的赵清阁则将其拒之门外，并告知"各据一城，永不相见"，没有丝毫的拖泥带水，终究保住了繁华落尽后的真淳，保住了文人最后的体面。月余，胡絜青携子女，神情黯然地又自重庆追至上海，权衡利弊后，其仍选择了隐忍克制。1948年，在美国讲学的老舍致信赵清阁，提出有意在马尼拉购房，希望比翼双飞赴菲律宾生活，但对赵清阁而言，这已是隔夜的饭，馊味十足。

终身未嫁，孤老沪上，即便如此，赵清阁也不愿与过去相遇，临终前将老舍的八十余封情书，于街角无人处，波澜不惊地一封一封点燃。见字如面，一切付之一炬；睹物思人，一切随风而逝。山盟虽在，锦书难托，这不就是林黛玉的行为？曾经深爱，走不到最后，从此各自生活，再无交集，却是心上有个人，才能活下去。凡事都有偶然的凑巧，结果却又如宿命的必然，此恨绵绵无绝期，只因陷得太深，只能放在心间。杜宣对此事如此评价："我原本以为才女高标，洁身自好，是一件至善至美之事；可是看到赵清阁的结局，大受刺激。独身可以，但不要因为一个男人。"其早年辉煌，晚景凄凉未免令人唏嘘，凄凉根源，不脱老舍干系。赵清阁的小说《落叶无限愁》便是以二人的故事为线索，展开情节的。小说讲述了已有家庭的邵环教授，爱上了未婚的才女灿，却因邵环的软弱，不敢与原配离婚，灿在伤心失望之际，主动离开，断绝关系。天真的邵环希望能带着灿离开上海，二人不顾一切选择私奔。灿却顾忌他已有家室，陷入矛盾："我们是活在现实里的，现实是会不断地折磨我们！除非我们一块儿去跳江，才能逃避现实。"文章不管写什么，都是在写自己。

张爱玲曾说："这世界上哪有相爱不能在一起，一定有一个人撒了谎，如果真爱，一定会不顾一切在一起，无非就是权衡利弊罢了，没有例外！"虽曰相知之深，相交之久，其口虽言，其心未尝言，撒谎者，老舍无疑。向往明天却看不到出路，生活里的失望与错序，往往因性格造成。其没有勇气与妻离婚，又不能斩断与赵清阁的感情，首鼠两端间，既伤害了赵清阁，更伤害了胡絜青，最终伤害的是自己。其一生谨慎，爱惜羽毛，唯与赵清阁一事"失态"再三。1966年，胡絜青竟贴出大字报，掇拾旧闻，公开揭橥二人恋情，直指其存在的灰色问题，一泻久积怨气的同时，也给老舍造成灾难性打击。面对风樯阵马、势不可当局面，不堪其辱的老舍多次流露出轻生念头，胡絜青自是未予劝慰与制止。其没有跳江，而是选择了跳湖。因果报应，孰是孰非，非当事之人，不便置喙。被时代改写，也被婚姻改写，老舍殁，我不杀伯仁，伯仁却因我而死，赵清阁在此也是内疚不已。此后三十年，晨昏一炷香，人生易老情难老，苦命人已不痛苦，唯余不竭的思念。

白薇、谢冰莹、方令孺、俞珊、许广平、陆小曼、冰心，闺蜜之外，郭沫若、茅盾、田汉、梁实秋、傅抱石、赵望云皆故交。门内有君子，门外君子至，赵清阁胜友如云，晚年却只字不提老舍其人，讳莫如深矣。

奇女子

文水出奇女子，唐初的武则天一，1947年的刘胡兰一。

明人郎瑛《七修续稿》也记有一文水事："嘉靖壬寅，北虏入山西文水，两贼至一村，有姑嫂二人急避，而姑下枯井，嫂为贼擒以问，适尚有一女何在，对以井中，贼以有物随下矣，一在上而一下以筐扯女起，视之无物，叱立井傍，欲污也，方复起贼，姑嫂见其用力，因势共推贼落而下其土石焉，二贼俱死于井。播之四方。予闻二事而感杨铁崖薛花娘之乐府非诬矣。第人患无心耳，东平之事，亏其小姑成其大功；文水之贼，虽得其机，实多其勇也。"姑嫂二人虽未留名，亦奇女子。

飘瓦《京华闻见录》载："山西省冈岭盘纡，豺狼之属特盛，然出为人害，尚不多见。同治时，晋直交界诸县，忽产一种白脸狼，大小如常狼，而凶猛过之，不分昼夜，四出伤人，前后亘三年，踪迹始绝，民人死者近万人，亦巨劫也。曾闻晋人述一尔时事，颇可发噱。一村妇闭户昼寝，时天炎甚，汗出如渖，乃自裸其上下体。甫入睡乡，陡闻撞户省，急张目视，一白脸狼已至前，磨牙厉爪，欲肆搏噬，状至可怖。妇情急，一跃起，取炕边所倚铁叉，按狼于地，妇粗健若男子，欲力毙之，顾叉锋钝于指，不能贯其革，狼仍跃跃欲挣起，妇大声呼狼至，邻众执械入室，击狼立毙。妇释叉当众立，口讲指画陈述狼入时情状，滔滔不绝，一老翁莞尔曰：'若先服若上下衣，言之未迟。'妇始大惭，急面内搜取，众已一哄散。妇自是不出户者数月。当匆遽之时，即极精细者亦有似不及自检之情事，于村妇何哂焉。"此亦奇女子。

少女杨步伟读《百家姓》后，遂取笑先生："赵钱孙李，先生没米。周王郑王，先生没床。冯陈褚卫，先生没被。蒋沈韩杨，先生没娘。"杨步伟入中学考试的作文题是《女子读书之益》，上来便是一句"女子者，国民之母也"，此话在那个时代，无异石破天惊。1912年，时任安徽督军的柏文蔚创办崇实学校，训练了五百多人的北伐女子敢死队员，二十二岁的杨步伟担任校长。此亦奇女子。

1907年，汪精卫随孙中山到南洋各埠革命和筹集款项。据姜泣群《朝野新谭》云："槟榔屿有广东新会商人陈氏女名璧君者，好学，留心祖国事，平日读汪所为文，心仪之；及闻其演说，益感动，遂入同盟会。汪在南洋招致同志甚多，此亦寻常之一事，惟璧君自入同盟会后未几即留学日本，既又入暗杀部。入部者资格最严，而汪所与同事者更严之，又严组织数年，所始终不渝者广东则汪与陈及黎仲实，福建则方君瑛、曾醒，四川则黄复生、喻云纪而已。"陈璧君被汪精卫的讲演打动，毅然推掉与南洋富商公子的婚约，参加同盟会，成了最年轻的会员。陈璧君倾心于汪精卫，不仅因其相貌才能，还因其严肃的生活作风。在这些年轻的革命家中，不少人嫖妓赌博酗酒，而汪精卫犹如清教徒般生活，被人称为"道学先生"。最让陈璧君感动的是其"革命家不结婚"的信念。汪精卫曾婉拒陈璧君："革命家生活无着落，生命无保证，革命家结婚必然陷妻子于不幸之中，让自己所爱之人一生不幸是最大的罪过。"家中也有人反对陈璧君的主张，"千金女绝不可下嫁亡命徒"。

汪精卫在上海、大连、奉天屡濒于危，皆陈拯之得免。陈璧君之于汪固极见爱，然知汪有家庭之隐痛，故未尝以婚嫁事言之于汪之前，汪由是常敬重之。然以在内地为革命行动之故，两人常饰为亲族关系以避罗侦，陈略不介意而汪则深以为疚，尝叹曰："误陈君者，我也。"陈之母亦同盟会中人，热心任事于暗杀与军事计划，尝鬻田宅、典簪珥以应急需，亦尝以陈之隐意为汪言之，汪坚默不言。

1909年春广东革命军失败后，汪精卫大愤，决意单身入京，将暗杀清摄政以报其使军人残杀同胞之仇。梁启超曾在《新民丛报》上撰文批评革命党领袖："徒骗人于死，己则安享高楼华屋，不过远距离革命家而已。"当时孙中山与黄兴皆止其勿行，徐图万全之策，汪不听："苟止我行，当投海以死。"其决意之坚，立心之固实非凡人可及，言辞慷慨，黄兴为之泪下，乃从其计，更约以相助。其实早在1908年，汪精卫已组织暗杀团，在写给同盟会东京总部吴玉章索要炸药的信中，提出"煮饭说"："革命之事譬如煮饭。煮饭之要具有二：一曰釜，一曰薪。釜之为德，在一恒字。水不能蚀，火不能融，水火交煎，皆能忍受。此正如我革命党人，百折不挠，再接再厉。薪之为德，在一烈字。炬火熊熊，光焰万丈，顾体质虽毁，借其余热，可以熟饭。此正如我革命党人，一往独前，舍生取义。弟素鲜恒德，故不愿为釜而愿为薪。兄如爱我，望即赐寄各物。"

汪精卫、黄复生二人先乘船到天津，女同盟会员郑毓秀前来迎接。双方见面后，汪问："听说京师火车站盘查甚严，我等男人携炸弹易起疑，请你帮助把炸弹带入，不过此事危险，不小心可能爆炸。"郑答："若不会爆炸，何言炸弹，此事交我矣。"其后，她又组织了刺杀袁世凯、刺杀良弼事件。"巴黎和会"上她以袖中玫瑰佯枪，顶住陆征祥，"你若签就杀了你"，陆遂拒签。此为后话。

是日，汪精卫与黄复生等同志男女六七人起程入京，后开了一家"守真照相店"，以为表面上之掩饰，一面密购军火，结交宫人，在宫内密埋炸药，联结电线以为点炸药之用。其运动之巧妙，装置之精细，实出人意想之外。密谋暗杀之前，陈璧君不惜典去所戴首饰为之筹措经费。出发之前，汪谓陈曰："曩所以不提婚事者，以离家之人不宜享家庭之幸福也。今濒死，已无未来之幸福，盍一言为定以申我感恩知己之意。"遂为书告陈之母。时有人戏言："你反正有英国护照，被抓了英国领事馆自然会救你。"陈璧君听闻大怒，取出护照，当场撕碎，使言者无地自容。暗杀事败，汪、黄二人被获，于法庭上被问时，汪谓此事是一人之计划，并无同谋者。而黄则欲救汪，谓此事乃黄一人之计，无关他人。此实为当时之美谈也。于是问官即判此二人均为主谋者，一同治罪。汪被审时，其态度泰然，应答裕如，其从容慷慨实使人感泣。问官问以何故出此阴谋，汪即执笔疾书，立成数千言，措辞慷慨、恳切、光明，问官观之心为之动，本拟处以死刑，因减等定为终身监禁。后来汪精卫在《自述》中追述被捕后的审问："记得庚戌三月初七日，我在北京被警察捉住，在夹衣里搜出《革命之趋势》《革命之决心》及《告别同志书》，他问我：'为什么将这些文章，藏在身上？'我答：'没有别的，不过觉得拿墨来写，是不够的，想拿血来写，所以放在身上，预备死的时候，有些血沾在上面。'"

陈璧君则心急如焚，全力营救。陈买通狱卒，给汪传递一情书："四哥如面：千里重来，固同志之情，亦儿女之情也。妹之爱兄，已非一日，天荒地老，此情不渝。但此生已无望于同衾，但望死后得同穴，于愿已足。赐我婚约，以为他年作君家妇之证。忍死须臾以待之，其当字覆许我也。"署名"冰如"。汪则以清初顾贞观寄吴兆骞之《金缕曲》原韵，填词回赠："别后平安否？便相逢，凄凉万事，不堪回首。国破家亡无穷恨，禁得此生消受。又添了离愁万斗。眼底心头如昨日，诉心期夜夜常携手。一腔血，为君剖。泪痕料渍云笺透，倚寒衾循环细续，残灯如豆。留此余生成底事，空令故人潺愁。愧戴却头颅如旧。跋涉关河知不易，愿孤魂缭护车前后。肠已断，歌难又。"汪被监禁后，"吏知为文士，颇加敬礼，日贻新闻纸一束。汪阅至黄花岗一役，喃喃自语曰：'天下事竟遂不可为耶？'日诵此语，致忘寝食。狱吏大惧，不敢再令阅报。武汉发难，粤督首请特赦党人，遂有将汪发往广东，交张鸣岐差遣之谕。狱吏致殷勤于汪，汪不肯出，曰：'吾之狱系代表四万万人而来，今吾翩然出，而彼四万万人者困苦颠连，仍不啻在囹圄中也，吾奚出为？'狱吏曰：'君不知乎？'乃以近事告，且曰：'君富贵不远矣，一至张帅处，何愁不大人者？'汪笑而斥之。狱吏更谋馈物作赆仪，汪曰：'无须，但以狱中击练之巨石惠我足矣。是与我相处久，吾日抚摩而按弄之，不忍离也。'"（《清稗琐缀》）辛亥革命后，清廷欲买人民之欢心，乃准张鸣岐之电奏，使汪精卫出狱，二人遂在广州举行婚礼，一对同志夫妇与中华民国相伴诞生。陈璧君的伴娘为何香凝。

1936年国民党五中全会期间，汪精卫遭暗杀，刺客乃王云樵弟子孙凤鸣。汪身中三枪，幸无大碍。陈璧君闻听，火速赶往现场。汪此时满脸是血："我完了，我完了！"此番情形让人大跌眼镜。与当年刺杀摄政王前后的大义凛然、危言危行，更是形同云泥，判若两人。陈正色道："你刚强点好不好，你硬一点好不好，干革命的，还不早晚就有这一天，早晚会有这个结果！"陈璧君亦奇女子。第二天，陈璧君强行闯入蒋介石的办公室，呵斥道："蒋先生，你不要汪先生干，汪先生不干就是，何必下此毒手！"蒋面对如此质问，难堪至极。汪精卫当选国民政府主席和军委会主席后，蒋介石给汪送来一帖，愿结为把兄弟。一日，汪给蒋写信，开头以"介弟"相称。陈璧君看后大怒："你愿意做他把兄，可是我不愿意做他的把嫂。"汪遂将信撕碎，再不敢在陈面前称"介弟"。

汪精卫为协助孙中山与奉系张作霖、皖系段祺瑞结成三角同盟，曾几次去东北。一次张学良问汪精卫："你路过大连，为什么去吊庆亲王？"汪说当年被捕，庆亲王没有杀他，还跟他讲："你们这革命，是有原因的，看我们清朝太坏了。但假如你们成功，我看也不能强过我们清朝。"庆亲王的话似乎应验了，汪为此叹曰："我们今天成功了，还真不如人家清朝，弄得这么糟糕！"九一八事变后的1932年6月，日军对热河虎视眈眈，北平绥靖公署主任张学良虽口口声声抗御外侮，但除向南京中央要财要物外，无任何实际军事行动。汪大怒，不惜以行政院长为赌注，公开驱张。8月6日，汪发出五通电报，提出辞职。其中一电，对张严加指责，表示唯有辞职以谢张学良一人，望张辞职以谢四万万国人。汪精卫指责张学良："去岁放弃沈阳，再失锦州，致三千万人民，数千里土地陷于敌手，敌气益骄，延及淞沪。今未闻出一兵，放一矢，却不断向中央索要军款，乃欲藉抵抗之名，以事聚敛。"此言掷地有声，气节犹在。

七七事变后，汪精卫认为抗战下去，国家必亡，遂酿"和平运动"计划。其曰："牺牲两个字是严酷的，我们自己牺牲，我们并且要全国同胞一齐牺牲。因为我们是弱国，我们是弱国之民，我们所谓抵抗，无他内容，其内容只是牺牲，我们要使每一个人，每一块地，都成为灰烬。我们如不牺牲，那就只有做傀儡了。所以我们必定要强制我们的同胞一齐牺牲，不留一个傀儡的种子。"此言虽凛凛，却内涵悲调。陈璧君道："与日本人议和有什么不好，早日消灭共产党，减少无谓牺牲，这不是两全其美吗？"为此，陈璧君进行了周密的叛徒计划。出走前一周，汪精卫访蒋介石，蒋正感冒在床，见汪来，叹曰："汪先生，你有所不知，这时候，接受投降的条件，连喝杯开水的自由都会没有呢！"汪氏一听，和平无望，终于出走成行。汪精卫当年谋刺摄政王未遂被捕，入狱后作绝命诗一首："慷慨歌燕市，从容做楚囚。饮刀成一快，不负少年头。"汪精卫投敌叛国后，时人在此诗前各加二字："曾经慷慨歌燕市，当年从容做楚囚。恨未饮刀成一快，终惭不负少年头。"画家陈小翠评汪："双照楼头老去身，一生分作两回人。"吴稚晖则口诛笔伐，称汪精卫为"汪精怪"，陈璧君为"陈屁裙"，意在使人一提到这些名字，就对这些"臭了自己，臭了国家，还臭祖宗，更臭子孙，真是畜类"的汉奸深恶痛绝。汪精卫之于陈璧君，类同李治之于武则天，对于重大政事，起初汪精卫乐与夫人商量，久而久之，习惯成自然，陈璧君事无巨细均要插手，令汪精卫的左右苦不堪言。故汪伪集团的二号头目陈公博尝言："汪先生没有陈璧君不能成事，没有璧君也不致败事。"曾任职南京汪伪政权的粤籍媒体人金雄白坦言：汪兆铭的政敌多是陈璧君招来的。1944年汪精卫重病赴日医治，日本以全国最好的医生、最好的条件为汪诊治，但陈璧君从未说过一个谢字。汪精卫留下一首绝命诗《自嘲》后殁去，诗曰："心宇将灭万事休，天涯无处不怨尤。纵有先辈尝炎凉，谅无后人续春秋。"汪去世后，她写了一张"魂兮归来"的纸条，附在丈夫的尸体上。日本派多位将军护送汪的遗体回国，陈璧君脸色阴沉，众日酋尾随其后，看其脸色行事。

1945年8月15日，日本投降，陈璧君召集紧急会议商量对策。会议得出三条出路由其选择：第一条同伪教导总队，向东纵曾生部投降；第二条按陈公博来电乘日机秘密前往东京，或按日方人员建议由日方派出人员护送她和褚民谊到澳门暂避；第三条向蒋介石自首。陈璧君认为第一条有失尊严。至于第二条，她自知已受军统严密控制，不可能外逃，故电复陈公博"不必往日，自有办法"。第三条有人主张，有人反对。就在此时，陈璧君与褚民谊接到蒋介石来电，嘱二人可转移到安全地方。9月10日，军统局郑鹤映称将派飞机接他们到重庆，次日成行，行李要少带，随员限带一人。陈虽患感冒，却以为"委座有此盛意，却之不恭"，遂买了两筐荔枝准备送给宋美龄。乘车出门后，车子竟不向机场方向驶去，却往省河急驰。一打听，得到的答复是乘船再搭水上飞机。待船一开，又被告之，刚得"委座"电，蒋有要事赶赴西安，请陈等到郊外安全地带暂时休息。陈璧君此时始觉情况不妙，但身无武装只得跟随。

在南京监狱，开始时提审犯人时直呼陈璧君的大名，陈一听大怒道："我陈璧君的名字是你叫的吗？当年国父孙先生都不曾这样叫我，你们的蒋委员长也不敢直呼老娘大名，你们算什么东西？哪配这样叫我！"从此之后，监狱内上至所长，下至狱卒，敬称之"汪夫人"或

"陈先生"了。

1946年2月8日，陈璧君被送到苏州司前街看守所关押。4月16日下午，开庭审判陈璧君当日，人头攒动，座无虚席，苏州民众涌向法院，争相一睹中国近代史上这位奇女子的面目。2时25分，审判正式开始。陈璧君身着蓝布旗袍，架一副细边眼镜，在女法警和宪兵的挟护下，挤出人群。"被告陈璧君，系已故汪逆兆铭之妻，曾任中国国民党中央检查委员会委员。中日战争发生后，随同汪逆前往重庆，民国二十七年秋，汪逆勾结日酋秘密言和，被告参与谋议。是年十二月，被告与汪逆潜离重庆，至民国二十九年一月间，汪逆在南京组织伪政府，公然反抗中央。其时汪逆任主席，被告任伪中央党员，终汪逆之身。凡伪政府所有背叛中央、献媚敌寇之诡计，被告无不从旁赞助……其与汪逆并肩主政，把握实权，声势煊赫，至为明显。即至汪逆已死，被告以一未亡人之身，尤复往来京、沪、粤、汉等地，谬倡全面和平之说，以欺骗民众，献媚敌人……更密布特工机构，残害我地下同志，使我数千年文化之古国，沦于倭夷而不知耻，卖国求荣，至死不悟，其通谋敌国反抗本国之罪行，实属无可宥恕。"

法庭之上，陈璧君拒不承认汉奸罪名，反诘问众法官："汪精卫投靠日本是汉奸，蒋介石投靠美国英国是不是汉奸？"（据金雄白《汪政权实录》）此言一出，法庭哗然。类似的话，齐燮元也说过。在法庭上，在华北伪政权中出任过高官的齐燮元，对加给他的"汉奸"罪名拒不承认："汪精卫是汉奸，因为他听日本人的；蒋介石是汉奸，因为他听美国人的……我齐燮元不是汉奸，因为我只听我自己的。"经江苏省高等法院公开审讯，陈璧君以随同汪精卫谬倡和运、通谋敌国、糟践抗建大计、图谋反抗本国等罪，"处无期徒刑，褫夺公权终身"。陈璧君闻后咆哮公堂："我有被枪毙的勇气，没有坐牢的耐心！"就汪精卫做汉奸一事，李宗仁口述的《李宗仁回忆录》云："但是我们也应该说一句公道话，便是汪兆铭当了汉奸，却没有做积极破坏抗战的勾当。例如汪氏投敌后，以前与汪氏渊源最深的国军将领，如第四战区司令长官张发奎和第五战区内第十一集团军总司令黄琪翔，都是抗战阵营中的柱石。然终汪之世，未尝作片纸只字向张、黄等招降。足见大义所在，纵是卖国贼也颇觉不为已甚，而自我抑制。"

自古衡量女子之标准，皆男子尺度，唯奇女子之绳墨，为人类的共有规格。这些女子的行为，震古烁今，惊天动地，又有几个男儿能企及，故曰奇女子。奇女子本也平常，或大家闺秀，或小家碧玉，只不过性格刚烈，行动果敢罢了。若是平常，这些女子在父母面前调皮，至多蛮横；在公婆面前任性，至多泼辣；在夫婿面前狮吼，至多跋扈；在子女面前严厉，至多专横，总的行为仍不出纲常。但她们偏偏遇到了非常时刻、非常人。机遇专给有准备之人，其备在所持的性格，在所处的环境，在所受的教育。她们没有雄壮威武、燕颔虎颈之貌，也无所向披靡、拔山扛鼎之力，却能在突发时，冷静处置，泰然以对，艰难中，坚贞不屈，誓死不二。这些奇女子，无论在妇女受压制歧视时代，还是在妇女被普遍解放之后，都赢得了尊敬与仰慕。

女子报仇

天地好生，而用兵之道在杀；人道在和，而用兵之道在争。然太平既久，国家闲暇，有人为此不自在，唆使挑动、轻言战争的所谓鹰派遂出。

世间不乏以战为赌为乐者，孙传芳迷信武力，好战嗜杀，曾狂言"秋高马肥，正好作战消遣"。国之大事，在祀与戎。古往今来，打仗皆大事，不可轻举妄动，凡遇鼓吹战争者，纵使其巧舌如簧，能言善辩，定要心存警觉，借用一句名言："相信真理，不要相信那些宣称掌握真理的人；怀疑一切，不要怀疑自己所拥有的怀疑能力。"真相后面的别有用心，往往以平民子弟的淋淋鲜血冲出。

滥使民力，致黎庶愤怨，国脉不永。越是以穷兵黩武为快，以犁庭扫闾为功者，越是缺失安全感。

民初的舞台，乱纷纷你方唱罢我登场。对于败将，不再追剿，做个寓公了事，此为江湖规矩。1925年11月初，"五省联帅"孙传芳率部与山东军务督办张宗昌部激战于安徽固镇，张大败，活捉其手下前敌总指挥、山东军务帮办兼第一军军长施从滨。后又枪杀之，且尸首分解，暴尸三日，悬首七天。如此残杀战俘作为，举国哗然。嗜杀的孙传芳，坏了不杀降将的约定，胜利者无气度。不敬引发不敬，暴力催生暴力，杀降自然不祥。

善恶终有报，天道好轮回，不信抬头看，苍天放过谁。战争中，每个参战者坚信，他是替天行道，为自卫而战，为荣誉而战。而敌对一方则被视作残酷恶魔，为将世界从罪恶中拯救，必须击败他们，杀死他们。

秦将白起，长平之战坑杀赵军降卒四十万，据推算，白起为将至少杀戮六国百余万军，号称人屠。后被秦王赐死，临死感叹："我固当死。长平之战，赵卒降者数十万人，我诈而尽坑之，是足以死。"赵地后人痛恨之，晋东南地区至今将吃豆腐脑称为吃白起。

西楚霸王项羽于巨鹿之战后，坑秦降卒二十万。未几，众叛亲离，被韩信逼至乌江，饮恨自刎而死无全尸。斩项羽者，吕马童、杨喜、杨武、吕胜、王翳，皆降汉秦将，收秦图者萧何。飞将军李广，平七国之乱立有奇功，早年为陇西太守时，曾杀尽投降羌兵八百余。李广难封，星象家王朔为之分析原因："祸莫大于杀已降，此乃将军所以不得侯者也。"后自刎而亡，子孙受累，李敢、李蔡、李陵下场皆凄惨。

燕魏争霸时，北魏道武帝拓跋珪，曾坑杀五万投降燕军，后被其子刺杀，年三十九岁。

常遇春孤勇一腔，中气十足，乃明朝开国第二名将，却有杀降嗜好，曾一次屠陈友谅降卒三千余，朱元璋告诫之："克城无多杀。苟得地，无民何益。"三十九岁军中暴毙。明中期重臣胡宗宪，曾主持平剿倭寇，期间，诱杀已归顺的海盗徐海、陈东、麻叶、辛五郎等人及部众。晚年下狱，自杀而亡。

李鸿章围攻苏州时，太平军纳王郜永宽等八将，击杀慕王谭绍光率三万余人投降。却是不顾公论，不恤舆情，佯装设宴款待，席间尽杀郜永宽八人，又戮郜永宽亲信数百，并纵兵劫掠苏州城。杀降事件后，蒙辱的戈登愤然与英领事馆通报此事件，遂引来轩然大波，几近出现中西外交僵局，李鸿章则集矢一身，聚讼无已。戈登对清廷的赏赐也毫无兴趣，"陛下所授与物品，因苏州陷落以来之事情怏怏而不敢纳受，实为千秋之遗憾。"此事未完，石达开投降后，石部三千人被王松林收编，剩余两千保留武器，驻扎大树堡。后来，两千人中有七百人过河，遣散或被杀。石达开被押往成都后，清军夜袭大树堡剩余千余人，除三百老幼存活外，悉数戕害。

谁言大德必人类？虎狼之界，也不会有此杀降之丑行。世间并无黑暗，只有愚昧，愚昧产生丑行。任何生命的初衷，都不是被夭折，被腰斩。

杀降意味着失信，此信既公信，也私信，由此世道日非，乾坤几息，难以立国立世。月黑天高，阴风在闼，自寻苦海，堕冤孽障，报应接踵至，且为现世报。物与物并立必相竞，不竞无以生存也，然其有度。在无道德前置的环境里，人人都可能成为恶人，即便不做大仁大义道德英雄，也不可在人性处多行不义。或威慑，或迁怒，或祭旗，或减负，杀降者似有说道，然生死面前，没有理由，丹书铁券，不免其非。金刚怒目，菩萨低眉。宋太祖平定后蜀，召其国君孟昶入京，有大臣密奏，请擒杀其君臣，以防生变，甚至国人皆曰可杀，太祖存心宽厚，坚持不杀降主，并御批："汝好雀儿肚肠！"

国之大事，在祀与戎，战端一开，百姓遭殃。每遇出征，瘟疫瘴气，不待战而死亡相继，随途凋零而犹望其冒酷暑，动严寒于艰难困苦之中以发展武力，不亦难乎。尸踣巨港之岸，血满长城之窟，白骨如山忘姓氏，戎之发生，必为凶年。各亲其亲，各子其子，其存其没，家莫闻知，一时谣诼纷起。劫后残灰，战余弃骨，无论得胜回，抑或遣返归，皆三生幸事。"与其杀不辜，宁失不经，好生之德，洽于民心"，十年戎事，百年安抚，农忙止讼，战后放生，公德所在，也智慧所在。

话说施从滨养女施谷兰闻此噩耗，痛哭一场，写下愤诗一首："战地惊鸿传噩耗，闺中疑假复疑真。背娘偷问归来使，恳叔潜移动后身。被俘牺牲无公理，暴尸悬首灭人情。痛亲谁识儿心苦，誓报父仇不顾身。"并改名"施剑翘"，将两个儿子的名字"大利""二利"，改为"金刃""羽尧"，组合起来即"剑翘"。

未几，在北伐军的强大攻势下，孙传芳先败江西，继失江浙，后又退出山东，地盘尽失，曾权倾东南、不可一世者，只得投靠张学良，后举家迁天津英租界寓居。施从滨被杀十年后的1935年，施剑翘开始练习枪法。之后，打听到孙传芳兵败寓居天津的消息，遂前往。同年农历九月十七日，在父亲遇难十周年忌日，她到天津日租界观音寺举办法会。从受邀前来的富明法师口中得知孙传芳已是天津佛教居士林的居士，施遂化名"董慧"，委托一位女居士介绍加入居士林，并以各种途径了解孙传芳的活动规律，知其每周三、六必到居士林听经，即做具体刺杀安排。11月13日，正是讲经日，前来听经的孙传芳端坐在佛堂中央。施剑翘本在后排座位，则以背后炉火太热为由移至前排。得允诺后，其站起身来，伸手握住衣襟下的手枪，快步走到孙传芳身后，悄然拔出手枪，对准孙传芳后脑勺射出一发子弹，恐其不死，又朝太阳穴及腰部各补一枪。枪声响后，佛堂大乱，其大叫道："我是施剑翘，为报父仇，打死孙传芳。一人做事一人当，决不牵连别人！你们离开，万事有我。"同时抛撒《告国人书》：一、今天施剑翘打死孙传芳，是为先父施从滨报仇。二、详细情形请看我的告国人书。三、大仇已报，我即向法院自首。四、血溅佛堂，惊骇各位，谨以至诚向居士林及各位先生表示歉意。平静的施剑翘向闻讯赶来的警察递去手枪，昂首走出佛堂大殿。

法庭上，施剑翘详述复仇历程后坦言："父亲如果战死在两军阵前，我不能拿孙传芳做仇人。他残杀俘虏，死后悬头，我才与他不共戴天。"其被判七年。全国各团体纷纷通电呼吁，希望最高法院对其援例特赦，电文中有"况孙传芳曾南拒革命之师，又北窥齐鲁之境，今施剑翘之事，直接以复父仇，间接即除国憝"句，一年后果赦。

刺孙案后，好事文人喻之为"民国吕四娘"。清雍正年间，曾静等人因案发而锒铛入狱，后被满门抄斩，吕留良一家也未能幸免。吕家孙女吕四娘因在安徽乳娘家中，幸免于难。年仅十三岁的吕四娘秉性刚强，得知全家祖孙三代惨遭杀害，悲愤填膺，当即刺破手指，血书"不杀雍正，死不瞑目"八个大字。遂只身北上京城，欲替全家报仇。途遇甘凤池，授其武艺。之后，吕四娘辗转进京，设计潜入乾清宫，刺杀雍正，削下头颅，提首级飘然而去。吕四娘为民间传说人物，而施剑翘却是现实中的巾帼。

对外备边通好，和睦邻里，对内轻徭薄赋，安抚民生。山河之固在乎德，德政不修人尽敌。女子报仇，十年不晚，纵使手无缚鸡的文弱女子，复仇心理下，终会呈现一副近乎冷峻的凛严面孔，变为一名血性刺客。

捧伶

民国狂士多，怪诞之事也多。当旧才子遇到新佳人，乖谬之事更多。

张伯驹《红毹纪梦诗注》载一事：有某青年，家庭甚富，据说是北洋第一号人物段祺瑞之侄，其每日必约同学三五，于三庆园专包一厢，一味对刘喜奎狂捧，凡出场，便一致怪声叫好。某夜，刘喜奎演毕，某青年早在戏院门口等候，刘喜奎将上马车之际，其忽然抢上一步，捧脸狂吻，还不住地喊："乖乖！乖乖！"刘喜奎则不知所措，心如鹿撞，骇得连声救命，青年更紧抱不放，直至警察赶到，捕之。警署调查审问时，坚不吐露身份，遂被判罚大洋五十元，这笔钱在当时绝非小数目。青年欣然接受："值得，值得！"好事者作打油诗谑之："冰雪聪明目下传，戏中魁首女中仙。何来急色儿唐突，一个乖乖五十元。"

民初，捧伶乃军阀政客、黑社会、公子哥之日常，文士搅和此间者，也不乏其人。

有《亚细亚报》记者刘少少，也单恋刘喜奎，除作夸而不实、滥而不精之诗恭维外，竟在报端以"册封"方式力捧之。"册封"刘喜奎为"喜艳亲王"，并替之组阁，旗下有旦部大臣、武部大臣、生部大臣、丑部大臣等等。且将四字刻于银盾，乐队护送，一路吹吹打打，前往刘公馆。经此闹剧，刘喜奎便真的加了这一封号。鲁迅《寸铁》一文批判刘少少诋毁白话文的谬论，戏称其为"刘喜奎的臣子"。虽近花甲，人心不老，于正人君子与猥琐大叔间切换，竟以"愿化蝴蝶绕裙边，一嗅余香死亦甘"的肉麻陈词捧之，病态之语，或真有超俗之思。小报也刊打油诗讽曰："册封尊号属倾城，应许怜才到小生。此后长安如蜀道，纵然死也为卿卿。"

既不能令，又不受命，比智者稀，比烂者夥。刘成禺《洪宪纪事诗》也记一事：某日，易实甫看过刘喜奎演出，惊为天人，遂魂不附体，狂躁起来。每日两场，概不缺席，但见出台，便以右手袖口罩嘴，怪喊"我的亲娘啊"。还曾撰歌颂之，自述"对天誓愿"有七："一愿化蚕口吐丝，月月喜奎胯下骑；二愿化棉织成布，裁作喜奎护裆裤；三愿化草制为纸，喜奎更衣常染指；四愿化水釜中煎，喜奎浴时为温泉；五愿喜奎身化笔，信手摩挲携入直；六愿喜奎心化我，我欲如何无不可；七愿喜奎之母有特权，收作女婿丈母怜。"刘禺生因而专咏此事："骡马街南刘二家，白头诗客戏生涯。入门脱帽狂呼母，天女嫣然一散花。"类似老男人遇见女青年故事，纳博科夫写过，女青年未必妖艳如洛丽塔，老男人肯定可怜似亨伯特，但那毕竟是小说，而此为现实版活报剧。

刘喜奎者何？河北梆子坤伶。何有如此神秘魅力？其扮相婀娜多姿，神韵颠倒众生，娇媚柔腻之态，每每使全场春意盎然，颠倒众生，兼之当时鲜有女伶抛头露面，故名声远播，风头几盖梅兰芳。而伶人朝张暮李、送旧迎新、搔首弄姿、竞趣巧丽的戏外乖巧功夫，自然也了得。除却文人，同行也客套，谭鑫培便称："男有梅兰芳，女有刘喜奎，吾其休矣。"其身材窈窕，五官玲珑，眉目如画，气质不俗，见之者无不侧目，出道未久，即成"梨园第一红"。红只许芙蓉，自有道理。

容颜娇美，唱功一流，乃伶人自备条件，除此之外，尚需公益名声。李定夷《民国趣史》载："民国四年，北京天气严寒。无业人民，冻馁相望。政界诸大佬，如朱总长汪参政及京兆尹吴总监诸公，提倡恢复北京各处粥厂，藉苏穷黎，所惜经费无多，绅商各界均欲募捐以继其后。然终少大宗收入，不克展厥宏愿，讵意散花天女，大发慈悲，欲以舞榭之缠头，作杨枝之遍洒。如刘喜奎者，固今日女剧界惟一之人物，乃有此热心毅力之举动，嗷嗷哀鸿，当亦对女菩萨而倾心膜拜矣。兹将其致京中各报馆乞代宣布之函，录之如左：'伶人自年前到京，在三庆园登台，至今不足两月，实蒙各界欢迎，伶人感谢之至，刻因几日无戏，周天阅报，见有设立粥厂一举，伶人惜之，偌大京城首都，仍有众多贫民，愁思叹惜。今伶人捐发热心，劝募同伴，并前后台老板商定，自阴历正月起，每月可尽粥厂义务三天。此三天内，除实在用费开销，下余之钱，全数助捐。为此上陈贵报，美言赞助，速登栏内声明。一面通知京师各粥厂青白绅董，来园面商手续。刘喜奎鞠躬。'"

经此追捧，刘喜奎闻名遐迩，如日中天。名士沉沦，美人坠落，此时的她，红颜易逝情难得，洗尽铅华，戛然而止，与陆军参谋本部的崔承炽逃至天津完婚，摆脱了一切纠缠。木秀于林，风必摧之，此前张勋、曹锟皆是软硬兼施，欲纳其为妾。曹锟垂涎其久矣，且打算强娶，命人关押刘喜奎入警察局。此事被曹锟四夫人刘凤威得知，她与刘喜奎本是同一戏班的师姐妹，刘凤威找老公大吵一架，方救出刘喜奎。"早知人情比纸薄，我懊悔留存诗帕到如今。万般恩情从此绝，只落得一弯冷月照诗魂"，《红楼梦》"焚稿"一出里的腔段，唱戏人比听戏人更知其意。然斩断尘思，未必能够一了百了，活得好未必嫁得好，此后诸坎坷，再次应验了红颜薄命之论。《列女传》按封建行为准则，分为母仪、贤明、仁智、贞顺、节义、辨通、嬖孽七类，刘喜奎或可入一类。倒是那些平日里标榜顺应天理、节制人欲的文人行径，录入笔记，留作了笑谈。《山海经》中有异兽录，孰湖、穷奇、毕方、胜遇、酸与、帝江、乘黄等等，上述名士可入哪一类？

类似捧伶者，尚有许多。马君武任广西大学校长时，曾将桂剧四名旦之一的小金凤收为义女，并为其取雅名"尹羲"。马君武每夜必到南华剧场包厢观演出，有人写诗记之："辞赋功名恨影过，英雄垂暮意如何。风流契女多情甚，频向厢房送眼波。"而此前，马君武曾以"赵四风流朱五狂，翩翩蝴蝶最当行。温柔乡是英雄冢，哪管东师入沈阳"的诗句，讥讽九一八事变中的张学良表现。抗战爆发，国情较之九一八事变更险，马君武去武汉出席国民参政会议，在火车上赋诗诉与尹羲离别之苦："百看不厌古时装，刚健婀娜两擅长。为使梦魂能见汝，倚车酣睡过衡阳。"尽管衡阳与沈阳间差之数千里，马君武也非手握兵权之辈，但两诗的字里行间，总让人感到几分会心。民国政权垮台前，末任四川省主席王陵基已将家眷运往台湾，但因迷恋一川剧女伶，动员其同往，女伶不肯，耽搁数日，致使错过末班飞机。后王连电哀呼，胡宗南未能派机来接，其只好随李文残部逃离成都。李部投降后，王又自行落荒而逃，最终在一轮船上落网。

不智之举，愚不可及，愚者却全然不知。理性恢复之后，感性相当尴尬。敬人不必卑微，卑微则显奴气，无论有文化的学者，抑或没趣味的文人，皆如此。

苏州九如巷的张家长女张元和毕业于上海大夏大学文学院，有"大夏皇后"之称，后入读燕京大学研究院，其自幼痴迷昆曲，并爱上昆曲小生顾传玠。顾扮相清秀，神采奕奕，音调清丽委婉，抑扬自如，所饰人物无不情真意切，细腻传神，且是生行全材，无论巾生、大小冠生、穷生、雉尾生，样样翘楚。1939年4月21日，二人举行婚礼，这在当时引起了不小轰动，上海小报以"张元和下嫁顾传玠"为题炒作之，那一年张元和二十二岁，顾传玠二十岁，算得上一对璧人。由于伶人地位低下，顾传玠自惭形秽，不敢主动接近张元和，最后还是张小姐以探讨昆曲为名，给顾传玠写了封打破彼此尴尬的信，即便此时已是上海大东烟草公司副经理的顾传玠，离开昆曲舞台有年。下嫁名伶，或为捧伶之极致。

佛光寺的大愿

1937年6月底，林徽因与丈夫梁思成骑驴进发五台山，他们此行的目的是寻找唐代建筑。

当年日本人曾断言，要看唐时建筑，只能到日本去。梁思成在敦煌石窟看到过一幅五代壁画《五台山图》，其中偏处一隅的大佛光寺引起其注意，直觉告诉他，这座寺庙还存活着。此绘现存敦煌莫高窟第六十一窟，为后汉天福十二年（947）绘制。壁画分上中下三部分，中间部分绘有南台之顶、西台之顶、北台之顶、东台之顶、中台之顶等五座台顶，以及大金阁之寺、大贤之寺、大王子之寺、大清凉之寺、大建安之寺、大佛光之寺、大华严之寺、大法华之寺等台内台外多座寺院。山川不改旧岁月，遂按图索骥，千里寻踪，开始了一次在中国营造学研究史上注定不平凡的野外考察。1934年夏，他们曾结伴有过一次山西之行，踏勘了太原、文水、汾阳、孝义、介休、灵石、霍县、赵城八县的古建民居，写下了名曰《晋汾古建筑预查纪略》的考察报告。如今报告中详述过的许多寺庙古建已无影无踪了，仅仅是一个甲子的轮回。人们在慨叹世事无常的同时，不得不佩服两位学者的独到眼力，比如对山西民居的描述与评价，恰当而得体，精辟而无饰，后学尚无逾越者。

他们骑驴自五台县城出发，沿东北方向翻越阁子岭，直下茹湖盆地，经东茹村折向西北，过尊胜寺至豆村，一路颠簸劳顿、赤日暴晒，辛苦自不必说。那时骑驴是山西乡间最为常见的交通方式，小媳妇回娘家、大姑娘串亲戚都离不开骑驴，但此次当地人惊见的是一位娟秀清癯、端方得体，穿着半袖衫，戴着太阳帽的京城女学者。从豆村继续北上，顺峨岭关方向道路深入十华里到阎家寨，隔河相望，便是三山环抱、松柏掩映的佛光寺了。缓坡徐行，路径通幽，不多时即可驻足山门。穿过两进院落，拾级而上便是佛光寺的正殿东大殿了。凭着职业的敏感，他们一眼便识出这就是自己梦寻的唐代遗物。

据悉，佛光寺始建于北魏孝文帝时期，唐时，法兴禅师在寺内兴建了高达三十二米的弥勒大阁，僧徒众多，声名大振。唐武宗会昌五年（845）灭法，佛光寺除几座墓塔外，其余全部被毁。宣宗复法，大中十一年（857）重建。

兴奋之余，他们不顾旅途困乏，立即爬上爬下，走前跑后。一会儿钻入天花板测量，一会儿攀上构架处抄绘，探索唯恐不周，记录生怕有漏。在天花板里，蝙蝠惊飞，秽气难耐，构架之上，臭虫漫爬，蛛网密布。上房登拱、窜檩骑橡之事对这位文弱女子似乎已是寻常举动，梁思成为她留下的大量照片可以为证。

在佛光寺，林徽因同这座大殿的施建人女弟子宁公遇也照了张相。据载，武宗灭法，佛光寺遭毁。至宣宗大中年间，佛法再兴，于是愿诚和尚在废墟之上再次建寺，此时女弟子宁公遇便施建了这幢大殿。

宁公遇像为等身肖像，盘腿端坐于平台之上，面如满月，慈眉善目，博带大袖，充盈华贵，颇具唐时雍容丰足、殷实绰绰之气。上身衣盘领大袖襦衫，覆如意状云肩，腰间系丝绸软带。由于塑造技艺高超，造像至今唇红目明，颜如桃花。

宁公遇为谁家女子，哪门贵妇？之前有观点认为，其为中晚唐时宪宗、穆宗、敬宗、文宗四朝权阉王守澄之妻。宁公遇在唐宣宗敕令重建此寺此殿时，不仅将亡夫所遗巨额资财悉数捐献，使之成为此殿重建的功德主，且亲自送供上山，自己便成为此殿重建的资财送供人，甚至在殿宇重建完成后，仍滞留寺院，充当殿主，以虔诚佛教信徒的姿态，为佛朝夕服务。

从她安详知足、宽慰称意的表情可知其襟怀心胸是何等的广阔，气量局度是何等的博雅。林徽因出身世家，嫁于名门，早年随父亲林长民游历欧洲，后又留学美国，回国后参与了新月派的诗文创作，做过泰戈尔访华时的翻译，是北平"太太客厅"的女主人。镜头前的林徽因，表情同样宁帖释然，恬静笃定，她左手轻轻搭在塑像的肩头，右手则叉在自己的腰际。这张一胖一瘦、一静一动、一古一今的合影，定能引出许多的话题来。此时，林徽因的半袖衫换成了中式短褂，西式裤换成了曳脚长裙。这次摄影，对她来说是郑重其事、望之俨然的，这里没有所愿已足后的遂心惬意、求仁得仁，有的只是对那位不老的千年美女之钦佩敬意，景慕尊崇。施建资金可能不成问题，施建的决心实在非同小可，因为世俗的一个小小因素就能覆盖淹没宗教的恢恢初衷。宁公遇一定是发过大愿的，这样的大愿或许真的感动了佛陀，否则众多巨构大筑中为何单单这一座安然无恙，巍然屹立上千年，如此大愿一定也打动了林徽因的心。

　　七千余卷的《赵城金藏》当年刊刻时，也是由一位名叫崔法珍的潞州女子断臂募化三十年而终成完卷的。考察过赵城广胜寺的林徽因一定听到过这个凄怆的故事，见到过寺中的镇庙之宝。文弱女子一旦发愿，其决心信心岂在须眉男儿之下？梁思成林徽因夫妇于九一八事变后从东北大学转清华大学，即开始了营造法式的研究，同时启动了野外普查计划。从蓟县到宝坻到正定，从大同到洛阳到敦煌，都留下过他们的足迹。七七事变后，他们在大后方惨淡困苦条件下，于川康两省又走了三十五个县，调查了七百余处古建遗址。在民族生死存亡之际，在生活环境极度艰辛的情况下，他们以学者的力所能及为国家做了自己应做的事情。他们前后共计走访了十五个省、二百个县的两百多处古建筑，完成测绘图纸两千张，发表了不计其数的文字作品，拍摄了大量的实录照片。没有大愿，如此震古烁今、补天浴日之宏图怎会集腋成裘、日就月将成皇皇巨制；没有大愿，如此空前深远、莫大高度之壮志，何以聚沙为塔成赫赫丕业。当年费正清便为这种坚毅决然、矢志不渝之大愿所打动："倘若是美国人，我相信他们早已丢开书本，把精力放在改善生活境遇上去了。然而受过高等教育的中国人却能完全安于过这种农民的原始生活，坚持从事他们的工作。"

　　殿内佛坛之上，另有神像三十五尊，除释迦佛、弥勒佛、阿弥陀佛外，其余皆为立于高蒂莲座上的侍理菩萨和供养菩萨。林徽因仰首站在四米高的神像下的情形，也留有一幅照片，但终究没有与角落里宁公遇的合影那么正经八百、小心审慎。

　　山中无历日，世上已千年。七七事变的消息是他们走出五台山，北至代县时得知的。林徽因在《给梁再冰》的信中说："我们路上坐大车同骑骡子，走得顶慢，工作又忙，所以到了七月十二日才走到代县，有了可以打电报的地方，才算知道一点外面的新闻。那时候，我听说到北平的火车，平汉路同同蒲路已然不通，真不知道多着急！好在平绥铁路没有断，我同爹就慌慌张张绕到大同由平绥路回北平。"五台山的发现之旅就此草草结束，回去不久，他们即匆匆南下了。费正清的《中国朋友》这样评价这次发现："思成和菲利丝（林徽因）最后在太原东北的五台山发现了一座真正唐代的庙宇。据考，这是到那时为止所发现的最古老的建筑。他们从斗拱的大小大致推定它的年代，斗拱是把屋顶的压力传递到支柱上的中介。（斗拱的大小随时间推移而逐渐变小、变多，日本奈良建筑的斗拱正好相同于唐代的规格。）开始他们没有找到建造年代的记载，后来菲利丝突然发现在一根很高的横梁上有一个捐助修葺者的题记。令人心酸的是，他们的这一重大发现正是在 1937 年 7 月 7 日，这一天也正是中国八年抗日战争的开端，这使得他们到华北的实地旅行考察计划只好中止。"

　　1933 年 9 月，梁思成、林徽因与营造学社的刘敦桢、莫宗江等一起从北平出发，为调查大同古建、云冈石窟第一次奔赴山西；1934 年 8 月，二人接受美国朋友费正清、费慰梅夫妇的邀请，到汾阳城外的峪道河消夏，这是其第二次山西之行；1936 年冬，梁思成与莫宗江等在赴陕西调查时，假道山西，为第三次山西之行；1937 年 7 月，梁思成、林徽因如愿以偿，发现纯正的唐代木构寺庙佛光寺，此为第四次，也是最后一次山西之行。后来，佛光寺终于又躲过了几次劫难，不知是谁的保佑。1955 年 4 月 1 日，体弱多病、筋疲力尽的林徽因于五十一岁时病逝。在此之前，她还有个愿望，就是再去佛光寺看看。发现佛光寺是他们一生中最值得欣慰的一件事。

男性被称作先生，多性别所指，女性被称作先生，则学问所向。

论女性高学问者，古时有卫夫人、班昭、蔡文姬、谢道韫、上官婉儿、薛涛、李清照、管道升等。谢道韫晚年寡居会稽，太守刘柳久慕之，相约清谈，谢道韫"先及家事，慷慨流连，徐酬问旨，词理无滞"，刘柳感叹"内史夫人风致高远，词理无滞，诚挚感人，一席谈论，受惠无穷"。民国以来可称"先生"的女性，不乏其人。徐志摩尝对泰戈尔言："我国青年刚摆脱了旧传统，他们像花枝上鲜嫩的花蕾，只候南风的怀抱以及晨露的亲吻，便会开一个满艳，而你是风露之源。"论其原因，大致如此。

林徽因可称"先生"。其集个性与才情为一身，是位穿裙子的"士"，但因貌美，逸闻多，而往往忽略其事功。

清冷气质加不做作的行事，林徽因之美，后人无以乘时光胶囊，领略其然，或通过其周遭男性的目光，可做想象，或也"行者见罗敷，下担捋髭须。少年见罗敷，脱帽著帩头。耕者忘其犁，锄者忘其锄"。或通过女性略带嫉妒的目光，也可做想象，《红楼梦》中龄官外形、内心皆似林黛玉，"眉蹙春山，眼颦秋水，面薄腰纤，袅袅婷婷，大有黛玉之相"。但其本人似乎不以为意："真讨厌，什么美人、美人，好像女人没有什么事可做似的，我还有好些事要做呢！"在她看来，仅以美人看待之，是种轻视。一身诗意千寻瀑，万古人间四月天，其诗才也了得，却不以诗人的美誉为荣。梁上君子，林下美人，丈夫梁思成曾玩笑道："人家讲'老婆是别人的好，文章是自己的好'，但是我觉得'老婆是自己的好，文章是老婆的好。'"

美人香草，悱恻芬芳，明明可以靠颜值，却偏偏要靠才华，明明可以靠才华，却偏偏要靠辛苦。其由跨界思维而跨界行为，天生丽质而素颜走天下，与梁思成翻山越岭，跋涉万里，行走十五省、二百余个县，考测过两百多处古建筑。骑毛驴寻访佛光寺时，身体虽羸弱，依旧爬长梯，登屋顶，勘定年代，揣摩结构，计算尺寸，绘制图片，拍照归档。抗战期间，莫非此去渡沧海，颠沛流离，明月照处都是家，辗转飘零，早年肺疾加剧为肺结核，仍不改初衷。据其考察日记载："行三公里雨骤至，避山旁小庙中。六时雨止，沟道中洪流澎湃，不克前进，乃下山宿大社村周氏宗祠内。终日奔波，仅得馒头三枚，晚间又为臭虫蚊虫所攻，不能安枕尤为痛苦。"费慰梅《梁思成小传》中曾引用梁思成于1941年所写文字："截至1941年，梁思成所主持的营造学社已踏访了十五个省份里的两百个县，实地精细地研究了两千座古建筑，其中大部分林徽因大概都参加了。"其将知识化为构造，具体进入具体实践，从考察中直接发现，于过程中探索问题，实现了知识的自我求证。她在建筑学领域的贡献，后人难以企及。

据萧乾《我与"小姐"林徽因》载:"那以后,我们还常在朱光潜先生家举行的'读诗会'上见面。我也跟着大家称她做'小姐'了,但她可不是那种只会抿嘴嫣然一笑的娇小姐,而是位学识渊博、思想敏捷,并且语言锋利的评论家。她十分关心创作。当时南北方也颇有些文艺刊物,她看得很多,而又仔细,并且对文章常有犀利和独到的见解。对于好恶,她从不模棱两可。同时,在批了什么一顿之后,往往又会指出某一点可取之处。一次我记得她当面对梁宗岱的一首诗数落了一通,梁诗人并不是那么容易服气的。于是,在'读诗会'的一角,他们抬起杠来。"1940年冬,已辗转来到李庄上坝村的梁从诫问母亲林徽因:"妈妈,如果日本人打到这里,我们怎么办?""中国读书人不是还有一条老路么?"母亲神色平静而淡然,"咱们家门口不就是扬子江么?"巾帼之风,婉约呈现。

昨夜霜风,先入梧桐,1953年,北京市酝酿拆除牌楼,而对古建筑的大规模拆除已然开始,时任北京市副市长的吴晗负责解释拆除工作。在郑振铎邀请的一次聚餐会上,林徽因与吴晗发生了面对面的争论,陈从周目睹其情其境,"她指着吴晗的鼻子,大声谴责。虽然那时她肺病已重,喉音失嗓,然而在她的神情与气氛中,真是句句是深情"。另有一件令其伤心的事,萧乾在《我与"小姐"林徽因》中说道:"一九三七年她们全家南下逃难时,把多年来辛辛苦苦踏访各地拍下的古建筑底片,全部存在天津一家银行里。那是思成和她用汗水换来的珍贵无比的学术成果。她告诉我,再也没有想到,天津发大水时,它们统统被泡坏了。"岁月难掩其靓丽才情与本色人生,就冲这一点,林徽因可称"先生"。

1920年,十六岁的林徽因,随父欧洲游历,旅居伦敦一年有半。

在给女儿的信里，父亲说出了他的瞩望："我此次远游携汝同行，第一要汝多观察诸国事物增长见识。第二要汝近我身边能领悟我的胸次怀抱。第三要汝暂时离去家庭烦琐生活，俾得扩大眼光，养成将来改良社会的见解与能力。"期间，林徽因找到了其一生的志趣："在我的旅行中，我第一次萌发了学习建筑学的梦想。"林长民是那个时代最具远见的家长。1955年4月1日，五十一岁的林徽因在京去世，葬八宝山，墓碑由梁思成亲为设计，上书"建筑师林徽因墓"。

冷露无声湿桂花，红栏回首惜芳菲。林徽因病逝后，梁思成在林所藏《营造学设汇刊》封面上郑重写下"林徽因珍藏，恕不外借"字样。后来偏偏让续弦林洙给拍卖了，女妒作祟也。纵如此，小林也还是敬称大林为"先生"。

杨绛学问之外，尚有德行，可称"先生"。仅就其散文而言，哀而不伤，婉而多讽，清淡悠远背后，蕴藏着清高与倔强，坚守内心道义，未见宣泄而能审视苦难，全身透露着大家气息。

在台湾文学界，只有两位女性被尊称为先生，一位是写《城南旧事》的林海音，一位是写《巨流河》的齐邦媛。前者的文字，朴实而优美，纯真且赤忱；后者的文字，悲伤而蕴意，厚重又无奈。尤其后者，每每令人掩卷闭目沉思，亲历者齐邦媛说抗战，是"一个有骨气的中国，一段有骨气的岁月"，准确极了，又令人掩卷闭目，沉思不已。

女先生的属性归类，非突如其来的角色。古之所谓豪杰之士者，必有过人之节，今之所谓女先生者，也必有过人之节。先生不但是一个称谓，更是一种修为、一种风骨、一种精神、一种思想的象征。真正的先生那是世人尊敬、承上启下的栋梁，而不是传声筒、记分册，在这一点上，男女皆然。

女妒

见人之得，如己之得；见人之失，如己之失。"妒"字添足"女"旁，或许有理，段成式《酉阳杂俎》有"妒妇津"篇："临清有妒妇津，相传言，晋大始中，刘伯玉妻段氏，字明光，性妒忌。伯玉尝于妻前诵《洛神赋》，语其妻曰：'娶妇得如此，吾无憾矣！'明光曰：'君何得以水神美而欲轻我。吾死，何愁不为水神？'其夜乃自沉而死。死后七日，托梦语伯玉曰：'君本愿神，吾今得为神也。'伯玉寤而觉之，遂终身不复渡水。有妇人渡此津者，皆坏衣枉妆，然后敢济。不尔，风波暴发。"故事太多，撷取一二，且在文人之间。文人相轻，自古皆然，尤其女文人之间，话里有话，音外有音，女有女的聪明，哪一句都不善。

一则杨绛微词张爱玲。

2010年4月时，有记者采访百岁老人杨绛，问其"对张爱玲怎么看"，杨绛弃百忍家风，沉默片刻放言："受不了她。现在社会上把她

112

捧得不得了，有一张她摆姿势的照片，说她是美人。我的外甥女和她是同学，她说长一脸花生米，awkward，在学校里拼命让人注意她，奇装异服。人都来不及选，汉奸都跟上了。她成天想的都是男女之间的。下三烂。钱锺书跟夏志清说，你怎么把我和张爱玲放在一起捧啊？钱锺书也对我说，我们都说是下三烂。她的东西我从来不看，恶心死了。"淑女遇妖女，什么理不理，就是看不惯，而一味见人不是，到处可憎，终日落嗔。杨绛曾将兰德的诗句译为"我和谁都不争，和谁争我都不屑"，但这毕竟不是她自己的诗。作家以作品论事，何至以貌取人，容貌乃父母所赐，杨绛也为人母，说话何至如此刻薄。

妇唱夫随，钱锺书似乎对张爱玲也不感冒。夏志清曾将钱锺书与张爱玲一同追捧，钱自觉不堪。情绪哪里是智慧不够的产物，分明是智慧过人的表现。

但这种不屑，仍以女性居多。柯灵夫人陈国蓉当年曾请张爱玲到所在学校做客，随后便说，张爱玲皮肤白是白，少见的白，薄薄的一层，有脆弱在里面。

一则冰心微词林徽因。

冰心丈夫吴文藻与林徽因丈夫梁思成，皆清华学校留美预备班学生，为同窗好友，且同住一间宿舍。后来两对恋人相继出国留学，梁思成由于遭遇车祸，腿部受伤，比吴文藻晚一年出国。1925年暑期，冰心与吴文藻在康奈尔大学补习法语，林徽因与梁思成趁着假期，前来拜访，两对恋人于绮色佳的山川秀水间野炊聚会，并留下合影。

林徽因的"太太客厅"闻名北平，奇才之士，座中常满，亦一时之盛，人皆以受邀为荣。一男子一女子无争，众男子一女子也无争，争者两女子也。徐时栋《烟屿楼笔记》云："少见多怪，人情然也。见文字中，用'雄风'，皆谓有本。见'雌风'，则怪之。"温柔以外，雌风确有。女人的美丽，建立在气度与气质之上，不能仅仅以"美丽"来形容。

与羡慕不同，嫉妒会激发怨恨心理，甚至报复行为。1933年10月，冰心写了篇小说《我们太太的客厅》，于《大公报》副刊连载。小说一改闻融敦厚、温文尔雅之一向风格，似在批鳞直谏，秉笔直书。"我们的太太自己虽是个女性，却并不喜欢女人。她觉得中国的女人特别的守旧，特别的琐碎，特别的小方……在我们太太那'软艳'的客厅里，除了玉树临风的太太，还有一个被改为英文名字的中国用人和女儿彬彬，另外则云集着科学家陶先生、哲学教授、文学教授，一个'所谓艺术家'名叫柯露西的美国女人，还有一位'白袷临风，天然瘦削'的诗人。此诗人头发光溜溜地两边平分着，白净的脸，高高的鼻子，薄薄的嘴唇，态度潇洒，顾盼含情，是天生的一个'女人的男子'。"显然，冰心对林徽因大众情人的角色，颇为不屑，骨子里透着良家妇女四维八德、三纲五常的优越感，才下手便想到究竟处，似乎革命的刀把子紧握在手，做好了随时的反击。晚年冰心在《人世才人灿若花》文中列举五四以来著名女作家时，语气稍缓："1925年，我在美国的绮色佳会见了林徽因，那时她是我的男朋友吴文藻的好友梁思成的未婚妻，也是我所见到的女作家中最俏美灵秀的一个。"

小说一经发表，许多参与者便觉不自在，"太太客厅"的不变客金岳霖后来道："也有别的意思，这个别的意思好像是30年代的中国少奶奶们似乎有一种'不知亡国恨'的毛病。"仰头婆娘低头汉，林徽因也非等闲之辈，据李健吾回忆："我记起她（林徽因）亲口讲起一个得意的趣事。冰心写了一篇小说《太太的客厅》讽刺她，因为每星期六下午，便有若干朋友以她为中心谈论种种现象和问题。她恰好由山西调查庙宇回到北平，带了一坛又陈又香的山西醋，立即叫人送给冰心吃用。"从此，这对福州老乡，形同陌路，老死不相往来。关于小说《太太的客厅》的创作背景，冰心在晚年接受采访时改口道："《太太的客厅》那篇，萧乾认为写的是林徽因，其实（原型）是陆小曼。……小说描写'客厅里挂的全是她（陆小曼）的照片'。"徐志摩遇难后，冰心给梁实秋的信中写道："谈到女人，究竟是'女人误他？'还是'他误女人？'也很难说。志摩是蝴蝶，而不是蜜蜂，女人的好处就得不着，女人的坏处就使他牺牲了。到这里，我打住不说了！"冰心所暗示的"女人"是谁，看似泛说，实则特指。

同住清华园，冰心养猫，钱锺书养猫，林徽因也养猫，钱锺书一看自己的猫被欺负，三更半夜爬起来把林家的猫打了回去，之后仍不罢手，还写了短篇小说《猫》，直接讽刺林徽因："在一切有名的太太里，她长相最好看，她为人最风流豪爽，她客厅的陈设最讲究，她请客的次数最多，请客的菜和茶点最精致丰富，她的交游最广。并且，她的丈夫最驯良，最不碍事……她是全世界文明顶古的国家里第一位高雅华贵的太太。"这段话与冰心写来讽刺林徽因的文字，有异曲同工之妙。

因与徐志摩的交集，陆小曼对林徽因也颇多微词，据陈巨来《安持人物琐忆》云："据志摩与之（陆小曼）结婚后告以云，他在美哈佛大学时，比他晚二班中有一女同学即林长民之女，与之最知己……不久，林女突来一电，内容云：独处国外生活苦闷，希望你能写一电对吾多多有以安慰，使吾略得温暖云云。志摩得电后，大喜欲狂……次日即亲至电报局发电，哪知收电报之人忽笑谓志摩云：'先生，吾今天已同时收到了发给这位黛微丝的电稿四份了，你已是第五个了呀！'"

冰心实在是树大招风，张爱玲说她："把我同冰心、白薇她们来比较，我实在不能引以为荣，只有和苏青相提并论我是心甘情愿的。"谁都看得出来，这是明褒暗贬，先扬后抑。这样的用语已相当的客气，其《鸿鸾禧》中写玉清出嫁前的心理："玉清非常小心不使她自己露出高兴的神气——为了出嫁而欢欣鼓舞，仿佛坐实了她是个老处女似的。玉清的脸光整坦荡，像一张新铺好的床；加上了忧愁的重压，就像有人一屁股在床上坐下了。"用语刻薄，不留情面，看上去却不动声色，不事张扬，张爱玲的聪明让人感到其只合远观，不适近处。苏青说她："从前看冰心的诗和文章，觉得很美丽，后来看到她的照片，原来非常难看，又想到她在作品中常卖弄她的女性美，就没有兴趣再读她的文章了。"此已是直来直去、正着反着的不逊了。女性写女性或有偏见，还需看男性如何写之。1934年初，刘半农初见冰心，日记中称她"大有老太婆气概矣"。而冰心后来的朋友季羡林在清华读书时，曾去旁听其讲课，日记里写道："冰心先生当时不过三十二三岁，头上梳着一个信基督教的妇女王玛丽张玛丽之流常梳的髻，盘在后脑勺上，满面冰霜，不露一丝笑意，一登上讲台，便发出狮子吼：'凡不选本课的学生，统统出去！'我们相视一笑，伸伸舌头，立即弃甲兵而逃。"

嫉妒是赞美的另一种表情，潘柳黛文笔过于犀利，张爱玲曾借苏青之言评价之："这种女人，腰既不柳，眉也不黛，胖得像箩筐，装得倒是风情万种的样子，其实骨子里俗得很。"1944年《杂志》月刊上，胡兰成发表《论张爱玲》一文，提及其"贵族血液"，论其创作"横看成岭侧成峰"。潘柳黛反问：胡兰成何时"横看"和"侧看"张爱玲了？暗示二人关系暧昧。潘柳黛唇厚嘴拙，纸上骂人却是高手，对于

"贵族血液"，其嘲讽道："张爱玲是李鸿章的重外孙女，这种关系就像太平洋上淹死一只老母鸡，吃黄浦江水的上海人却自称喝到了鸡汤一样。"依张爱玲的脾性，焉会不气炸肺？苏青说张爱玲看到后，一时气得浑身发抖，差点流下眼泪。金雄白问过潘柳黛为啥写这篇文章，潘回道："当时我只顾好玩，说得痛快，谁知以后不但胡兰成对我不叫应，就是张爱玲也敬鬼神而远之，不再和我轧淘。"后来张爱玲到香港，有人告之潘柳黛也在此，张反问："谁是潘柳黛？我不认识。"1970年代琼瑶、三毛在台湾大火，张爱玲自嘲，"我居然跻身于琼瑶三毛高阳之间，真'悬'得汗毛凛凛，随时给刷下来"，"三毛写的是她自己，琼瑶总像是改编"。此间，张爱玲蛰居有年，风头已消，也开始妒忌他人，足以证明弱势易妒的道理。

女作家对男作家写作，多存敬意。某次，重庆文友为梁实秋摆寿宴，宴后其兴致不减，定要冰心题字。冰心挥笔写道："一个人应当像一朵花，不论男人或女人。花有色、香、味，人有才、情、趣，三者缺一便不能做人家的一个好朋友。我的朋友中，男人中只有实秋最像一朵花。"晚年冰心在《关于男人》一书里说："我这一辈子接触过的可敬可爱的男人的数目，远在可敬可爱的女子之上。"女作家对男作家也无妒。

男作家对女作家写作，也多存敬意。邵洵美论庐隐："时光是不打庐隐心上走过的，在她的作品里，我们只会看见她不老的天真。"男画家对女画家作品，也多存溢美，张大千称赞潘素的绘画："神韵高古，直逼唐人，谓为杨升可也，非五代以后所能望其项背。"而男作家之间，也有"妒"，当年郭沫若贬林语堂："非但中文不好，英文也未见得好，易经都看不懂。"林语堂回敬道："我英文好不好，得英国人美国人，总之是懂英文的人来评价。至于易经，我也看，郭沫若也看。我看了不敢说懂，他敢。"

也不尽言。傅雷曾于《万象》1944年4月号上发表《论张爱玲的小说》一文，盛赞其《金锁记》，但对《倾城之恋》《连环套》多持批评，希望其好好写作："文艺女神的贞洁是最宝贵的，也是最容易被污辱的。爱护她就是爱护自己。一位旅华数十年的外侨和我闲谈时说起：'奇迹在中国不算稀奇，可是都没有好收场。'但愿这两句话永远扯不到张爱玲女士身上！"张爱玲看到评论大为光火，随即回应了一篇《自己的文章》。之后，还写过一篇《殷宝滟送花楼会》的小说，男主角是位神经质出轨的猥琐音乐教授，明眼人一看便知写的就是傅雷。《论张爱玲的小说》一文中，傅雷甚至断言："《连环套》逃不过刚下地就夭折的命运。"张爱玲对这批评回应"《连环套》就是这样子写下来的，现在也还在继续写下去"，然果不出所料，两个月后，《连环套》在《万象》上的连载便被腰斩。1976年，台北皇冠出版社出版的《张看》收入了《连环套》，张爱玲的自序道："那两篇小说（指《连环套》《创世纪》）三十年不见，也都不记得了，只记得坏。"最终接纳了傅雷的观点。

女人间的敌意，似乎与生俱来。梅兰芳、言菊朋共偕夫人赴宴，梅夫人递大衣与言夫人而登车，言夫人以为辱甚，扔大衣于地，不赴宴。梅、言从此决裂，终生再无合作。外人之间犹如此，情敌之间，更是水火不容。南京傅厚岗徐悲鸿公馆落成时，孙多慈以学生身份送来枫苗百棵，作为新居庭院点缀。当蒋碧薇得知枫树为孙多慈所送时，无以容忍，令佣人全部拔除之。徐则愤然将公馆命名为"无枫堂"，画室改称"无枫堂画室"，并刻下"无枫堂"印章一枚，以作纪念。1944年，徐悲鸿与廖静文结婚，二人只相处了八年，对于徐悲鸿之死，廖的解释是："为了还清她（蒋碧薇）索要的画债，悲鸿当时日夜作画，他习惯站着作画，不久就高血压与肾炎并发，病危住院了，我睡在地板上照顾了他四个月才出院。"孙多慈1952年画的《寒江孤帆图》上，录有当年写给徐悲鸿的诗："极目孤帆远，无言上小楼。寒江沉落日，黄叶下深秋。风励防侵体，云峰尽入眸。不知天地外，更有几人愁？"董桥《孙多慈的寒江心影》云："画了那幅画的翌年，徐悲鸿在北京病逝，听说，噩耗传到台北之后，给孙多慈报丧的不是别人，是蒋碧薇；孙多慈'脸色大变，眼泪夺眶而出'。"事由大概是徐悲鸿病逝的消息传至台湾时，蒋碧薇正去中山堂看画展，在展厅门口她刚签好名字一抬头，正好孙多慈站在了她的面前，一时双方都愣住了。还是蒋碧薇先开了口，略事寒暄后就把徐去世的消息告诉孙，孙闻之脸色大变，眼泪夺眶而出。她与蒋碧薇唯一的这次对话，竟是因徐悲鸿的死讯。

毕淑敏说："我们可以不美丽，但我们健康。我们可以不伟大，但我们庄严。我们可以不完满，但我们努力。我们可以不永恒，但我们真诚。"你倒说谁不健康，谁不庄严，谁不努力，谁不真诚？似有所指，也定有所指，只不过更加隐晦罢了。可她清楚："对一个女性最有害的东西，就是怨恨和内疚。前者让我们把恶毒的能量对准他人；后者则是掉转枪口，把这种负面的情绪对准了自身。你可以愤怒，然后采取行动；你也可以懊悔，然后改善自我。但是请你放弃怨恨和内疚，它们除了让女性丑陋以外，就是带来疾病。"

入宫而妒，入室而仇。《史记·外戚世家》云："美女无恶，入室见妒。士无贤不肖，入朝见嫉。"女妒，男也妒，只不过妒与妒，场合不同，表现不一。女妒多在嘴巴，霹雳手段，菩萨心肠；男妒心里做事，欲加之罪，其无辞乎？

彼岸花

　　一千里色江南岸，二十四般花信风。花信风之外，尚有一花，彼岸花开在冥界，佛说："彼岸花，开一千年，落一千年，花叶永不相见。情不为因果，缘注定生死。"虽为莫须有之物，却的的确确存在。

　　花落叶生，永不同枝，彼岸花开开彼岸，断肠草愁愁断肠；你来我往，失之交臂，奈何桥前可奈何，三生石前定三生。山莹莹，水粼粼，斯人在扁舟；草青青，鸟飞飞，归梦寄江洲。龙应台《目送》说："你未看此花时，此花与汝心同归于寂。你来看此花时，则此花颜色一时明白起来，便知此花不在你的心外。"但见泪痕湿，不知心恨谁，读书共砚十八送，清风同凉一截心，破碎的脸，眉宇之间都是故事。人我相思门，知我相思苦，日日探听对方的消息，操心对方的操心，坚信是非皆与自己有关。虽曰无关，天不老，情难绝，梦缠绵，情悠远，花艳人不还，暗恋之美好，在于永不失恋。"不是所有的人都能知道时光的含义，不是所有的人都懂得珍惜；这世间并没有分离与衰老的命运，只有肯爱与不肯去爱的心。"真让席慕蓉说应了，只要肯爱，遑论暗恋，暗里有光，即为明恋。老去春来事事慵，春阴独酌小楼中，有些事心里清楚得很，不必验证，相思本是无凭语，验证了反逼仄了想象的余地。

当年执教于清华大学外文系的钱锺书，习惯在家阅卷，让女儿钱瑗记分。一次钱瑗说："英若诚跟吴世良要好，他们是朋友。"何以然？钱瑗指着课卷："全班学生的课卷都是用蓝墨水写的，只有他俩用的紫墨水。"二人恋情遂大白于外。此为明恋之暗示，开的是此岸花。前世与谁情缱绻，来生是否又相逢，姻缘皆前生注定，佛前修了五百年所得。

民国年间，易顺鼎追捧女优刘喜奎，写诗直白："我愿将身化为纸，喜奎更衣能染指。我愿将身化为布，裁作喜奎护裆裤。"罗敷有夫，使君有妇，有情未遇有缘人。吴宓追求女学生毛彦文，遂公开发表情诗："吴宓苦爱毛彦文，三洲人士共惊闻。离婚不畏圣贤讥，金钱名誉何足云。"三生烟火，一世迷离，有缘未遇有情人。1919年6月3日，吴宓在日记中记载陈寅恪的话："'学德不如人，此实吾之大耻。娶妻不如人，又何耻之有？'又云'娶妻仅生涯中之一事，小之又小者耳。轻描淡写，得便了之可也。不志于学志之大，而兢兢惟求得美妻，是谓愚谬。今之留学生，其立言行事，皆动失其平者也。'"吴对此深以为然，但轮到自己头上时，仍不能自持。国风好色，直抒胸臆，老先生糊涂，情诗不是这么个写法。或曰人有二命，一次出生，一次遇人。可惜刘喜奎、毛彦文，怎奈轮回终要过，茶汤一碗了前缘；可怜易顺鼎、吴雨僧，今生梦断黄泉路，彼岸花前泪有声。一如扬路尘，一如浊水泥，怎么也合不拢。就凡人而言，越喜欢，越胆怯，大大咧咧变得战战兢兢，惧轻视，怕伤害，无所畏惧变得小心谨慎。刻意后退，有意疏远，人到情多情转薄，恰是太喜欢，太喜欢往往不自信。

既往的迷信，意义在于指引，而非定义。然临流不肯渡，唏嘘咒逝川，无须通知，便已改变，如今还有几人相信彼岸花的存在，相信了，又有几人能够等到开放。钱穆《湖上闲思录》云："腾云驾雾，上天下地，以前一切想望于神的事，现在人都自己来担当，来实干。神在这时代，也只有躲身一旁，自谢不敏了。这是不错的，科学打破了我们的迷信，但科学也已赶走了我们一些大家关切大家崇敬的东西。"神明之事，谁能左右，信与不信，听之任之，倒不如力所能及一些小事，旧事天远，曾经沧海，安静做人，关爱身边，不亦心空自在？

相见争如不见，有情何似无情。彼岸花前，死生契阔，总有些不愿散去的痴情人。

你的身材这样高，这怎么可以

尘世是非，躲不开人间风月；人间风月，躲不开情深意长。

《红楼梦》里林黛玉第一次怯生生进贾府：与众各别，两弯似蹙非蹙罥烟眉，一双似喜非喜含情目。心较比干多一窍，病如西子胜三分。宝玉看罢，因笑道："这个妹妹我曾见过的。"这句不寻常的设计，意味深长，包含着多少没有理由的心疼、不设前提的宽容，为之后情节的展开，预埋了伏笔。同样是此次见面，越剧《天上掉下个林妹妹》以对唱形式表述，掉下来的定是没有翅膀的天使。

世间万人如海，你如藏。胡兰成《今生今世》写初次见到张爱玲时的惊讶："你的身材这样高，这怎么可以？"这句也有意思，可作花絮，轻佻中带着斯文，暧昧中保有距离，令人过目难忘。胡兰成比张爱玲矮，且苍白清瘦，头顶微秃，小说《色·戒》里的老易分明有胡兰成的影子。"人像映在那大人国的凤尾草上，更显得他矮小。穿着灰色西装，生得苍白清秀，前面头发微秃，褪出一只奇长的花尖；鼻子长长的，有点'鼠相'，据说也是主贵的。""他的侧影迎着台灯，目光下视，睫毛像米色的蛾翅，歇落在瘦瘦的面颊上，在她看来是一种温柔怜惜的神气。"

胡兰成的文字表达一辈子都好，鉴赏眼光自不会低，却还是被张爱玲的小说笔调所吸引。一个二十来岁的女子，未必读过许多书，一出手便这般精致，料是与生俱来的设置。有这样的文字，意味着此后人生之路，可以独自走了。遂开始留意她的文字，直至某日见到其刊物上随发的小像，"写如此漂亮文章的女子，竟是一个如此年轻的女子"。

胡不认识张，却与苏青认识，而苏青又与张是朋友。因汉奸罪论处的胡兰成甫一获释，即来到上海。获得地址后，径直前往，果如苏青所料，张托故不见。吃过闭门羹的胡兰成临退前，写了张纸条自门缝塞进张的住址。虽不懂政治，却懂文字，或许是惺惺相惜，为其文字所动而海棠花未眠，翌日，胡兰成接到电话："看了介绍才知道是您，我来看您。"第一次相见，胡兰成有些惊艳的感觉：生得本不算漂亮，但其个头高，穿着打扮张扬。此次会面，聊天五小时，重点在张爱玲的文章，间或各自的身世故事。庖丁解牛，中其肯綮，有收缩成一个核的见解，有试探成一剂药的建议，正确与否不重要，至少说明一种极度的关注。一个才学过人的成熟，一个聪慧俏皮的青涩，谈话内容的机智，难以想象。迷恋日常、沉醉小趣的小女子，固然心性成熟，感情独立，且成名在外，哪里遇到过这般休休有容、泱泱之大的翩翩气度，看上去颓废，实则智慧，况且胡是位认认真真读过书的人。只有在热爱的世界里，自己才会熠熠生辉，才会发现别人的奕奕神采，虽曰交浅言深，爱不如宠，宠不如懂，就这么生出了知己的感觉来。

天欲晚，起身送客，见她穿着一双高跟鞋，遂煞有介事说出了"你的身材这样高，这怎么可以"一句，隐语不隐语，隐喻不隐喻，却能瞬间永恒。有了这一句的灌溉，便不难理解之后张送给胡照片背面一句的突兀："遇见你我变得很低很低，一直低到尘埃里去，但我的心是欢喜的。并且在那里开出一朵花来。"作为对应，似乎有些文字游戏的成分，却也不难发现其仆心仆命被征服的一面，柔软无骨失重，卿卿我我失品。此间的张爱玲，同样不脱普通女子的雨天雨地困顿，只重感性，纠结而难舍，不动理性，无奈且无情。万事尽头，未必美好，爱恨恰如春草，渐行渐远却又重生，需要等待的，其实永远不会来。对于胡兰成而言，激情本就是消耗品，用完即止，相看相厌的倦怠，想不到如此迅即而至。你可以为某个人卑微到尘埃里，但无人会爱尘埃中的你。春风吹酒醒，坐看云起，理性地开始一段关系，又理性地结束一段关系，尘埃也罢，流金也罢，爱情或许只是一场事后的附会。错的时间遇到对的人，有的人必将失去，对的时间碰见错的人，有的事注定不能，对于张爱玲而言，有些人的错失，本就是一种幸运。

低到尘埃里

　　她一出场，便能吸引所有视线，孤芳高傲的张爱玲，却也有谦卑若虚之时，那是她见到了胡兰成。"见了他，她变得很低很低，低到尘埃里，但她心里是欢喜的，从尘埃里开出花来。"万人追不如一人疼，万人宠不如一人懂，因为相知，所以懂得，时局动荡中，他们举办了一场没有法律程序、没有特定仪式的婚礼，仅一纸婚书为凭。婚书前两句"胡兰成与张爱玲签订终身，结为夫妇"出自张爱玲之手，后两句"愿使岁月静好，现世安稳"为胡兰成所撰。其时，一个其叶正沃若，一个树树已秋声，别人看来无任何的般配。世事如戏，人生如梦，而此后胡的一娶再娶，张的一忍再忍，确实验证了"低到尘埃里"的说法。"未经世故的女人习于顺境，易苛以待人；而饱经世故的女人深谙逆境，反而宽以处世"，张爱玲显然属后者。张幼仪说徐志摩"在他一生当中遇到的几个女人里面，说不定我最爱他"，似乎也是张爱玲说给胡兰成的。丁玲曾有让"三君四郎伴妾身"的自诩，苏青曾有"饮食男，女之大欲也"的巧语，胡兰成致信张爱玲也有"我愿意与你发生一切可能发生的关系"的暧昧，然沾上情与欲，一切注定有缺憾，马尔克斯在《百年孤独》中说："爱情的问题都是在床上解决的。"睹物思人，心有戚戚，到头来劳燕分飞，各奔东西，这段姻缘实在不够美满，然有些风景，一旦入眼，竟成永恒的样子。侧身天地，独立苍茫，是张爱玲一生的状况。从来至美之物，皆利于孤行，人也如此。

张爱玲的文字，平淡中总能起旖旎，比如她的这句话："有些人一直没机会见，等有机会见了，却又犹豫了，相见不如不见。有些事一直没机会做，等有机会了，却不想再做了。有些话埋藏在心中好久，没机会说，等有机会说的时候，却说不出口了。有些爱一直没机会爱，等有机会了，已经不爱了。……人生有时候，总是很讽刺。有些事一转身就是一辈子。"半醒半醉，寸寸相思，花开花落，欲语还休，这些匪夷所思之语，是否归纳于与胡相忘于江湖，情感冷却之后，未曾考证。席慕蓉云："心里有些话，想说出来。也许不一定是为了告诉你，也许有些话只是为了告诉自己。"此话即在自言自语。何必相思，千帆过尽，无须有恨，梦春一醒，离别总比相逢多一回。"爱情，原来是含笑饮毒酒。爱一个人很难，放弃自己心爱的人更难。爱上一个人的时候，总会有点害怕，怕得到他；怕失掉他。你曾经不被人所爱，你才会珍惜将来那个爱你的人。"这也是张爱玲的话，听起来多少有些矜持与局促。

张爱玲的故事，让人想到了晚明的"秦淮八艳"。善琴者通达从容，善棋者筹谋睿智，善书者至情至性，善画者至善至美，善诗者韵至心声，善酒者情逢知己，善花者品性怡然，善茶者陶冶情操，这"八艳"，在别人看不到处用过心，下过功，各具所长，且精致到了家。

白云缈缈，红花簇簇，你若盛开，蜂蝶自来，倾国名姬陈圆圆，侠肝义胆李香君，风骨嶒峻柳如是，侠骨芳心顾眉生，长斋绣佛卞玉京，才华横溢马湘兰，风流女侠寇白门，艳艳风尘董小婉，统统在某个文人面前"低到尘埃里"。"木末芙蓉花，山中发红萼。涧户寂无人，纷纷开且落"，落到了尘埃里。

十三妹，侠女也。其避居他乡，待机替父复仇，偶也劫取不义之财，期间得遇安骥。后得知仇人已诛，一反侠义面目，委身安骥甘做妾。周作人在《小说的回忆》中谈及《儿女英雄传》："写十三妹除了能仁寺前后一段稍为奇怪外，大体写得很好，天下自有这一种矜才使气的女孩子，大约列公也曾遇见一位过来，略具一鳞半爪，应知鄙言非妄，不过这里集合起来，畅快的写一番罢了。"这"矜才使气"，还是让人想到了张爱玲，不同的是，一个有书有情有肝胆，一个亦狂亦侠亦温文。

尘埃之喻，无涉自卑，心适耳。也由此可知，如意郎君得之不易，尤其对于才女。"岁月静好，现世安稳"的婚誓，似乎就是一道诅咒，不过短短两年，便已应验。《围城》里说"丈夫是女人的职业，没有丈夫就等于失业，所以该牢牢捧住这饭碗"，但对于张爱玲不存在，这是她的高傲之处。

晚年胡兰成在日本与佘爱珍结合，有聊无聊，偶尔还会故意怂恿胡兰成给张爱玲写信："你与张小姐应该在一起，两人都会写文章，多好！"人会变，月会圆，敢如此放心胡兰成与张爱玲联系，是因为知道张爱玲无论如何都不会再与之交好。胡兰成在去世之前对她说的最后一言是"从此之后，你冷清了"，又是一句名言。

失恋之诗

　　择其所爱，爱其所择，岁月静好，与尔相随，除了两情相悦，所有的喜欢都是心酸。受过的伤，都是勋章，正确的废话，表达不出所想表达，也无以拯救绝望。

　　徐志摩弃发妻，裂家庭，刚分的手，还是热的，却是追求林徽因未遂，便写下《去吧》一诗宽慰自己，刊发于1924年6月17日的《晨报副刊》：

　　　　去吧，人间，去吧！
　　　　我独立在高山的峰上；
　　　　去吧，人间，去吧！
　　　　我面对着无极的穹苍。

　　　　去吧，青年，去吧！

与幽谷的香草同埋；

去吧，青年，去吧！

悲哀付与暮天的群鸦。

去吧，梦乡，去吧！

我把幻景的玉杯摔破；

去吧，梦乡，去吧！

我笑受山风与海涛之贺。

去吧，种种，去吧！

当前有插天的高峰；

去吧，一切，去吧！

当前有无穷的无穷！

　　此诗一出，影响自然很大。鲁迅尾随之，"因为讽刺当时盛行的失恋诗，做《我的失恋》"，发表于1924年12月8日《语丝》创刊号上，这首"拟古的新打油诗"，充满戏谑意味：

我的所爱在山腰，

想去寻她山太高，

低头无法泪沾袍。

爱人赠我百蝶巾；

回她什么：猫头鹰。

从此翻脸不理我，

不知何故兮使我心惊。

我的所爱在闹市，

想去寻她人拥挤，

仰头无法泪沾耳。

爱人赠我双燕图；

回她什么：冰糖葫芦。

从此翻脸不理我，

不知何故兮使我胡涂。

我的所爱在河滨，

想去寻她河水深，

歪头无法泪沾襟。

爱人赠我金表索；

回她什么：发汗药。

从此翻脸不理我，

不知何故兮使我神经衰弱。

我的所爱在豪家，

想去寻她兮没有汽车，

摇头无法泪如麻。

爱人赠我玫瑰花；

回她什么：赤练蛇。

从此翻脸不理我，

不知何故兮——由她去罢。

隐私之事，不易公开，鲁迅笔无妄下，对此颇不以为意。1934年12月20日，其在《集外集·序》中写道："我更不喜欢徐志摩那样的诗，而他偏爱到处投稿，《语丝》一出版，他也就来了，有人赞成他，登了出来，我就做了一篇杂感，和他开一通玩笑，使他不能来，他也果然不来了。这是我和后来的'新月派'积仇的第一步；语丝社同人中有几位也因此很不高兴我。"

合肥四姐妹，出身官宦之家，皆具诗书气质，为文艺青年关注。老四张充和年轻时，玉洁冰清、出尘脱俗，美人自带桃花，加之内敛低调、温和谦逊，追求者众多，既见君子，云胡不喜，卞之琳也为其中一位。1933年夏，二十三岁的卞之琳自北京大学英文系毕业，同年秋，结识了在北大中文系读书的张充和，擦肩而过，碰出火花。然卞之琳未能步沈从文后尘，沈从文如愿以偿追求到了张家老三张兆和。先说爱的先不爱，后动心的不死心，相传卞诗《断章》便是为张充和而作：

你站在桥上看风景，
看风景的人在楼上看你。
明月装饰了你的窗子，
你装饰了别人的梦。

夏志清在《夏济安日记》前言中回忆："卞之琳是名诗人，翻译家。我在北大时，他常从天津来北平，找我哥哥谈谈。他多少年来一直苦追一位名门闺秀（沈从文的小姨，写一笔好字，也擅唱昆曲）。我离开北大后，她同一位研究中国文学的洋人结了婚，卞之琳的伤心情形可想。"洋人"所指，为傅汉思。1947年9月，缘沈从文介绍，已过摽梅之年的张充和遇东风时雨，与北大西语系外籍教授傅汉思相识。一年后，与之结为秦晋，赴美定居。

1927年，戴望舒在好友施蛰存家中避难时，看上了施家小妹施绛年。1935年5月，其自日本归来，迫不及待准备与之结婚，对方却另有所爱。失恋中的他又遇到了好友穆时英的妹妹穆丽娟，之后结婚成家。但对施绛年仍恋恋不舍，遂写下了《有赠》，其中就有这么几句：

> 哦，受过我暗自祝福的人。
> 终日有意地灌溉着蔷薇，
> 我却无心让寂寞的兰花愁谢。

此诗被穆丽娟看到后，甚是气愤，最终断然离去，摧毁了这段婚姻。

玉之为物，有不变之常德，人之性，因物则迁。失忆许下的天荒地老，海枯石烂，忘却诗里的紫檀未灭，我亦未去，该说的话，戛然而止。喜则留，厌则走，多说一句都是求；有远因，有近因，直接原因在自己。然后面朝太阳，逆光而行，在肯定自我与否定自我之间，校准坐标，寻找合适位置。

酒醒只在花前坐，酒醉还来花下眠，徐志摩求之不得，退而求其次，与陆小曼结合。陆小曼乃王庚之妻，王庚因在哈尔滨工作，不常回京，便委托好友徐志摩代为照顾。一来二往，两人碰出火花，爱得一塌糊涂，最后冲破种种障碍准备结婚。徐志摩希望老师梁启超出席婚礼并做证婚人，此间没有祝福，梁启超竟长信痛斥之，徐在回信中竭力表白："我之甘冒世之不韪，竭全力以斗者，非特求免凶惨之苦痛，实求良心之安顿，求人格之确立，求灵魂之救度耳。我将于茫茫人海中访我唯一灵魂之伴侣；得之，我幸；不得，我命，如此而已。"1926年10月3日农历七夕，其在北京的北海公园举行了一场极具轰动效应的世纪婚礼，主持人胡适之，证婚人梁启超，参加者皆一时名流。翌日，梁启超在写给儿子梁思成、儿媳林徽因的信中愤然道："我昨天做了一件极不愿意做之事，去替徐志摩证婚。他的新妇是王受庆夫人，与志摩恋爱后，才和受庆离婚，实在是不道德至极。我屡次告诫志摩而无效。胡适之、张彭春苦苦为他说情，到底以姑息志摩之故，卒徇其请。我在礼堂演说一篇训词，大大教训一番，新人及满堂宾客无一不失色，此恐是中外古今所未闻之婚礼矣。今把训词稿子寄给你们一看。青年为感情冲动，不能节制，任意决破礼防的罗网，其实乃是自投苦恼的罗网，真是可痛，真是可怜。徐志摩这个人其实聪明，我爱他不过，此次看着他陷于灭顶，还想救他出来，我也有一番苦心。老朋友们对于他这番举动无不深恶痛绝，我想他若从此见摈于社会，固然自作自受，无可怨恨，但觉得这个人太可惜了，或者竟弄到自杀。我又看着他找这样一个人做伴侣，怕他将来苦痛更无限，所以想对于那个人当头一棒，盼望他能有觉悟，免得将来把志摩累死，但恐不过是我极痴的婆心便了。"胡适则不这么认为，其形容陆小曼为京城一道不可不看的风景。何草不黄，何事不变，1955年10月1日，四十五岁的卞之琳也与青林女士行合卺之礼。

　　失去比得不到多了一重失落，多的这个过程叫曾经。不经不觉，光阴如风，一声叹息，都已是故事。

爱好文学也误事

前些日子传至朋友圈的《酒不解真愁》一文，获文史馆白寿老人赵云峰先生赠《戏答介君》一首："虽然酒醉实心明，却为贪杯误一生。知否真愁浑不解，只缘垒块总难平！"老先生诗写得好，且能出口成章，按理说放意诗酒才对，却是"唯酒无量，不及乱"，乃卑以自牧的理性之人。诗中"却为贪杯误一生"句，足可让如我这般时常酒渍在衣者，引以为戒。

贪杯误事，显而易见，史不绝书，想不到爱好文学也误事。

1931年11月19日下午2时许，徐志摩乘坐的中国航空公司"济南号"飞机在济南郊外的党家庄遇大雾，撞开山，机毁人亡。这可是民国文坛天大的事，一时间落纸云烟，成为报端热议。覆巢之下无完卵，漏舟之中无完人，机组的正副驾驶加徐志摩，一并亡命。

正驾驶王贯一，三十六岁，曾任山西航空学校教官、山西航空队队副，后任中国航空公司京平线飞行师，技术精深，经验宏富，有处变不惊之稳重。有道是不为无益之事，何以遣有涯之生，工作之余，唯好文学。据事后勘察，驾机的是副手梁璧堂，王贯一坐第二排，徐志摩坐第三排。时过境迁两年后，中航高管、赠票人保君建在与冯友兰的闲谈中，道出了失事真相，据朱自清1933年7月13日的日记云："芝生晤保君建，谈徐志摩死情形。大抵正机师与徐谈文学，令副机师开车，遂致出事。机本不载客，徐托保得此免票。正机师开机十一年，极稳，惟好文学。出事之道非必由者，意者循徐之请，飞绕群山之巅耶。机降地时，徐一耳无棉塞，坐第三排；正机师坐第二排，侧首向后如与徐谈话者，副机师只余半个头，正机师系为机上转手等戳入腹中，徐头破一穴，肋断一骨，脚烧糊。据云机再高三尺便不致碰矣。"文化上的自觉，往往伴随着精神上的执着，一个痴迷于文学的飞行员，见到了足以令凡夫俗子望而生却的偶像，兴奋自是难免，倘无此次机会，何缘识荆。聊天是种简单的快乐方式，至于与诗情澎湃的徐志摩聊到些什么，上天晓得。

林中乔木，树大招风，徐志摩这人，诗文一流，人表一流，跷起二郎腿即可名利双收。外貌未必起决定性作用，却是一个人的基础价值，男女皆然。时至今日，影响不减，朗读者的入门课，便是出逸超尘、取意绵永的《再别康桥》。广布于坊间的绯闻，更是为人津津乐道，已然佳话，就连这起意外，迅即八卦化，说是赶往北平协和小礼堂，为的是捧场林徽因当日关于中国古代建筑美学的一个讲座。运气不佳，试以勇气，结果是有勇气而无运气，事忌全美，人忌全盛，才大祸也大，却一生遭际不顺，偶然成了必然，竟能中彩极端个例。一抹斜阳，数点寒鸦，世事无常，不过尔尔。事后冰心写过一段酸溜溜的悼词，颇耐人寻味："谈到女人，究竟是女人误他？他误女人？也很难说。志摩是蝴蝶，而不是蜜蜂。女人的好处就得不着，女人的坏处就使他牺牲了。"此言不妄，为满足婚后陆小曼的生活水准不降，虽曰玉粒金莼，家饶于赀，不见其消，日有所损，徐志摩仍得同时兼课于光华大学、南京大学、大夏大学，课余则创作诗文，赚取稿酬。仅1931年上半年，便在上海、南京、北平三地间，穿梭达八回之多，着实活得有些狼狈。三十四岁的人，事先不会有心理准备，不存在死亡意识。钱泳《履园丛话》记有一事："苏州府城隍庙住持，有袁守中者，所居月渚山房，因以自号。余尝借寓其斋，见案头有紫檀木小棺材一具，长三寸许，有一盖，可阖可开。笑曰：'君制此物何用耶？'袁曰：'人生必有一死，死则便入此中，吾怪世之人，但知富贵、功名、利欲、嗜好，忙碌一生而不知有死者，比比皆是也。故吾每有不如意事，辄取视之，可使一心顿释，万事皆空。即以当严师之训戒，诚座石之箴铭可耳。'余闻之悚然，守中，其有道之士欤！"诗酒趁年、烂醉花间的徐志摩怎会有此道行。

事发后，作为应急性反应，中航公司专电致歉。我虽不杀伯仁，但伯仁由我而死，保君建的内疚自不必说，张亚雄《诗人徐志摩之死》则为之开导："飞机失事，本不能预知，即使有人劝之亦无责任之可言，天夺诗人，夫复何言！"离沪前因琐事与之发生过争执的陆小曼，从此室迩人远，相思血泪抛红豆，花容失色，菱花镜里形容瘦。噩耗传来，懔然一惊，林徽因本想前往冬风寒彻的殒命现场祭奠一番，被家人以身体原因阻拦，凡我同类，勿作旁观，梁思成、金岳霖、张奚若、沈从文诸君则奔赴现场，并捡回了一块飞机残骸，据说林徽因还将此挂于床头。张奚若的记录《诗人遗容未现苦楚，尸体完整火烧处甚少》云："惟徐之死容，尚无十分苦楚情态，可见机触山峰刹那，乘者即死，其间不过几秒钟。后部头发有一部分被焚，面部则除眉毛略焦外，并无被火形迹。右边太阳穴下有一孔，谅此即系致命伤。全身仅右腿部略有火伤，其他皆为摩擦伤。臀部皆跌断，伤势较重。尸体完整，实为不幸中之大幸。"沈从文的记录《三年前的十一月二十二日》云："棺木里静静地躺着的志摩，戴了一顶红顶绒球青缎子瓜皮帽，帽前还嵌了一小方丝料烧成'帽正'，露出一个掩盖不尽的额角，右额角上一个李子大斜洞，这显然是他的致命伤。眼睛是微张的，他不愿意死！鼻子略略发肿。想来是火灼炙的。门牙脱尽，额角上那个小洞，皆可说明是向前猛撞的结果。"记录虽真实，却不忍卒读。

人事有代谢，往来成古今。徐志摩的罹难未必能够改写现代文学史，但他的存在定会是另一番模样。一定意义上，是王贯一这个文学史上未曾留名的业余文学爱好者，改变了现代文学史的些许面貌。

秋水山庄辜负人

古调虽自爱，今人多不弹。

当年，嵇康好发议论，且无忌惮，其径为司马集团所不容。"及夫中散下狱，神气激扬。浊醪夕引，素琴晨张。秋日萧萦，浮云无光。郁青霞之奇意，入修夜之不旸。"（江淹《恨赋》）后司马昭借故将其杀害。临刑前，洛阳城内三千太学生为之送别。离正午行刑尚有时辰，其向人索来一张琴，弹奏一曲《广陵散》。手挥五弦，神色不变，哪有秋毫乱象，依旧倜傥如故。聆听者无不为曲中流露出的慷慨轩昂之气所动，椎心之间，潸然泪下。弹毕叹曰："袁孝尼尝请学此散，吾靳固不与，《广陵散》于今绝矣！"

此曲远未绝。1934年11月13日，史量才自杭返沪，途中遭害。灵堂之上，白衣素服、形容憔悴的二姨太沈秋水一曲弹毕，曲尽弦断，将琴投入火钵，一焚了之。之后，其又将居所秋水山庄捐予慈善机构，更名"尚贤妇孺医院"。至此这里再无豪门右族、贵戚公子的出入，香囊云舄、箫管瑟琴的熙攘，再无半窗明月、一榻清风的雅致，座客常满、樽酒不空的鼎沸。

《广陵散》的初意，源自战国时聂政替严仲子复仇刺杀韩相侠累的故事。聂政只身潜入相府，刺侠累于戒备森严之大堂，事成之后，自毁面容，屠肠而死，之所以如此，为的是不让他人认出自己而连累亲朋。此曲每至绝响处弹奏，不绝也绝，不响也响。

石子漫路，小溪潺潺，北山路侧的秋水山庄，位于葛岭之下，西湖之畔，史量才为沈秋水专筑者也。别墅为一幢三间二层小楼，飞檐翘角，木格花窗，穷极土木，广侈华丽。然别墅竣工，曾有通堪舆的风水先生向史量才进言，桥头正对山庄，犹如白刃贯胸，乃大凶之兆，并嘱其讲话多加小心，以防不测之祸。正是如日中天、呼风唤雨的史量才，哪里能够听得进去，而就在当年，命案发生。高尚其事，破除世俗之愚暗，超脱贪著之妄惑，岂可以世法为圭臬，故沙门不敬王者，跪拜王侯者，伪和尚也。无冕之王的报业诸子也当如此，"人有人格，报有报格，国有国格，三格不存，人将非人，报将非报，国将不国"，却是命运不济，际遇不时，格与命难以合辙。

这日，史量才携沈秋水自秋水山庄出发返沪，同行者有其子史咏赓及同学邓祖询、沈的侄女沈丽娟及司机，共计六人。当年修建沪杭公路时，史曾慷慨出资捐建七十公里，加之此前自国外进口了一辆防弹轿车，自信"沪杭公路上没仇人"。不料，行至海宁翁家埠路段，忽遇六枪手截杀，司机与邓祖询当场毙命，其余四人夺门而逃。杀手放过女眷，直追史家父子，史咏赓逃至附近的航空学校而获救，五十四岁的史量才体力不支，躲进一干涸水塘，很快被杀手发现，一阵乱枪，惨不忍睹。翌日，《申报》以大号字刊登消息《本报总理史量才先生噩耗》，举世震惊。黄炎培为此写就《秋水山庄》一首："一例西泠掩夕曛，伊人秋水伴秋坟。当年壮语成奇祸，缟素词坛十万军。"史量才曾与蒋介石有段对话："你手握几十万大军，我有几十万读者。"此即"十万军"掌故的出处，铿锵有力，掷地有声。

沈秋水原为晚清上海四马路迎春坊花翠琴的雏妓，服五彩，衣珠翠，才貌又出众，被一位皇室贝勒赎身，携入京城。贝勒爷病故，其携带巨额遗产回到上海，琵琶别抱，于1911年底，嫁给了三十一岁的史量才，成为其二姨太，时年十六岁，并献出百宝箱，将所获财物全部赠予。另有一种说法或更为所信，沈秋水并未去过京城，而是遇到了后来成为江浙联军司令部参谋总长的陶骏保。陶对其青睐有加，许下婚娶之诺，未等兑现，即一命呜呼。无论怎么说，史量才人财两得，据此开了两家钱庄、一家金铺、一家米行，于1913年又以十二万元之巨购得上海历史最久、影响最大的《申报》，此后陆续收购《时事新报》《新闻报》等，一举成为上海报业巨擘。1921年，其还与侨商合办了中南银行。

明月云遮，珠玉蒙尘。未几，雾里半醉觅花踪的史量才，还是暗自娶了外室，并添得一女。本打算一人一心、白首不离的沈秋水，得到的却是移情别恋，见异思迁，有道是执着于他人，终会失望，感情桌上，十赌九输，仗义每多屠狗辈，负心多是读书人。正室有子，外室有女，而自己却是形影相吊，孑然一身，失望已满，转身又离不开，只得终日寡欢，暗自神伤。史量才知其苦闷，兼表歉意，也作补偿，特为之建造一幢别墅，并以之命名，且亲书匾额。沈秋水原名沈慧芝，嫁过来后，史量才为之改名沈秋水，取庄子"秋水时至，百川灌河"意。然别墅虽好，依旧望穿秋水不见影，别墅再好，照例辜负风景辜负卿。

烟袅湖泊，残荷雨落，秋水山庄对面即孤山放鹤亭，为林逋"梅妻鹤子"之所。史量才偶来山庄，与之切磋琴技棋道。名酒佳茶，饴糖小菜，沈端坐琴台，焚香左右，信手弹奏。某日琴声有若高山流水，史量才诗兴大发，写下《凭栏眺之·秋水山庄》诗一首："晴光旷渺绝尘埃，丽日封窗晓梦回。禽语泉声通性命，湖光岚翠绕楼台。山中岁月无今古，世外风烟空往来。案上横琴温旧课，卷帘人对牡丹开。"1934年10月，因胃病复发，史量才至秋水山庄疗养。11月13日傍晚，在回程途中遭遇不测。同行的沈秋水虽躲过一劫，却亲见惨状，惊恐之余，悲伤难抑，咯血不止。

丙申冬，有幸参加浙江理工大学"史量才新闻与传播学院"挂牌仪式，并游览了北山路侧的秋水山庄，拜谒了积庆山麓的史量才墓。墓碑上的"史君量才之墓"六字，由章太炎题写，其在墓志铭中赞曰："史氏之直，肇自子鱼；子承其流，奋笔不纡。"

男看五官，女看流年，家遇不幸，无计避秦，捐出别墅后的沈秋水，一夜之间白发苍苍，容颜迟暮。惊觉相思不露，原来只因已入骨，遂离群索居，吃斋念佛，旷然虚静，直至终老。

马幼渔的女儿

有母以子贵者，也有父以女显者。

20世纪30年代，北大教授马幼渔的女儿马珏，也在北大念书，人长得漂亮，曾两度登上《北洋画报》封面。当时流行过一句玩笑话：马幼渔对北大有啥贡献？最大的贡献就是为北大生了个漂亮的女儿。

张中行在其《负暄琐话》《负暄三话》中多次提及马珏。《马幼渔》一文道："校花，闺门待字，其在男学生群里的地位、印象以及白日之梦等等可不言而喻，这且不管；马先生却因此而受到株连……背地里，戏呼为老丈人。"《马珏》一文道："马珏在政治系上学，有一顶了不得的帽子，'校花'。……上课，有些人就尽量贴近她坐，以期有机会能交谈两句……我呢，可谓高明，不是见亭亭玉立而心如止水，而是有自知之明，自惭形秽，所以共同出入红楼三年（她1934年离校），我没有贴近她坐过，也就没有交谈的光荣经历。"窈窕淑女，君子好逑，天不禁情，似蛾扑灯，马珏收到过男同学不计其数的求爱信，最多时，每日当以十封计。

马幼渔，浙江鄞县人。借着与父亲的同乡关系，向有淡泊之守、镇定之操的鲁迅，与马家女儿也有了往还。情乃万缘之根，花棚石磴，小坐即可微醺。《鲁迅日记》记马珏者，五十三次之多。马珏给鲁迅有信廿八封，而鲁迅回信十三次。一纸八行，字斟句酌。另送书多次，所送书籍有《痴华》、《唐宋传奇集》、《思想·山水·人物》、《艺苑朝华》（两期）、《奔流》（一期）、《美术史潮论》、《新俄画选》、《勇敢的约翰》、《坟》等。

钱锺书《围城》云："女人不肯花钱买书，大家都知道的。男人肯买糖、衣料、化妆品，送给女人，而对于书只肯借给她，不买了送她，女人也不要他送。这是什么道理？借了要还的，一借一还，一本书可以做两次接触的借口，而且不着痕迹。这是男女恋爱的必然的初步，一借书，问题就大了。"送书，是否也是钱先生所破解的那重意思。后来，马珏嫁给了天津海关职员杨观保。罗敷有夫后，鲁迅遂结束与之通信，潮信难通，空向桃花寻往迹，书也不送了，心为形役，谩劳桐叶寄旧思。豆蔻本无意，丁香空结愁，据李霁野记述："一次送书给我们时，他托我们代送一本给她，我谈到她已经结婚了，先生随即认真地说，那就不必再送了。"雁阵惊寒，声断衡阳，先生心头定有忽来的颓然秋意。依鲁迅的性格，其从未主动追求过哪个女人，原配乃包办，因不喜欢而一直对其冷淡。许广平成为夫人也费了些周折，二人已同居，鲁迅对外界仍回避关系，称许为助手，若朋友在家中撞见，便说帮其抄稿子的。外出旅行，则要三人房让友人陪睡，仿佛只有这样，才能表示他们的清白。

晚清以降，男女平等思想广播，至民初，女子学堂已遍布城乡。

山河绵邈，粉黛若新，此时衡量美女的尺度，显然加入了学识的成分，读书者不贱，男女皆然。所谓的民国四大美女，林徽因、陆小曼、周璇、阮玲玉，美貌之外，才气尚夺人，皆具脱颖之才，绝尘之气。

世事助读书，读书通世事，对知识女性的塑造，父亲的功用至关重要。1920年，林徽因曾随父亲林长民游历欧洲，眼界由此大开，在伦敦受女建筑师房东的影响，立下攻读建筑学志向。据马珏《女儿当自强》回忆："大约在1926年，我开始考虑起两年后报考大学的志愿来，不知怎的，我很想学农，就去问父亲。"1928年春，马珏考入北大预科，1930年转入政治系本科。对于她后来上政治系，全然父愿，父亲让她上政治系，二妹马琰上法律系，认为"中国妇女地位最低，你们出来要为争取女权做些事情"。父亲还对马珏说："你出来可以当公使。过去当公使的都是男的，他们带夫人出国。你开个头，由女的当公使，你带丈夫去赴任嘛。"抗战期间，马寅初曾在重庆大学商学院大礼堂演讲，台下混进几个特务，情况危急。马寅初带着女儿与棺木上台，愤然道："为了真理，我不能不讲。我带了棺材，是准备吃特务的子弹；带女儿来是让她亲眼看着，特务是怎样卑鄙地向她爸爸开黑枪的，以便她坚定地继承我的遗志！"

随遇而安，不图将来，马珏终于没能成为公使，这与之后来的"琵琶从此无新曲"有关，否则很有可能入选好事者设计的"四大美女"之列。杨绛说："人的尊卑，不靠地位，不由出身，只看你自己的成就。我们不妨加一句：'是什么料，充什么用。'假如是一个萝卜，就力求做个水多肉脆的好萝卜；假如是棵白菜，就应力求做一棵滋滋实实的包心好白菜。"人之长相，三十岁前仗父母赐予，三十岁后由自己修得。美人迟暮，红颜易失，学识修养无疑是后天水分的滋补。

马珏者，后人多已不识，仍需冠以马幼渔女儿之谓；如今知林长民者，多因女儿林徽因。林语堂曾在一所女子学校演讲："我劝你们不要选文学为职业，中国有一个著名的女词人，叫李清照，她就是嫁了宰相儿子赵明诚，解决了吃饭问题，才能做出好词来的，她的词只能换三碗绿豆汤。而赵明诚在文学史上的大功，就是养活了李清照。"林长民在近代史上的大功，似乎不在其政治生涯的精彩，而在养活了女儿林徽因。

往
事
绯
闻

昔时，女性的天空如此低垂，羽翼如此稀薄，抛头露面的新女性如此少见，但有职业女性、知识女性，尤其女权主义的女文青出现，必引来异常操心，于是便丛生出许多的猜测来，绯闻随之而起。过度关注未必好事，一炬炬幽灵般的目光，似乎就隐匿于周遭，却不知具体方位。

好事者自萧红《回忆鲁迅先生》中，捕捉到了字里行间的异样，遂小心求证，大胆推测，或误读温情为爱情，或混淆友情与爱情，揣度彼此真有暗恋情结存在。

《笑谈大先生》一书说："我曾经假想自己跟这个人要好极了，所以我常会嫉妒那些真的和鲁迅先生认识的人，同时又讨厌他们，因为他们的回忆文字很少描述关于鲁迅的细节，或者描述得一点都不好——除了极稀罕的几篇，譬如萧红女士的回忆。"一段时间里，萧红是鲁迅家登堂入室的常客，周宅的生活似乎也独向其开放。记录生活点滴小事的《回忆鲁迅先生》里，萧红偷偷记住了许多鲁迅以为没有记住的事情，让人看到了这位文圣世俗生活中的蓬勃生机，诠释了其无情未必真豪杰的一面：

　　一个月没有上楼去，忽然上楼还有些心不安，我一进卧室的门，觉得站也没地方站，坐也不知坐在哪里。许先生让我吃茶，我就倚着桌子边站着，好像没有看见那茶杯似的。鲁迅先生大概看出我的不安来了，便说："人瘦了，这样瘦是不成的，要多吃点。"鲁迅先生又在说玩笑话了。"多吃就胖了，那么周先生为什么不多吃点？"鲁迅先生听了这话就笑了，笑声是明朗的。

　　……

　　鲁迅先生不大注意人的衣裳，他说："谁穿什么衣裳我看不见得……"鲁迅先生的病，刚好了一点，他坐在躺椅上，抽着烟，那天我穿着新奇的大红的上衣，很宽的袖子。鲁迅先生说："这天气闷热起来，这就是梅雨天。"他把他装在象牙烟嘴上的香烟，又用手装得紧一点，往下又说了别的。许先生忙着家务，跑来跑去，也没有对我的衣裳加以鉴赏。于是我说："周先生，我的衣裳漂亮不漂亮？"鲁迅先生从上往下看了一眼："不大漂亮。"过了一会又接着说："你的裙子配的颜色不对，并不是红上衣不好看，各种颜色都是好看的，红上衣要配红裙子，不然就是黑裙子，咖啡色的就不行了；这两种颜色放在一起很浑浊……你没看到外国人在街上走的吗？

绝没有下边穿一件绿裙子，上边穿一件紫上衣，也没有穿一件红裙子而后穿一件白上衣的……"鲁迅先生就在躺椅上看着我："你这裙子是咖啡色的，还带格子，颜色浑浊得很，所以把红色衣裳也弄得不漂亮了。""……人瘦不要穿黑衣裳，人胖不要穿白衣裳；脚长的女人一定要穿黑鞋子，脚短就一定要穿白鞋子；方格子的衣裳胖人不能穿，但比横格子的还好；横格子的胖人穿上，就把胖子更往两边裂着，更横宽了，胖子要穿竖条子的，竖的把人显得长，横的把人显的宽……"

斯诺尝问鲁迅："当今文坛上最有影响力的作家有哪些？"鲁迅毫不犹豫地过誉评价："萧军的妻子萧红，是当今中国最有前途的女作家，很可能成为丁玲的后继者……"如此不加掩饰地褒奖一个人，对于生性很有些刻薄的鲁迅，甚为罕见。

萧红上午刚去过鲁迅家，下午又跑了过来，鲁迅调侃道："好久不见，好久不见。"萧红也觉莫名其妙，不是上午才见过吗，怎么会是好久不见。梅志《"爱"的悲剧——忆萧红》一文于笔墨有无间，看出了许广平对此的反感情绪，虽说她不是个不懂礼貌之人。"有一次许先生在楼梯口迎着我，还是和我诉苦了。'萧红又在前厅……她天天来一坐就是半天，我哪来时间陪她，只好叫海婴去陪她，我知道，她也苦恼得很……她痛苦，她寂寞，没地方去就跑这儿来，我能向她表示不高兴、不欢迎吗？唉！真没办法。'"聊出来的感情，不聊自会淡下去，孤独的人总是晚回家，此时的萧红与萧军已行至婚姻边际。至刚至柔，相知相印，相见无事，不来忆君。平生知心者，屈指能几人？

彼此未必心心相印，却惺惺相惜，未必知己知音，却同是天涯沦落人。一个老朽病歪，一个过了青春，你丑他瞎，但在熟人社会，丑一点没关系，不俗即仙骨，多情乃佛心，有共同语言便是。生活有一种一视同仁的残酷，鲁迅与萧红，皆过早蒙受了婚姻的创伤，而久经风雨、屡遭不幸的萧红尤甚。知比兴，可为诗，知悲欢，以为情。张爱玲云："我以为爱可以填满人生的遗憾，然而，制造更多遗憾的偏偏也是爱。"在萧红眼中，鲁迅与许广平间根本没有爱情，只是凑合生活而已，许广平舍弃了无忧无虑的大小姐生活，甘愿陪鲁迅过苦日子，是将真情错付了，"她终日忙得脚不着地，也没时间打理自己，她每天上下楼跑着，所穿的衣裳都是旧的，次数洗得太多，纽扣都洗脱了，也磨破了，都是几年前的旧衣裳。她冬天穿一双大棉鞋，是她自己做的，一直到二三月早晚冷时还穿着。买东西也总是到便宜的店铺去买，再不然，到减价的地方去买。"

鲁迅在萧红去日本后，身体状况也是每况愈下，三个月后的1936年10月19日，鲁迅逝世。萧红因不懂日文，对于日本报纸的报道，只能"渺渺茫茫知道一点"。当确知噩耗后，24日即写信给萧军："昨夜，我是不能不哭了……可惜我的哭声不能和你们的哭声混在一道。"对于许广平曾经的反感情绪，1939年3月14日，萧红在给许广平的信中解释："我们在这里一谈起话来就是导师导师，不称周先生，也不称鲁迅先生，你或者还没有听到，这声音到处回响着的。好像街上的车轮，好像檐前的滴水。"鲁迅去世后，萧红发奋创作，出版了惊动文坛的《呼兰河传》。

文人无行，制造一二绯闻，且做谈资，无聊至极矣。绯闻中的当事人，有坐卧不安者，也有不以为意者。1934年岁尾，按照鲁迅嘱托，胡风登门看望了由青岛抵达上海的萧红萧军，"尤其是当时叫悄吟的后来的萧红，我觉得她很坦率真诚，还未脱学生气，头上扎两条小辫，穿着很朴素，脚上还穿着球鞋呢，没有那时上海滩上的姑娘们那种装腔作势之态"。旧事重提，只因旧事不旧。插刀者别人，拔刀者自己，萧红便是位大大咧咧不在乎者，其尝对友人言："当我死后，或许我的作品无人去看，但肯定的是，我的绯闻将永远流传。"此话睿智，因绯闻而彰者，还真不乏其人，此话也意味着其对往事已无所谓。情仇入酒，爱恨随风，点点往事随江流，未几，绯闻竟转而美谈，成为性格塑造之柱材。晚点遇见你，余生都是你，然为尊者讳，或只是习惯了有个人对她好，无人陪伴，才来鲁宅，或以为二人关系，不可庸俗化，该是跨越师生之情，精神之纽带。有些人即便不属于自己，遇见便好。

生活中的所谓绯闻，听到的远比实际的多。当年戴笠与胡蝶的绯闻，便自沈醉笔下传出，其真实度值得怀疑，属孤证难立。在其回忆录中提到的几个与戴笠有暧昧关系的女性，后来均被证实为故事编造。胡蝶在看过沈醉回忆录后，曾做出过回应："关于这一段生活，也有很多传言，而且以讹传讹，成了有确凿之据的事实，现在我已年近八十，心如止水，以我的年龄也算得高寿了，但仍感到人的一生其实是很短暂的，对于个人生活琐事，虽有讹传，也不必过于计较。"即便戴笠座机失事的起因，沈醉也有说法：在天气恶劣、能见度低的情况下，戴笠一意孤行欲赶到上海，与杜月笙商议让被他软禁的明星胡蝶与其丈夫潘有声离婚，好尽快与之成婚。

当你选择了与众不同的生活，又何必在乎与众不同的眼光，才气见于文、义气施于人的萧红，便是一位。

里外不是人的人

赛珍珠生于美国，四个月时，随传教士父母来到中国。先后在清江浦、镇江、宿州、南京、庐山等地生活工作了近四十年，其中在镇江生活了十八年，因此自称镇江为"中国故乡"，第一语言也是中文。镇江之美，不光在赛珍珠笔下。1917年春，张恨水由镇江仙女庙坐船过江，其间写道："仙女庙是个小镇市，我们在一家小客店落脚，临近就是运河，有一道桥通到扬州，那晚月色很好，我们俩在桥上闲步，看到月华满地，人影皎然，两岸树木村庄，层次分明。有渔船三五，慢慢地往身边走，可是隐约中不见船身，只见渔灯，从这里顺流而下。……村庄里树木葱茏，群鸟乱飞，田野中麦苗初长，黄花遍地，农民背着斗笠，在麦地里干活。"赛珍珠于1934年永远离开中国，她曾说自己在美国从没有家的感觉，在中国她有着人生的众多记忆，有着许多的朋友。

赛珍珠的第一语言是中文："小时候，我从来没有把自己当成是一个生活在中国人中的白人。讲中文对我来讲是一件最容易的事。"她于1922年在庐山牯岭尝试写作，1931年发表长篇小说《大地》。1932年即获普利策奖。由于赛珍珠"对中国农民生活史诗般的描述，这描述是真切而取材丰富的，以及她传记方面的杰作"。镇江之美，不光在赛珍珠笔下。1917年春，张恨水由镇江仙女庙坐船过江，其间写道："仙女庙是个小镇市，我们在一家小客店落脚，临近就是运河，有一道桥通到扬州，那晚月色很好，我们俩在桥上闲步，看到月华满地，人影皎然，两岸树木村庄，层次分明。有渔船三五，慢慢地往身边走，可是隐约中不见船身，只见渔灯，从这里顺流而下。……村庄里树木葱茏，群鸟乱飞，田野里麦苗初长，黄花遍地，农民背着斗笠，在麦地里干活。"1938年荣获诺贝尔文学奖，其受奖演说道："我的祖国的精神以及我的抚育之国——中国的精神，在许多方面是相似的，但尤其在我们对自由的共同热爱较相类似，而且今天尤其如此，这一点毫无疑问，因为现在中国的整个存在正进行着一切斗争中最为伟大的斗争，亦即力争取自由的斗争。我现在对中国的敬仰胜似以往任何时候，因为我看见她空前团结，与威胁着她的自由的敌人进行着斗争。"《大地》能够获奖的另一个原因在于，它第一次以写实的手法把中国农村和农民介绍给西方世界，第一次形象地告诉对中国一点都不了解或者只知皮毛的西方，中国人和西方世界的任何人一样，都是人。

赛珍珠不是一流作家，她的获奖可看作是世界上正义者对中国被日本入侵道义上的支持，但当时的一些美国书生不解此中蕴意。美国大诗人罗伯特·福斯特曾说："如果她都能得到诺贝尔文学奖，那么每个人得奖都不该成为问题。"也获得过诺贝尔文学奖的威廉·福克纳说他宁愿不拿诺贝尔文学奖，也不屑与赛珍珠为伍。

《大地》走红后，中国文学界也颇具微词。鲁迅的评价是："她所觉得的，还不过一点浮面的情形。她亦自谓视中国如祖国，然而看她的作品，毕竟是一位生长中国的美国女教士立场而已。"茅盾批评赛珍珠的小说歪曲了中国农民的形象。胡风批判赛珍珠把握不了中国农村的经济结构，不能揭示中国农民悲剧命运的根由，忽略了中国与帝国主义间的矛盾，而去美化外国人。"《大地》虽然多少提高了欧美读者对于中国的了解，但同时也就提高了他们对于中国的误会。"

1934年，好莱坞米高梅电影公司前来中国拍摄同名电影《大地》，国民政府官员对此深表不满，尤其对《大地》所描写的农民、小老婆、土匪抢劫等情节，恼羞成怒。他们指派某村庄给电影公司，坚持要求女人都穿上干净的衣服，头上插着鲜花。他们还反对电影中出现水牛，认为这会使中国看上去像中世纪一样落后，他们想用拖拉机替换，虽然当时全中国只有两台拖拉机。在摄制组离开中国时，他们焚烧了上海的摄影棚，在电影胶片箱子上泼了硫酸，致使电影胶片到了美国后，几乎全部得重新拍摄。借此，赛珍珠抨击了蒋介石的独裁，国民政府因而拒绝参加她的诺奖领取仪式。父母有过，子犹几谏，谕亲于道，心无欺瞒，此古训也。自幼接受中国私塾教育的她，自以为不是外人而每每直言不讳。蒲柳之姿，望秋而落，松柏之质，经霜弥茂，传统士大夫的做人标准，在这位金发碧眼的女子身上，竟体现得如此纯粹。

口口声声、信誓旦旦要拥抱世界，融入世界，而一旦世界真的扑面而来，多数人却没有这个雅量。当年康有为主张创造"世界大同"，然康圣人第一次见到黑人时，却被惊得目瞪口呆。晚上回到住处，心中兀自起伏难平，于是提笔写道："然黑人之身，腥不可闻。故大同之世，白人黄人，才能形状，相去不远，可以平等。其黑人之形状也，铁面银牙，斜颔若猪，直视如牛，满胸长毛，手足深黑，蠢若羊豕，望之生畏。"叶公好龙也。赛珍珠是马可·波罗以来描写中国最有影响的西方人，国人对马可·波罗的评价是正面的，因他到达时恰在元帝国的兴盛之期，而对于赛珍珠这位"海外赤子"，其称号竟是"反华作家"，国盛与国弱之别，还在于国民的心态。

然赛珍珠并未放弃对中国的热爱。抗战开始后，许多美国人正是通过她的小说了解中国、为抗战解囊相助的。王莹赴美宣传抗日，赛珍珠联系她到白宫演出《放下你的鞭子》，并身穿晚礼服亲自报幕，罗斯福总统带领全家及议会官员、各国使节观看了演出。1950年代，因赛珍珠是中国的朋友，而成为其国家的敌人，受到政府怀疑，曾被联邦调查局监控。但她的作品在中国更成为禁书，其处境"里外不是人"。

1972年2月21日，尼克松访华后，已是八十高龄的赛珍珠准备尽快回乡省亲，"我想回镇江看看祖坟"，似箭归心却被断然拒绝了。遇阻挠，轻身无力，伤心至极，多情却被无情恼。5月，她收到中国政府转交的回信："亲爱的赛珍珠女士：来信收悉。考虑到长期以来您在著作里采取歪曲、攻击、谩骂新中国及其领导人的态度的事实，我被授权告诉您我们无法答应您访问中国的请求。"失望之余，她仍主动配合美国国家广播公司制作了专题节目《重新看中国》。翌年5月6日，她因患肺癌医治无效去世。尊其遗愿，墓碑上只镌刻了"赛珍珠"三个汉字。三毛曾言："相信上天的旨意，发生在这世界上的事情没有一样是出于偶然，终有一天这一切都会有一个解释。"美国尼克松总统在悼词中称其为"一座沟通东西方文明的人桥，一位伟大的艺术家，一位敏感而富于同情心的人"。她晚年曾多次提到，想在去世后把自己的一半骨灰埋在"中国故乡"。

赛珍珠的经历与司徒雷登颇有些相似。司徒雷登的父母也是美国来华传教士，司徒雷登出生于杭州，满口杭州话，任燕京大学校长时，还常请杭州籍的学生来家开同乡会。因此，司徒雷登常说自己"是一个中国人，更多于一个美国人"。闻一多《最后一次讲演》选入中学课本时，删节了一段关于司徒雷登的话："现在司徒雷登出任美驻华大使。司徒雷登是中国人民的朋友，是教育家，他生长在中国，受的美国教育。他住在中国的时间比住在美国的时间长，他就如一个中国的留学生一样，从前在北平时，也常见面。他是一位和蔼可亲的学者，是真正知道中国人民的要求的，这不是说司徒雷登有三头六臂，能替中国人民解决一切，而是说美国人民的舆论抬头，美国才有这转变。""别了，司徒雷登"，1949年8月其黯然回国。1962年9月19日逝世时，遗愿也是将骨灰送回中国，并安葬于燕京大学校园内。他们的父母也都葬于中国，死后葬于父母身边是中国人的传统，其深谙此道。

坚定「小妇人」

　　"神学就是一个没有什么内容的伟大主题"，美国生物学家斯蒂芬·杰·古尔德在《熊猫的拇指》中所说的这句话，匪夷所思。神学是上帝之学，传教士是上帝的使者。信仰上帝的人，看上去都很平和，而遇灾难时，又很坚定。

　　1939年2月的一天，黑云从远方汹涌袭来，几名日本兵闯入了在山西阳城县传教的格拉蒂丝·艾伟德（Gladys Aylward）所办的孤儿院，意图抢走几个年岁稍大的女孩。瘦弱的艾伟德挺身而出，上前阻止这几个兽兵。其中一个兵用枪托狠砸过来，虽如此，她仍笔直站立，屹立不倒，另一个兵气急败坏，端枪瞄准，连扣两次扳机皆卡壳。此时，艾伟德令蜷缩一团的孩子们祷告，而那几个摸不着头脑的日本兵，以为她会念魔咒，悻悻然而去。

　　此前，阳城监狱犯人暴动，典狱官请艾伟德出面，以神的力量说服犯人。失去理智的犯人，何事不敢为。但艾伟德没有拒绝，执着于信念，意味着知难而上，而普通人与上帝间的距离，就在于执着。持械犯人，怒目而视，一言不妥，性命难保。以和气迎人，则乖沴灭；以正气接物，则妖气消；以浩气临事，则疑畏释；以静气养身，则梦寐恬。艾伟德镇静自如，欲把上帝之爱坚定传递，无论他是什么人。凛然与匪相议，答应其若放下武器，既往不咎，同时，严正要求典狱长从今往后，不得克扣犯人口粮赢利谋私，使之在农田劳作，用其所获补充口粮所欠，暴动遂平息。众囚犯感念艾伟德的崇高，放下屠刀，从此信奉上帝。明人茅鹿门云："人生在世多行救济事，则彼之感我，中怀倾倒，浸入肝脾，何幸而得人心如此哉？"对于艾伟德而言，就在坚定信仰。

艾伟德的坚定尚不止如此。1902年2月24日，艾伟德出生在英国伦敦北郊一个叫埃德蒙顿的地方，父亲是位邮差。此贫家女子，身材矮小，貌不出众，十四岁时不得不放弃学业，挣钱贴补家用。她未受过多少正规教育，见识自然也不算高，但她信奉上帝。经人介绍，艾伟德到作家扬何斯本爵士家做女佣，爵士之前曾在远东军队服役，家中藏有大量有关中国的书籍杂志，而她正是从这些书籍中，了解了大致的中国，遂决定前往这片遥远而陌生的国度传播福音。

但她没能通过内地会的考试，只得自费前往，由此也花光了所有积蓄。道之所在，虽千万人吾往矣，1930年10月18日，其自家乡只身出发，因船费昂贵，只得买便宜火车票，穿越西伯利亚。在海参崴，一名苏联官员寻机企图奸污艾伟德，其拼命抗拒，显示出十足的勇气，喝退了宵小。后取道日本，最终登岸天津。后又长途辗转，改坐骡车抵达晋东南的阳城县，接替年逾七旬的卫理会传教士珍妮·罗森夫人。罗森夫人在华传教五十年，义和团运动时，到处斩杀外国传教士，山西巡抚毓贤两个月内，几乎屠杀了山西境内所有的外国传教士，但上帝保佑罗森夫人，她活了下来。

一日，艾伟德在大街上见有贫困妇人卖自家幼女，标价两块大洋。她于心不忍，却凑不足买钱，翻遍衣兜仅九毛，便全给了那妇人。这是她收养的第一个孩子——九毛。之后她与罗森夫人在县城东门外开了家车马店"六福客栈"，以生意所得，补贴孤儿院所费。不久，罗森夫人意外丧命，艾伟德只得独自应对一切。此时，当地兴起天足运动，县长拜访艾伟德，望其助一臂之力，亲去偏远乡村示范并督查放脚。艾伟德在帮助乡村女子放足的同时，也传播了上帝的福音。经与下层人士的广泛接触，她已学得一口当地方言，1936年，还加入了中国籍。

日军占领阳城后，艾伟德带领众孤儿转移晋城。在一孔窑洞中，她建立临时"医院"，用来救治伤者。后来，美国《时代》杂志的记者前来采访。艾伟德愤慨道：宣教团体虽是中立的，但她本人憎恨日军暴行。她在《时代》杂志上的言论，引起日军方面的注意，最终使之成为"悬赏一千美元"的抓捕目标。无奈，艾伟德当天即带百名孤儿潜回阳城，疏散到了山区。然春季扫荡开始时的某日，艾伟德山道行走，恰遇日军飞机低空扫射，其肩头中弹昏倒。醒来后，她意识到山里也不再宁静，《圣经》上说：你们要逃跑；你们要到山里；住在深密处，因为巴比伦王起意攻击你们。遂决定带领众孤儿迁徙大后方，到西安找另一位教士主持的孤儿院。

当时，大路已在日本人的监视之下，只能徒步荒沟野岭，穿越中条山，再渡河至陕西。九十四名孤儿中，最小的只有四岁，最大的只有十六岁，而艾伟德身上弹伤未愈。艾伟德将逃难计划报告县长后，县长惊讶不已，试图劝阻，她毅然道："这一百个都是神赐给我的孩子，一个也不能丢下。"在此情形下，县长只能全力以赴，派几名老兵扛了几袋小米随行。在羊肠小道间千里跋涉，十二天后，终于看见了黄河。又在河边等待四日，方寻得渡船。

艾伟德于1942年初，到眉县难民营工作；1944年至1945年间，曾在兰州、成都救助麻风病人。1949年春，回到英国，BBC将她的故事写成《小妇人》一书，出版后异常畅销，遂又改编为广播剧，"小妇人"艾伟德成了家喻户晓的英雄。1958年，美国二十世纪福克斯公司将她的传奇经历，拍成了电影《六福客栈》，剧中主角由大明星英格丽·褒曼扮演。

艾伟德夙想回到中国，但新政权不承认其身份，更拒绝其传教行为。艾伟德后来经由香港，到了台湾。其事迹传播开来，伊丽莎白女王邀其至白金汉宫做客，且筹款资助她救济台湾孤儿。然所得善款被她的中国助手悉数骗走，她只得沮丧地重归台湾，但她并未绝望，孤儿院还是办了起来。1970年，艾伟德因患肺炎逝于台湾，安葬于台北县淡水镇Christ's College校园内，墓碑上铭有蒋介石书丹的"弘道遗爱"四字。据其遗愿，她的遗体在墓穴中头朝大陆，朝向阳城。朱学勤曾言："相对比那些影响历史的大人物，我更敬佩那些默默无闻的传教士。"所言极是。

"六福客栈"的故事以及艾伟德这个人，就是在阳城，如今知道的人也不多了。我了解这段历史，也是经由山西散文协会秘书长谭曙方先生介绍的，谭先生诗人气质，受此感念，致力于挖掘这段历史有年，说到其意义，"当下在于弘善"。

苍白无力的道德观

　　早年读晚明言情小说，发现其中好引吕洞宾的警世诗："二八佳人体似酥，腰中仗剑斩愚夫。虽然不见人头落，暗里教君骨髓枯。"类似者尚有"酒是穿肠毒药，色是剔骨钢刀，财是惹祸根苗，气是下山猛兽""无酒毕竟不成席，无色世上人渐稀，无财谁肯早早起，无气处处受人欺""饮酒不醉量为高，见色不迷真英豪，非分之财君莫取，忍气饶人祸自消"等等。1938年8月24日的《大公报》"战线"栏目登载一篇名曰《第三百零三个》文章，也是明清小说"淫人妻女，因果报应"的写作套路，故事发生在扬州：吉田别离老母娇妻幼女而出征，在中国战场上，奸淫了三百零二个妇女。当他去扬州逛军部为他们特备的慰劳所寻欢时，却发现他久别的妻——蕙子，正供另一个"皇军"淫乐，并在诉说她怎样被军部征为营妓，送到中国来"慰劳""皇军"，她的幼女病死了，婆母远留在祖国。这是吉田的第三百零三个，这悲剧的主角吉田与蕙子双双拥抱碰死在"皇军慰劳所"。

"戒色诗"多矣，司空图有"昨日流莺今日蝉，起来又是夕阳天。六龙飞辔长相窘，更忍乘危自着鞭"；寒山有"人言是牡丹，佛说是花箭。射人入骨髓，死而不知怨"；陈眉公有"红颜虽好，精气神三宝，都被野狐偷了。眉峰皱，腰肢袅，浓妆淡扫，弄得君枯槁，暗发一枝花箭。射英雄，应弦倒，病魔缠扰，空去寻医祷，房术误人不少。这烦恼，自家讨，填精补脑，下手应须早。快把凡心打叠，访仙翁，学不老"；杨诚斋有"阎罗未尝相唤，子乃自求押到"。此乃道家红颜祸水、红袖添乱之贴切理念。佛家亦然，苏东坡某次至大相国寺探望佛印，不遇，见粉墙之上题有一诗："酒色财气四堵墙，人人都在里边藏。谁能跳出圈外头，不活百岁寿也长。"诗写得颇具哲理，但觉四大皆空，禅味太重，遂在其右和诗一首："饮酒不醉是英豪，恋色不迷最为高。不义之财不可取，有气不生气自消。"

好花时节不闲身，如苏东坡真性情者，古今鲜有，故鲁迅说："肯以本色示人者，必有禅心和定力，所以，伪名儒不如真名妓。"

辜鸿铭曾劝西人，若想研究真正的中国文化，不妨逛逛八大胡同。因为从她们身上，可以看到中国女性的端庄、羞怯与优美。为此，林语堂道："辜鸿铭并没有大错，因为那些歌女，像日本的艺伎一样，还会脸红，而近代的大学女生已经不会了。"此论陈继儒早已有之："从来有根器人，每于粉黛丛中，认取本来面目。"

1918年1月19日，蔡元培亲自发起了一个特别的社团"进德会"。要加入此会，须符合三项基本条件：不嫖，不赌，不娶妾。辜鸿铭拒绝入会，认为自古名士皆风流，岂能承诺不嫖娼、不纳妾？其秉承"一个茶壶配几个茶杯"理论，自日本青楼赎来侍女做小妾。文科学长陈独秀则报名入了会，因其说话作文，言辞犀利，多招人忌恨，加之放浪形骸，我行我素，私生活缺乏检点，遗人以话柄，遂为旧派当作活靶子，中枪无数。1919年3月间，围攻达极致。陈独秀逛八大胡同被人知晓，八卦小报以讹传讹，竟编造出陈与学生为同一妓女争风吃醋，抓伤妓女下体以泄私愤的无稽之谈。最后，陈独秀因此变相被辞，黯然出走。胡适认为北大中了离间计："嫖妓是独秀和浮筠（夏元瑮的字，北大理科学长，也关涉嫖妓事）都干的事，而'抓伤某妓之下体'是谁见来？"谁都知道，此乃攻击北大新思潮几位领袖的卑劣手段，却束手就擒，无力回应，以私德论事，可作铁证，历来极具杀伤力。仅"大学师表，人格感化胜于一切"一句，有意为之辩解者，皆张口结舌，哑而无言。

真是风雨故人来，当年的胡适也有过类似经历。1909年10月初，胡适所寄学的中国新公学解散。消沉之时，恰遇一班浪漫朋友，"我就跟着他们堕落了"，遂多次被邀妓家。但这并未损害其后来成为"新文化中旧道德的楷模，旧伦理中新思想的师表"。

以别家的调子，吹自己的喇叭，卫道士代有杰出，不乏其人。冠冕堂皇的理由，虽曰苍白无力，微不足道的原因，虽曰外强中干，却能站得住脚。然严酷道德观，从未阻止过道德水准的下滑。怪哉！

情僧意切

"不是美人桥畔住，隔江哪有卖花声"，谁人之诗，轻而不慢，佻而不昵，盖出自江南才子。较之"世无花月美人，不愿生此世界"的句子来，委婉且得体，和缓且含蓄。"深巷卖樱桃，雨余红更娇"，无论江南江北，雨巷里随处湿漉漉。

这类花间婉约之作，不是情种，无以至极。纳兰的味浓，自不必说，近代则数苏曼殊的意足了。"一个人彻悟的程度，恰等于他所受痛苦的深度。"林语堂此言，可解释二人这些美成凄惘的作品。情是场自虐病，计较成怨言的话，长句短句，皆存情，分行不分行，都是诗。在最疼的地方扎上一针，血渗成一朵一朵的梅花，转眼零落。情商亦情伤，纳兰三十岁殒，曼殊三十五岁殁。

钱锺书小说《围城》里有言："东洋留学生捧苏曼殊，西洋留学生捧黄遵宪。留学生不知道苏东坡、黄山谷，目间只有这一对苏黄。"可见苏曼殊的名声之大。1902年冬，苏曼殊初识陈独秀，二人性格迥异，却成为心心相印的朋友。一个率真任性，愁绪满怀，时而游戏人生，时而冥鸿世外；一个执拗倔强，时有偏激，执着于革命理想，屡遭顿挫而坚韧不拔。世人皆知苏曼殊古诗写得好，却不知起初其根本不会写，是陈独秀教出来的。陈独秀说："他（苏曼殊）从小没好好儿读过中国书，初到上海时候，汉文程度实在不甚高明。他忽然要学做诗，但平仄和押韵都不懂，常常要我教他，他做了诗要我改，改了几次便渐渐能做了。"后来，苏曼殊邀陈独秀合译雨果的《悲惨世界》，译著大半由陈独秀完成，出版时，陈独秀执意署名苏子谷（苏曼殊）、陈由己（陈独秀）合译，且将苏名放在前面，便是为向社会推介之。后来，陈独秀听说苏曼殊在上海穷困潦倒，又将其接至安徽任教，吃住在陈家。

"好花零落雨绵绵，辜负韶光二月天。知否玉楼春梦醒，有人愁煞柳如烟。""小楼春尽雨丝丝，孤负添香对语时。宝镜有尘难见面，妆台红粉画谁眉？"情之所钟，世俗礼法如粪土，偏是一个芒鞋破钵之僧，木讷寡言于人前，心底挂念，唯在诗底。席慕蓉说："如果彼此出现早一点，也许就不会和另一个人十指紧扣，又或者相遇的再晚一点，晚到两个人在各自的爱情经历中慢慢地学会了包容与体谅，善待和妥协，也许走到一起的时候，就不会那么轻易地放弃，任性地转身，放走了爱情。"文章遇知己，沦落遇佳人，错就错在与菊子姑娘的邂逅，躲过车祸般的早一秒晚一秒，撞击的刹那失之交臂，爱与恨同时出现时，一把没能抓住，萧然四壁，寂寞生悔，空遗千千心结。台静农《酒旗风暖少年狂——忆陈独秀先生》载："某年他同曼殊、邓以蛰（邓仲纯三弟）自日本回国，船上无事，曼殊喜欢说在日结交的女友如何如何，而仲甫先生与邓以蛰故说不相信，不免有意挑动曼殊，开他玩笑，曼殊急了，走进舱内，双手捧出些女人的发饰种种给他两人看，忽地一下抛向海里，转身痛哭，仲甫说来已经几十年前的事了，神色还有些黯然。"其在日结交的这位女友，是否就是菊子，不得而知。然二人的恋情为苏家所不容，并问罪于对方，菊子父母盛怒之下，当众痛打菊子，当夜菊子投海而亡。曼殊万念俱灰，出家蒲涧寺，步伐义无反顾。"乌舍凌波肌似雪，亲持红叶属题诗。还卿一钵无情泪，恨不相逢未剃时。""相怜病骨轻于蝶，梦入罗浮万里云。赠尔多情诗一卷，他年重拾石榴裙。"多少秋声，凄凉之语，庵前潭影，沉落疏钟。

"淡扫蛾眉朝画师，同心华鬘结青丝。一杯颜色和双泪，写就梨花付与谁？""碧玉莫愁身世贱，同乡仙子独销魂。袈裟点点疑樱瓣，半是脂痕半泪痕。"一帆悲凉远影，顺风鼓鼓而来，使人心骨俱冷，万念浑然。凡间事，无以忘，三毛说："心之何如，有似万丈迷津，遥亘千里，其中并无舟子可以渡人，除了自渡，他人爱莫能助。"

从"春水难量旧恨盈，桃腮檀口坐吹笙。华严瀑布高千尺，不及卿卿爱我情"，到"九年面壁成空相，持锡归来悔晤卿。我本负人今已矣，任他人作乐中筝"，色即是空，空即是色，一场菩提，不在淡忘，在坦然，一次觉悟，不在隐蔽，在透明。刘师培见过出家后的苏曼殊，并描述其行状："尝游西湖韬光寺，见寺后丛树错楚，数椽破屋中，一僧面壁趺坐，破衲尘埋，藉茅为榻，累砖代枕，若经年不出者。怪而视之，乃云日前住上海洋楼，衣服丽都，以鹤氅为枕，鹅绒做被之曼殊也。"心事无不可对人语，吐作诗莲，姑是心的解脱，其为暂且，还是永久？鹭鸶色白，隐于雪中，不飞不见，白茫茫一片，但它还在那里。雨笠烟蓑归去，晨钟暮鼓皆不空，与人无爱无嗔，淡定寻常都是禅。过而不留，人我两忘，随缘遣缘，顺事无事，他倒是散怀了，解脱了，别人寻着诗径，却每每陷入憔悴。

梅兰芳，男扮女装，孟小冬，女扮男装，遂有好事者促其合演了《四郎探母》《游龙戏凤》，男女角色，颠鸾倒凤，二人由戏生情，因情入戏，一场民国现实版的鸳鸯蝴蝶之恋，世人赞叹。人生如戏，戏如人生，醒了梦，梦了醒，他们同时在演两出戏，一出在台口，一出是人生。最是那脱了俗的孟老板，台上没有女相，台下没有男相，不知承受过报端多少的溢美之词。琉璃易碎，好景易逝，世俗不容逆旅可解，轻易放弃了不该放弃的，本就是莫大遗憾，而梅博士晚年回忆录，一派山水清音，此情只字不提。春未残，花已败，有种分手叫割爱，之后，芳容正好的孟小冬高调下嫁垂老病体的杜月笙，同样是越想隐匿，越是爱根不断，无孔之笛，呜咽成调，潺湲成一句曼殊的诗："知否去年人去后，枕函红泪至今流"。两厢比较，苏曼殊率真多了。

伶人唱戏，难辨台上台下；情僧作诗，岂分寺内寺外。仓央嘉措不分，苏曼殊也不分。

酒色之诗 含蓄意趣

在原晋先生的字画店见到一幅赵之谦的隶字，上曰"记得少年曾取醉，玉人扶上总宜船"，金石劲笔，苍秀雄浑，颇耐人寻味。字是赵之谦（字撝叔）的落款，但是否他的句子，不得而知。这让人想起了郁达夫那两行张狂之态毕出、哀婉之情难掩的绝唱名句："曾因酒醉鞭名马，生怕情多累美人"。两诗有些相同的意趣，都是在酒色上做文章。郁达夫的这一名句为其 1930 年游览桐庐严子陵故居时，乘酒兴所作《钓台题壁》中的一句，"旧友二三，相逢海上，席间偶谈时事，嗒然若失，为之衔杯不饮者久之。或问昔年走马章台，痛饮狂歌意气安在耶？因而有作"，其曰："不是尊前爱惜身，伤狂难免假成真。曾因酒醉鞭名马，生怕情多累美人。劫数东南天作孽，鸡鸣风雨海扬尘。悲歌痛苦终何补，义士纷纷说帝秦。"郁达夫生性放旷不羁，所著文字直抒性灵，其诗哀感顽艳，境清而凄，极似纳兰容若，语意沉痛，既伤身世，复感时忧。陶亢德《陶庵回想录》记述其读到这两句诗后的感觉："最初读到他游记里引述自家的句子'曾因酒醉鞭名马，生怕情多累美人''剧怜病骨如秋鹤，犹吐青丝学晚蚕'，觉得真是'颓加荡'到骨子里去了。"模仿者尚有"深山净土自尤在，奈何沉沦累俗人"等等，累了美人，累俗人。郁的一副对联"满地淡黄月；中酒落花天"，也为绝美之句。有一集句联"常为美人供役使；不从方士学长生"也奇，奇在将当下与长生做了对比。

司空曙病中有遣妓诗："万事伤心在目前。一身垂泪对花筵。黄金用尽教歌舞。留与他人乐少年。"喻血轮《绮情楼杂记》记林琴南避妓事："林幼年家境寒苦，聪颖好学，貌寝而鼻生瘤，常有绿鼻涕流出，但下笔万言，见者倾服，因是文名噪甚，为士林所重。尝读书苍霞洲，洲多妓寮，有妓女庄氏者，色技均佳，慕林名，屡夤缘求见，林辄踌躇走避。后庄氏伺林出，饭以珍馐，不意为同伴食殆尽。一日，二人相遇，庄氏甘言媚之，林复逡巡遁去，庄氏以其诡僻不可近，深恨之。后从旅居京师，尝有诗云：'不留凤孽累儿孙，不向情田种爱根。绮语早除名士习，画楼宁负美人恩。'"累美人，负美人，字面相近，林琴南、郁达夫对待美人的态度相去甚远。

还有卢仝的诗句"当时我醉美人家，美人颜色娇如花"，似乎更近前诗。"吴姬缓舞留君醉，随意青枫白露寒"，王昌龄的这句就含蓄多了。"曾为梅花醉不归，佳人挽袖乞新词"，朱敦儒的这句便有些矫情了。杜牧《遣怀》云："落魄江湖载酒行，楚腰纤细掌中轻。"湘中名士龚觉庵《咏怀》云："容易醉人红袖酒，最难传世白衣文。"也属此类诗。张学良于九十三岁时作诗道："自古英雄多好色，未必好色尽英雄。我虽并非英雄汉，惟有好色似英雄。"他还说自己："平生无憾事，惟一爱女人。"此诗虽含蓄，但诗意平平，因是名人吐露，值得一提。

林庚白氏为人英风侠慨，磊落无俦。至其描摹闺房之乐，有"隐约乳头纱乱颤，惺忪眼角发微披""乍觉中间湿一些，撩人情绪裤痕斜"的不滞于物之语，乃真名士本色，但其含蓄不如前者。陈独秀《灵隐寺前》记述了其年轻时在杭州的一段诗酒豪情生活："垂柳飞花村路香，酒旗风暖少年狂。桥头日系青骢马，惆怅当年萧九娘。"也存隐喻。王世萧《笛怨辞》借刘言史绝句"老来犹剩双行泪，半为苍生半美人"成诗："笛怨箫清听未真，江湖旧梦散为尘。平生只有双行泪，半为苍生半美人。"便属直述手法了。

　　"醉卧美人膝，醒握天下权"之句出自日相伊藤博文。明治维新后，艺伎与政界人物的关系甚密，伊藤的原配梅子即艺伎。其当权后，还特意让人在横滨开设茶室"富贵楼"，作为与艺伎幽会场所。后来，人们将此句用在了叶公超身上。

　　历来酒色一体，故酒色之诗、酒色之联也多，相传莫言尚有《酒色赋》："如果世上没有美酒，男人还有什么活头？如果男人不恋美色，女人还有什么盼头？如果婚姻只为生育，日子还有什么过头？如果男女都很安分，作家还有什么写头？如果文学不写酒色，作品还有什么看头？如果男人不迷酒色，哪个愿意去吃苦头？如果酒色都不心动，生命岂不走到尽头？"较之前人，只是通俗直白了些。

非凡之情

两个好人，未必就有好婚姻。若遇晨钟暮鼓里的佛缘之人，一方的失望在于选错了人，一方的后悔在于存有了不该有的期待。

锐气藏于胸，似僧有发，和气浮于面，似俗脱尘，吾心柔情似水的李叔同，于三十七岁时与佛结缘，思索良久，最终决定出家。学生丰子恺解释他的遁入空门："我却能理解他的心，我认为他的出家是当然的。我以为人的生活，可以分作三层：一是物质生活，二是精神生活，三是灵魂生活。……弘一法师的'人生欲'非常之强！他的做人，一定要做得彻底。他早年对母尽孝，对妻子尽爱，安住在第一层楼中。中年专心研究艺术，发挥多方面的天才，便是迁居在二层楼了。强大的'人生欲'不能使他满足于二层楼，于是爬上三层楼去，做和尚，修净土，研戒律，这是当然的事，毫不足怪的。"分析其心理，吴冠中的一句话或可诠释之："我这一辈子啊，很孤独。我有亲人，但一步步往前走时，亲人渐渐不理解，你走得越远，中间距离就越远。亲情，我并不很看重。至于朋友，只能某一段同路而已，过了这一段，各走各的路。一辈子的同道，几乎没有。"为避免家人阻挠，其事先未曾与妻室沟通，直至遁入寺院，家人方知消息。赶到寺院寻找时，无论妻子于房门外如何苦苦哀求，均避而不见，妻子索性跪下不走。见此情景，同去之人已忍不住落泪，李叔同却只是托人捎了一句："当作我患虎疫死，不必再念。"名士虽风光，亲友却遭殃，如李叔同成了弘一法师，抛少妇弃幼雏，俗世夫人春山淑子悲情责问："你慈悲对世人，为何独独伤我？"每个人都只能陪你走或短或长一段路，夫妻亦然。

其《我的出家因缘》一文详述1918年于杭州虎跑寺落发为僧、遁入空门事。农历的正月十五，皈依佛门，"及至七月初，夏丐尊居士来。他看到我穿出家人的衣裳但还未出家，他就对我说：'既住在寺里面，并且穿了出家人的衣裳，而不出家，那是没有什么意思的。所以还是赶紧剃度好！'我本来是想转年再出家的，但是承他的劝，于是就赶紧出家了。七月十三日那一天，相传是大势至菩萨的圣诞，所以就在那天落发"。弃家毁业前曾写信给日籍妻子淑子："为了不增加你的痛苦，我将不再回上海去了。我们那个家里的一切，全数由你支配，并作为纪念。人生短暂数十载，大限总是要来，如今不过是将它提前罢了，我们是早晚要分别的，愿你能看破。"放下你，非我薄情，出家前其曾预留三个月的薪水，并将之分为三份，其中一份连同自剪下的一绺胡须托老友杨白民转交给自己的妻子，并拜托朋友将其送回日本，从此细节，也可看出弘一大师内心的柔情与歉疚。

后来，李夫人由杨白民夫人、黄炎培夫人两位女眷陪同，至杭州又见之。四人在岳庙前临湖的一家素食店用餐，饭间，三人问一句，其答一言，一餐完而未主动说过一话，也未抬头看过一回诸眷，双方皆有备而来，谁也说服不了谁。据黄炎培《我也来谈谈李叔同先生》记述，饭毕，李便"告辞归庙，雇一小舟，三人送到船边，叔同一人上船了。船开行了，叔同从不回头。但见一桨一桨荡向湖心，直到连人带船一齐埋没湖云深处，什么都不见，叔同最后依然不一顾。叔同夫人大哭而归"。黄金白玉非为贵，事不能拖；唯有袈裟披肩难，话不能多。"问君此去几时还，来时莫徘徊"，此乃现实中李叔同一次回肠荡气的生离死别，凄凄然可成绝唱。

半路出家者，哪有了无牵挂的走，大概都有过类似不近人情的送别。明代四大高僧之一的莲池大师，出身书香世家，俗时曾结婚两次。发妻临盆难产，母子双亡，之后奉父母之命续弦。一年除夕，妻端茶上桌时，茶盏突碎裂，遂道"姻缘无不散之理"，翌年即立心出家，作《七笔勾》词，了断尘缘，其诀别道："恩爱不常，生死莫代。吾往矣，汝自为计。"从此，鱼水夫妻，各自寻门走。晚清高僧虚云，自幼即有佛缘，十七岁欲南岳出家，半路被家人追回。父母令之续香火，为之娶田、谭二氏，且禁锢三人于一室，虚云与二氏始终无染，未几出家。临别赋《皮袋歌》，算是对二氏的交代。山远天高烟水寒，创痛无以疗愈，塞雁高飞人未还，余生无以共度，其母遂率两位夫人也出家去了。

来到此间，不得不来，离开尘世，不得不走。佛界是出家人的诗意境域，救苦救难，博施济众，是出家人的悲悯襟怀，然对于其眷属，无云而雷，晴天霹雳。昔时妇女，全职太太，经济不独立，而无法坚持自我，家庭是其所有寄托，全部人生。故而婚姻便是一场冒险，而非保障。我如飞雪飘无定，对于出家的本人，抛却挂碍，又造一孽；君似梅花冷不禁，对于被弃的女眷，绸缪缱绻，不能自已。伤害至极，不是无可挽回的绝情，而是心存幻想的坚持。时过境迁，弘一法师五十岁时，弟子刘质平、丰子恺、吴梦非来普陀山为其祝寿。众人赋诗，不离寿愿，法师则对客挥毫，写就"南无阿弥陀佛"分赠列座各位，以结佛缘。此间，经亨颐（字子渊）喟叹道："叔同，你各事我都赞成，就是出家一回事，我始终不赞成，你出家究竟为了什么原因？我死也不明白。"经亨颐既是弘一法师的好朋友，也是他的老上级，经做浙江两级师范学堂监督时，李叔同是音乐教师，故此敢于当众发问。法师沉默良久，回答说："子渊，往事不必再提了。"

繁华靡丽，过眼皆空，一切有情，皆无挂碍，撇不开终是苦，撇开是否就会解脱？每逢收到家书，别人拆开细看，唏嘘不已，李叔同则不看一眼，托人在信封背后写下"该人业已他往，均原封退还"。别人不以为意，家书看一下又何妨，只要不回即是，因何非得退还，"既然出家，就当自己死了。如果拆阅，见家中有喜庆事，定会开心，若有不祥事，易引挂怀，还是退了好"。为避免亲朋打扰，其还在禅门贴出"虽存若殁"四字。绝情之极，又悲悯之至，丰子恺曾请弘一法师到自己家小坐。其每在藤椅上坐时，都要摇摇椅子，丰忍不住询问，对曰："椅子藤条间，或有小虫伏着，突然坐下，要把它们压死。先摇一摇，以便走避。"圆寂前再三叮嘱弟子将其遗体装龛时，在龛的四角各垫上一碗，碗中盛水，以免爬上遗体的虫蚁在火化时被无辜烧死。

作为凡人，终其一生无法体悟法师的道心与境界。林语堂感叹："他曾经属于我们的时代，却终于抛弃了这个时代，跳到红尘之外去了。"张爱玲也说："不要认为我是个高傲的人，我从来不是的——至少，在弘一法师寺院围墙的外面，我是如此的谦卑。"赵朴初评他是"无尽奇珍供世眼，一轮圆月耀天心"。

出家行为影响了其整个人生，感情之外，行为改变，即便书法，面貌大不同。其出家前的字端庄持重，挺拔俊秀，出家后则超逸淡泊，通脱出世。晚年之作更是平易谨严，安详明净，充满超凡宁静的淡远、绚烂至极的平淡，雄健过后的文静、老成之后的稚朴。

红尘时光，流年沧桑，平凡的日子，因为某些不凡之人，而不再平庸。非凡之人，必有非凡之情，而行非凡之事。

陈独秀教子

蔡元培任民国教育总长时，范源濂任次长。范说："小学没有办好，怎么能有好中学？中学没有办好？怎么能有好大学？所以我们第一步，当先把小学整顿。"蔡说："没有好大学，中学师资哪里来？没有好中学，小学师资哪里来？所以我们第一步，当先把大学整顿。"关于教育的类似话题，其后又有人针锋相对过。1937年在长沙临时大学时，蒋梦麟、张伯苓、梅贻琦三位校长巡视学生宿舍，看见房屋破败，蒋校长认为不宜居住；张校长却认为学生应该接受锻炼，有这样的宿舍也该满意了，爷娘惜儿女，好比长江水，于是蒋说："倘若是我的孩子，我就不要他住在宿舍里！"孤犊触乳，骄子骂母，张却针锋相对地表示："倘若是我的孩子，我一定要他住在这宿舍里！"梅没有表态。持张校长观念者，尚有陈独秀。

陈独秀与发妻高晓岚共育三子，长子延年，次子乔年，三子松年。高晓岚长陈独秀三岁，目不识丁，陈独秀为办学想从家中拿钱，夫人坚决不肯，两人争吵乃至分居。后来，陈独秀爱上了思想新颖且有文化的妻妹高君曼。延年、乔年稍长成，被陈独秀接至上海，却寄宿在《新青年》发行厅的地板上，白天在外做工谋生，面黄肌瘦。既是姨妈又是后妈的高君曼见此情景不禁落泪，想让两个孩子在家中食宿。陈独秀一拍桌子："妇人之仁，虽是善意，反生恶果。少年人生，叫他自创前途。"1919年，延年、乔年来北大看望陈独秀，但不被允许直接进家，而是如外人一样，各自准备一张名片，上书"拜访陈独秀先生"，下署名号，方得见。陈延年到苏联学习期间，吃饭、穿衣、住房皆为学校供给。虽是黑面包，里面常有干草，菜也只是配给，不能饱食，常人不堪其苦，延年却对郑超麟说："我一生未曾过这样好的生活。"

后延年、乔年进入震旦大学读书，陈独秀每月只支付每人五元的生活费。兄弟二人又去法国勤工俭学，与周恩来等一起组织中共旅法组织。回国后兄弟二人都成为中央委员，陈延年曾任中共广东区委书记，陈乔年曾任北方区委组织部部长。在党的会议上父子三人以"同志"相称而不论父子情。陈延年工作极刻苦，一副工人打扮，吃住都能与人力车夫打成一片。1927年6月和翌年2月，延年、乔年先后在被捕后不屈就义。陈独秀的姐姐陈筱秀帮忙料理后事，竟也伤心病死。高君曼大哭不止，陈独秀此时皱眉道："迂腐。"西安事变时，在南京老虎桥模范监狱服刑的陈独秀欣喜若狂，以为蒋介石这下总算彻底完蛋了，他们之间不共戴天的仇怨总算可做了结。兴奋之余，托人打了酒，买了菜，并对狱友道："我生平滴酒不喝，今天为了国仇家恨，我要痛饮一杯。"他先斟满一杯酒，高举齐眉，慷慨陈词："大革命以来，为共产主义而牺牲的烈士，请受奠一杯，你们的深仇大恨有人给报了。"于是酹酒奠地。待斟满第二杯酒，先是哽咽："延年啦乔年，为父的为你俩酹此一杯！"接着老泪纵横，失声痛哭。狱友们见过他开怀大笑，见过他怒发冲冠，但从未见过他号啕大哭。抗战爆发后，国民党想拉陈独秀出来任职，陈的回答是："蒋介石杀了我那么多同志，还杀了我两个儿子，我与他不共戴天。现在全国抗战，我不反对他就是了！"陈独秀的伤感深深藏在了心里。

三子松年，自小随生母住在安庆。1932年10月，陈独秀在南京坐牢，松年前去探监，见到父亲，骨肉情深，不免潸然泪下。陈独秀双眼一瞪，大声训斥道："没出息！"

一片苍茫里，幽人独立时。其人独立，行为也特立。

"妇人之仁""没出息"，所谓器大者声必闳，志高者意必远也。陈独秀尝言："吾每见吾国受教育之青年，手无缚鸡之力，心无一夫之勇。白面纤腰，妖媚如处子，畏寒祛热，柔弱若病夫，如此心身薄弱之国民，将何以任重而致远乎？他日而为政治家，焉能百折不回，冀其主张之贯彻也；他日而为军人，焉能勠力疆场，百战不屈也；他日而为宗教家，焉能投寄穷荒，守死善道也；他日而为实业家，焉能穷思百艺，排万难，冒万险，乘风破浪，制胜万里外也！"其子女中未有"白面纤腰，畏寒祛热"者。知人莫如友，蔡元培尝感慨："近代学者人格之美，莫如陈独秀。"

顾颉刚的母亲对其要求甚严，一次天落大雨，顾想借故逃学："今天雨太大了！"母对曰："你不想去了吧？就是落铁，也得去！"一次阎锡山回家乡河边村，派人通知川至中学及附近各学校的学生，第二天到大操场集合听其训话。可这天夜里，忽下大雪。清早起来，鹅毛大雪仍飘落不止，这时副官进来请示："雪下得如此之大，还要不要露天集合学生训话？"阎答道："正是考验国民精神的时候，准时前往不误。"就这样学生们冒着雪，集结在川至中学的操场上接受训导。阎训的头一句话便是："人不是纸糊的，下雪不是下刀子，你们今天能来，还是不错的。"顾母、阎督军采取的也是陈式教子法。

除此之外，更有甚者。幼年傅雷在寡居母亲的严督下，吃饭之外，便是学习，而无童趣。贪玩不读书时，母亲甚至以滚烫热蜡油滴在其肚脐处，权当惩罚。童年的阴影，伴随其一生，也为之种下了暴戾的种子。待到自己为人父时，对长子傅聪同样严苛。五岁的傅聪练字有误，傅雷竟抡起手边蚊香盒甩了出去，正好砸中鼻梁，血流如注，为此留下永久疤痕。练琴的傅聪每有错，傅雷定会一个巴掌打过去，甚至藤条伺候。张爱玲在发表于1944年的小说《殷宝滟送花楼会》里，便将傅雷描写成了"古怪、贫穷、神经质"的罗潜之。

老来丧子之痛

志事不遂，归无所养，年事就暮，继嗣乏人，故曰老来丧子，乃人生三大不幸之一。

一生遭际，难以捉摸。孔夫子三大不幸皆经历，幼年丧父，中年被妻抛弃，老年丧子，独子孔鲤先他而去，白发人送黑发人，实在是难掩之痛。类似者尚有朱元璋，少年丧双亲，中年丧原配，老年丧诸子，太子朱标、秦王朱樉、晋王朱棡皆先他而去。

王云五的大哥王日华十八岁时考取生员，却在两三个月之后患病身亡，王云五为此道："于是家人咸归咎于我家风水不好，因为十几世代向未出过一名秀才；此次破天荒由大哥以未冠之年，得此意外之荣，因之，父母亦渐安于天命。可是我的一生命运便因而受到深切无比的影响。"二哥王日辉二十五岁竟也病逝，王云五遂成家中独苗，不忍离开父母，而放弃留学念头，结婚生子，以缓解父母丧子之痛。

九一八事变后，刘文典长子刘成章正在辅仁大学读书，欲参加卧轨行动，回家请示后，刘文典大为支持。是时北平已入滴水成冰季，身体羸弱的刘成章因此身染风寒，不治而亡。此后，东窗未白，残月犹明，为排遣悲凉，自我麻醉，开始吸食大烟，理智之人无以自控。据钱穆《忆刘叔雅》一文回忆："（刘文典）后因晚年丧子，神志消沉，不能自解放，家人遂劝以吸鸦片。其后体力稍佳，情意渐平，方立戒不再吸。及南下，又与晤于蒙自。叔雅鸦片旧瘾复发，卒破戒。及至昆明，鸦片瘾日增，又曾去某地土司家处蒙馆，得吸鸦片之最佳品种。又为各地土司撰神道碑墓志铭等，皆以最佳鸦片为酬。云南各地军人旧官僚皆争聘为谀墓文，皆馈鸦片。叔雅遂不能返北平，留教云南大学，日夕卧榻上，除上课外，绝不出户。"凡所际遇，绝非偶然，个体随国运，世家越发不能免。

1926年中秋刚过，王国维的长子潜明在上海病逝，其痛惜万分。中年丧偶、老年丧子，王国维占其二。二十年前莫氏夫人逝世，悲痛难解之余，写下多篇悼亡诗，如今老年丧子，更是悲痛欲绝。这也是导致其投湖自尽的原因之一。

失独之痛，较之失子之痛尤甚。王守恂五十五岁时失十三岁独子，每每提及此事，隐隐作痛。据刘幼珉《集录王守恂先生随笔序》（刊于1937年2月14日天津《语美画刊》）一文载，王守恂"顾有伯道之戚，其记'吾儿'死状极凄切，而出以超脱之语，怃念亡儿，显然笔下。每为戚友寿文，语多艳羡，盖触景伤情，不得不尔也。今秋以肠胃病卧床数月，竟至不起，闻者痛之"。其曾新识一位梁姓朋友，闲谈中问及"有公子几人"，"无！""有女公子几人？""无！"对方一时语塞。体育教育家王怀琪一生坎坷多变，中年发妻故世，继室又不幸离世，晚年"子业成而夭，女嫁后而亡"。

恫瘝在抱，终身隐痛，无法失忆，只得面对。罗曼·罗兰说"有些事情不能告诉别人，有些事情不必告诉别人，有些事情根本无法告诉别人，而有些事情即使告诉别人也会马上后悔"，概此所指；太宰治说"我仍然认为向人诉苦不过是徒劳，与其如此，不如默默承受"，否则就成了丧子后的祥林嫂。"人皆养子望聪明，我被聪明误一生。惟愿孩儿愚且鲁，无灾无难到公卿"，外无大事即安，内无挂碍便好。虽学之不至，不失正路，何须折冲樽俎能力，"生子当如孙仲谋"。

天意高难问，索性不问，人情老易悲，枯坐破闷，幻象中，花朵重开，候鸟回头。无论身在何处，幸与不幸，只能从自身处找寻，比较而获得。父母俱在，家人平安，所谓幸福，如此简单。我父母是那个时代的过来人，至今仍将幸福界定为"有吃有穿"，老而弥笃此一条，无外八十多年的人生体味。利来利往，行人路上马蹄忙，丢手机如失孩子般着急，只是未经变故。

疾老冉冉而至，谁人可免？寿命有定数，福报也有定数。寿数长，熬过众人，丧子丧孙，自然而然。如齐白石者，丧妻，又娶妻，丧子，又得子；如杨绛者，夫丧，女丧，独自一人过百年。杨绛《我们仨》里有一句锥心之言，"老人的眼睛是干枯的，只会心上流泪。"命运的有误差，此乃长寿所须承载之不幸，长寿者，自己是自己一生的唯一见证人。

公车

物以终为始，人从故得新。其实，太阳底下罕有开耳目、拓心思之新鲜事，每日所逢，多是无新意的老故事，旧套路，纵使如此，听起来仍有脉脉余温。

抗战期间，国民政府迁都重庆，段锡朋出任中央党部训练委员会副主任委员、主任委员，当时条件艰苦，物资匮乏，为节约纸张，其带领工作人员将专用信笺上的空白裁剪下来作为便条使用。公余返家，坚持乘坐公交车，有人请他乘坐机关车辆，他以"回家是私事，现在一滴汽油一滴血，不能随便浪费"为由，婉言谢绝。

1949年1月，陈诚的两个孩子在台北女子师范附属小学念书，每日步行上学。一次大雨，跑到学校，弄得满身泥水。同学唆使："你看，有些当厅长、当经理的孩子都坐小汽车上学，你爸爸是台湾最大的官，为什么不给你坐汽车上学呢？赶快回家向你爸爸要汽车坐。"回家后，孩子向父亲提出坐车要求。陈诚遂问："你们有脚没有？"答：

"有两只脚。"陈诚又问:"脚是干什么用的?"孩子答:"走路用的。"于是陈诚笑道:"我坐小汽车,因为是在替国家办事,是国家给我的一种待遇。你们没有替国家办事,怎能享受这种待遇呢? 小的时候学着吃苦耐劳,长大了才能替国家做事,是吧?"爵禄易得,其易在合流,而非特立;名节难保,其难在律己,而非律人。陈诚在国民党内有廉洁名,而拒车之事,却非个例。

1947 年 10 月,齐邦媛至台湾大学找了份差事,借住父执马廷英家,马当时是理学院代理院长,配置公务黄包车一辆。齐邦媛坐过两回,"我第三次坐院长的车时,'行驶'在新生南路的田野小路上,突然警觉,幼年时父亲不许我们坐公务车的原则,立刻下车走路"。

幼时,在南京上小学一年级的齐邦媛,有一事印象深刻:"是那一年初春雪融的时候,上学必须穿过那条名为'三条巷'的巷子,地上全是泥泞,只有路边有两条干地可以小心行走。我自小好奇,沿路看热闹,那天跟哥哥上学,一不小心就踩到泥里,棉鞋陷在里面,我哥哥怕迟到就打我,我就大哭,这时一辆汽车开过来停下,里面坐着我的父亲,他叫司机出来把我的鞋从泥里拔出来给我穿上,他们就开车走了。晚上回家他说,小孩子不可以坐公务车上学。一则须知公私分明,再则小孩子不可以养成炫耀的心理。"

自汉口流亡湘乡的路上,齐邦媛的哥哥在司机座位旁挤出个位子。"第二天到一个站上,父亲从后面赶来了,他问我哥哥为什么坐车? 舅舅说:'车上有空位,你只有这么一个儿子,就让他坐车吧!'父亲说:'我们带出来的这些学生,很多都是独子,他们家里把独子交给我们,要保留一个种,为什么他们走路,我的独子就该坐车?'就令车子赶上队伍,叫我哥哥下去,跟着队伍走。"其父齐世英宽以接下,和以处众，对己则慎独，对待子女严格。

兰有四清：气清则静心，色清则空心，神清则明心，韵清则慧心。此即君子气息，名节之于君子，不金帛而富，不轩冕而贵。刘再复归结了"贵族精神"的四大内核：自尊精神，讲求原则，保持低调，淡泊名利。私德并不抽象，梁实秋晚年在一篇文章中写到清华读书时的几位同学，吴景超在校时循规蹈矩，刻苦用功，后来在南京政府经济部任职，"所用邮票分置两纸盒，一供公事，一供私函，决不混淆。可见其为人之一斑"；张心一在抗日战争时担任银行总稽核，"外出查账，一向不受招待，某地分行为他设盛筵，他闻声逃匿，到小吃摊上果腹而归"。雪满山中高士卧，月明林下玉人来，风范多由此类小事网织，"溺爱者受制于妻子，患失者屈己于富贵。大丈夫见善明，则重名节如泰山"，那是个长辈开口闭口忠孝节义的时代。时代改变人，人也改变时代，随着这些老派人物的离去，那个时代真就消失了。

一纸侃侃谠论的精彩，抵不住一意拳拳真挚的亲切。原本前言往行，素常故事，时过境迁，竟成感人一幕。泪浅，还是情深？

红白事不收礼

孟德斯鸠曾言："专制国家有一个习惯，那就是下级给上级送礼。"确系如此。光绪二十年（1894），慈禧太后六十大寿，作为清廷压倒一切的政治任务，原计划花三千万两白银。由于黄海之战北洋水师严重受挫，金州、大连相继陷落，旅顺万分危急，慈禧不得不停办颐和园受贺事宜，只好在紫禁城内的宁寿宫度过了寿辰。但仍奢华已极，九月廿五全国各地开始呈进万寿贡物，十月初一庆典正式开始，十七日结束，其中唱戏三天，庆典前后将近一个月，共用银五百四十一万六千一百七十九两。当时户部给前线的战争筹款却只有二百五十万两，不足庆典一半。史家叹道，如果当时没有慈禧六旬庆典，全国上下全力对日作战，战争结局或许全然不同。慈禧要做六旬大庆典，照例各地官员搜珍选异，疯狂攫取，以便给送上一份厚礼，博取太后欢心。某日，慈禧巡视寿礼，啧啧称赞一番，最后目睹四壁，沉吟无语，貌甚落寞。这时便有太监驰告袁世凯，袁略一沉思后即已明白，即搜集名画若干帧，盛饰以进。慈禧大喜道："慰亭实获我心，我正思此物，此物便来矣！"

但也有例外。包拯六十大寿时，皇上念其德高望重，劳苦功高，要给他做寿。包拯推辞不过，只好从命。但吩咐儿子包贵及手下在门口拒礼，如有人执意要送，要写明送礼理由，并立即禀告他。谁知第一个送礼的是皇上派来的六宫司礼太监，包贵要其写明理由，老太监写诗道："德高望重一品卿，日夜操劳似魏征。今日皇上把礼送，拒之门外理不通。"包拯看后，在诗下写道："铁面无私丹心忠，做官最怕叨念功。操劳本是分内事，拒礼为开廉洁风。"太监看后，只好捧着寿礼回去了。

红喜事，白喜事，皆人生大事。民初，逊帝溥仪大婚，各地遗老及士民均奉贺礼。曾为大清国重臣的徐世昌贺礼两万元为最多，张勋、张作霖、曹锟等都有重礼。大总统黎元洪则特别从关税内拨出十万元，八万为清室优待费，两万为代表民国的贺礼。各地遗老到京祝贺者极多，而奉贺礼最多的一省，却是始倡革命的广东。

官府如此，民间亦然。为礼所累者不在少数，鉴于此，各种质疑纷起，也有付诸实际者。

1921年，杨步伟与赵元任结婚，两人想打破家庭本位的婚姻制度，别出心裁，先到中山公园当年定情处照相，再向亲友发一份通知，声明概不收礼。

当年，"板桥有女，颇传父学"，女儿可嫁人之时，郑板桥道："吾携汝至一好去处。"板桥将女儿带到一位书画挚友家中后说："此汝室也，好为之，行且琴鸣瑟应矣。"一句话交代清楚，转身自去，嫁女大典，就此告成，未见收礼请客也。既不收礼，陪嫁也就免了。板桥为女儿的陪嫁，是一幅《兰竹图》，上题一诗云："罢官囊空两袖寒，聊凭卖画佐朝餐。最惭吴隐羡钱薄，赠尔春风几笔兰。"

袁枚的大女儿聪明伶俐，名门望族求亲者不断，却均未允诺。后来他把女儿嫁给姑苏城的一个普通人家。女儿出嫁时，别无长物，却特赋《嫁女词》四首相赠，其一曰："姑恩不在富，夫怜不在容。但听关雎声，常在春风中。"

画家沈周也有类似的行为。与礼部尚书史西村结为亲家，名画师沈周的陪嫁定当十分丰厚，但陪嫁只是一旧竹橱，内装其山水花鸟画几幅。

高凤翰为官清廉，女儿出嫁时，他竟无分文，只能作几幅画送女儿做嫁妆。

褚人获《坚瓠首集》载："某善丹青，有女及笄，不置一物，作举案齐眉图一幅，题一诗，携其女以适其夫。诗云：婚姻只见斗豪华，金屋银屏众口夸。转眼十年人事变，妆奁卖与别人家。"

何绍基任京都编修官时，其女春梅与本村青年张雄订婚，何夫人写信请办嫁妆。未几，何寄回一口大箱。箱子打开，全家惊叹，只见箱里空空如也，仅有一纸，上书一大字"勤"。女儿女婿牢记父训，并请人装裱，将其挂轴悬挂于中堂，出进瞻仰。

其造诣可谓高蹈，其成就可谓高明，之所以然，从这些小故事中，也可寻得一二原因。他们能全然投入所好，甚至以自己的精神境界执意扭转周遭的世俗生活，以一己之微薄试图拦截强大之洪流，螳臂当车，不自量力。世人以为迂，实则痴，他们不成就，谁人成就？谁人不成就，皆因缺少如此迂痴。清学者洪亮吉在《与孙季述书》中曾言："夫人之智力有限，今世之士，或县心于贵势，或役志于高名，在人者款来，在己者已失。又或放情于博弈之趣，毕命于花鸟之研，劳瘁既同，岁月共尽。若此，皆巧者之失也。间尝自思，使扬子云移研经之术以媚世，未必胜汉廷诸人，而坐废深沉之思。韦宏嗣舍著史之长以事棋，未必充吴国上选，而并忘渐渍之效。二子者，专其所独至，而弃其所不能。"郑板桥、何绍基如此，扬雄、韦曜也如此。此风古矣。

1935年1月，因不想让朋友送礼，画家王石之与日籍夫人岩崎喜美子婚礼时，未附任何请柬，只说邀请朋友前来吃饭，甚至还有朋友在此之前都不知此二人有什么关系。众人到达现场明白原来是场婚礼后，即刻制造氛围，拉着王石之要让他谈谈恋爱经过。结果王石之的发言非常简单，"我五年前认识她，三年前通信，一年前订婚，今天结婚"，然后又坐了回去。

1936年10月19日，鲁迅于上海病故。其病故前曾留下一封遗嘱，那句著名的"让他们怨恨去，我也一个都不宽恕"是其最后的表述，而遗嘱的第一条则是"不得因为丧事，收受任何一文钱——但老朋友的，不在此例"。

改歌

　　广为传唱的《东方红》曲调，源自晋西北民歌《芝麻油》："芝麻油，白菜心，要吃豆角抽筋筋，三天不见想死个人，呼而嘿哟，哎呀我的三哥哥。"晋西北虽处穷乡，却是民歌热土，晋西北民歌虽说高亢嘹唳，铿然山动，却多在响彻的当间，带有一丝的悲凉凄迷，怆然怅惘。此调在比兴中，以彼物比此物，先言他物以引起所咏之词，为一首典型的情歌。据刘炽回忆："我们剧团有几个老民间艺人。一个叫方宪章的，以前一直在黄河两岸卖艺，肚里装了很多山西民歌，拳脚也可以，他教了我很多民歌，其中有一首晋西北民歌《芝麻油》。"

　　后来有人依此调填词为《白马调》："妹妹的脚，尖又小，上面还绣着一对鸳鸯鸟。有心摸一下妹妹的脚，呼而嘿哟，又怕惊飞了鸳鸯鸟。骑白马，挎洋枪。三哥哥吃了八路军的粮。有心回家眊姑娘，呼而嘿哟，打日本就顾不上。荞麦皮，落在地。娶的个老婆不如妹妹你，把她卖了个活人情，呼而嘿哟，咱们二人打伙计。煤油灯，不接风，香油炒的个白菜心，红豆角角抽了筋，呼而嘿哟，小妹子你坏了心。骑红马，跑沙滩，你没老婆我没汉，咱二人好比一个瓣瓣蒜，呼而嘿哟，亲的哥哥离不转。"另一版本的《白马调》则唱道："骑白马，跑沙滩，你没有婆姨呀我没汉。咱俩捆成一嘟噜蒜，呼而嘿哟，土里生来土里烂。骑白马，挎洋枪，三哥哥吃了八路军的粮。有心回家看姑娘，呼而嘿哟，打日本也顾不上。三八枪，没盖盖，八路军当兵的没太太。待到那打下榆林城，呼而嘿哟，一人一个女学生。"

《白马调》又名《骑白马》。刘志丹、高岗在陕北建立根据地后，《白马调》开始掺入政治元素："太阳出来满天下，陕北出了个刘志丹，他带领穷哥们闹革命，呼儿嘿哟，他带队伍去打横山。"

1944年，延安鲁艺秧歌队在绥德分区演出，途经乌龙铺，住在骡马店，得知有两个移民模范李有源、李增正叔侄也住在这里。所谓移民，指当时陕甘宁边区的佳县、吴堡及无定河一带，人多地少，人均不到半亩地。而延安以南的南泥湾、豹子湾、金盆湾一带却是地多人少，有待开垦。王震率三五九旅首先到达这里，但毕竟部队人力有限，于是边区政府动员北部的困难户到南边去。坐在大炕闲聊中，李有源说自己为宣传移民编了个歌，遂扯开嗓门唱道："山川秀，天地平，毛主席领导陕甘宁，迎接移民开山林，呼儿嘿哟，咱们边区满地红。三山低，五岳高，毛主席治国有勋劳，边区办得呱呱叫，呼儿嘿哟，老百姓颂唐尧。边区红，边区红，边区地方没穷人，有了穷人就移民，呼儿嘿哟，挖断穷根翻了身。移民好，移民好，移民工作闹开了，佳县出来延安跑，呼儿嘿哟，移民变工把山掏。佳县移民走延安，一定要开南劳山，不过几年你来看，呼儿嘿哟，尽是一片米粮川。吴满有，马丕恩，高克兰来郭凤英，男耕女织是模范，呼儿嘿哟，咱们和他争英雄。咱老乡，仔细听，移民开荒真光荣，各州府县来欢迎，呼儿嗨哟，送了好多慰问品。移民开荒真光荣，走到延安开山林，打下粮食兑回来，呼儿嗨哟，有吃有穿好光景。"刘炽将此调记录，定名《移民歌》，并将词作者填作李有源。

1948年，赵俪生在解放区与人一同唱歌，打头的一首歌便是《东方红》，歌词即："三山低，五岳高，毛泽东治国有勋劳，边区办得呱呱叫，老百姓颂唐尧。"赵俪生在回忆录《篱槿堂自叙》里说他一边唱着，一边对"他是人民的大救星"一句有意见，《国际歌》里不是说我们不需要救世主吗？还说"唐尧"二字，"制歌词者还是斟酌了的，没有用'秦皇''汉武'，用的是大部落联盟酋长。这已是个人崇拜的滥觞了"。唐尧时期即传说中的三代，是个理想化的民主时代，康有为曾将中国历史划分为三个阶段，第一个阶段被称为民主，即唐尧时期，也是个最好的时代。

后来在《移民歌》基础上，又经小学语文教员李绵绮、鲁艺公木修改填词，便成了："东方红，太阳升，中国出了个毛泽东，他为人民谋幸福，呼儿嗨哟，他是人民大救星。共产党，像太阳，照到哪里哪里亮，哪里有了共产党，呼儿嗨哟，哪里人民得解放。"并改名为《东方红》。原有四段词，后去掉重复的一段，剩三段。

"信天游来调子广，调子就有几大筐。筐子底下有个洞，唱的没有漏的多。"其中"唱的没有漏的多"指的是民歌的不确定性，"唱的"指其生成，"漏的"指其遗忘。一首情歌的政治化过程，经过了从男欢女爱到阶级斗争的嬗变，也是由民间到官方的演进过程。同一曲调，存不同歌词，不同传唱。其随意性特点，使之生命力更加顽强，但格调总还是情歌式的。政治语汇利用民歌现成的曲调，可起到事半功倍的流传效果，另一方面也说明，谱曲者创造之不易。与同一时期的其他歌曲相比较，利用民歌填词者的生命力普遍更强。后来，对另一首山西民歌《交城的山来交城的水》的改造，也采取了同一思路。

原歌词曰："交城的山来交城的水，不浇那个交城，浇了文水。交城的山里没有好茶饭，只有莜面栲栳栳，还有那山药蛋。交城的山来交城的水，不浇那个交城，浇了文水。灰毛驴驴上山，灰毛驴驴下，一辈子也没坐过那好车马。"这首民歌原名《割莜麦》，属祁太秧歌，是用来贬损交城人的，后来交城人坦然将其据为己有。在广为传唱的同时，还编入小学语文课本。词曰："交城的山来交城的水，交城的山水实呀实在美。交城的大山里住着咱游击队，游击队里有一个华政委。华政委最听毛主席的话，毛主席引路他紧跟随。华主席为咱除四害，锦绣那个前程放光辉。"

借用曲调，填词新用，其做法古已有之，宋词元曲皆如此。借用外国曲调者，为近代常见。李叔同的《送别》，曲调取自约翰·奥德威作曲的美国歌曲《梦见家中的老母》，日本歌词作家犬童球溪采用此旋律，填写了《旅愁》，李叔同留学日本时，又取调《旅愁》而成《送别》。光绪二十一年（1895），清廷新式陆军开始在天津小站编练，袁世凯决定请德国人担任军操教练。为此，徐世昌写了《大帅练兵歌》，用的是普鲁士军歌《德皇威廉练兵曲》。翌年，被两湖总督张之洞抄走，歌名不变。进入民国后，张作霖也看上了这支曲子，歌名未改，后又被冯玉祥抄走，改名为《练兵歌》。1927年9月底三湾改编后，这支曲子又被红军所用，之后八路军、新四军、解放军沿用，只不过歌词改成了《三大纪律八项注意》。儿歌《两只老虎》："两只老虎，两只老虎，跑得快，跑得快，一只没有耳朵，一只没有尾巴，真奇怪，真奇怪。"借用的是欧洲儿歌曲调，旋律源自10世纪的格列高利圣咏，17世纪即被法国儿歌《雅克兄弟》借用而成"倒在地下，倒在地下，滚泥巴，滚泥巴，看你怎么起来，看你怎么起来，自己爬，自己爬"。传入中国后，由邝鄘填词，创作出了《国民革命军》，成为北伐军的军歌，歌词曰："打倒列强，打倒列强，除军阀，除军阀。努力国民革命，努力国民革命，齐奋斗，齐奋斗。"第二次土地革命期间，共产党人又用这个曲调填词创作了《土地革命》："打倒土豪，打倒土豪，分田地，分田地。我们要做主人，我们要做主人，真欢喜，真欢喜。"

才女石评梅

一、负笈赴京

从平定县到省城太原的驿道上，一辆骡车颠簸前行，车内坐着一家三口，长者年已五十，名石铭，此次是携家眷前去赴职，女子为其妻室，女子怀中抱着的孩子是他们心爱的女儿心珠，也即后来鼎鼎大名的石评梅。

石评梅，乳名心珠，学名汝璧。因爱慕梅花之俏丽坚贞，遂名评梅。

石评梅1902年出生在平定县城内的一户书香之家。父亲石铭，字鼎丞，光绪八年（1882）举人，曾任文水、赵城教谕和候补知县。母亲李氏为父亲的续弦。老来得子，父亲视其为掌上明珠。评梅自幼便得家学滋养，四岁时，父亲即亲自为其发蒙，所授无非《三字经》《百家姓》《千家诗》之类。开讲之时，每每在父亲公事完竣以后，有时没念熟，虽夜深，也不许去睡，而母亲总是在一旁陪伴，安慰，待念熟后，一齐入睡。

位于山西东部的平定县素有"文献名邦"之誉，山城书院林立，儒风甚浓，名流学者迭出，著作也丰。与山西其他地区不同，这里的子弟俊秀者多入读书应试之途。据统计，平定清代经科举取进士一百三十一名，举人六百八十名，贡生七百八十三名。仅城内就先后出过三名翰林、十六名举人。嘉庆十二年（1807），一次乡试竟取举人十五名，轰动全省。在平定城附近不大的冠山之中，就坐落着三座书院。

平定城内被当地人称为"石家花园"的小院，正是石评梅的出生地。"石家花园"始建于雍正年间，因宅院中有一小巧玲珑的花园而得名。花园内构思独特、精美绝伦的砖雕、木雕、石雕随处可见。

评梅曾这样描述过其在平定的孩童生活：

> 午餐后，同昆林上窑顶，望远山含翠，山坡上有白羊数只，游憩其间，有水，有山，有田地，有青草原，有寺院，有古塔，有磬钹声。

> 在黄昏时登楼一望，见暮云笼翠，青山一线，如镶天边，地上青草寸余，如铺翡翠毡，最妙的高低布置，参差起伏，各尽其趣。

1903年，石铭到开办不久的山西大学堂工作，辛亥革命后，又到省城太原位于文庙的山西教育图书博物馆任职，因而石家两度举家迁太原。评梅则进入太原女子师范附属小学就读，除去学堂课程，回到家后，父亲还要再教她一些群经诸子中的篇目。附小毕业后，她直接升入太原女子师范学校读书，编入第三班。

旧时代，妇女目不识丁者十之八九，封建社会崇尚"女子无才便是德"之理念，妇女缠足禁锢在家而无缘上学。清末，梁启超、秋瑾等人鉴于此，发表文章痛陈女子无文化之害，以及女子教育对争取女权和强国强民之重要性，康有为等人提出必须大力发展女子教育的主张。据刘文炳《徐沟县志》统计，宣统三年（1911）时，山西徐沟县的小学生数为一千六百九十五人，竟无一名女生。辛亥革命以后，社会风气大开，自由、平等、民主等观念深入人心，但由于"男女授受不亲"观念的影响，女子念书只能另辟学堂，于是女子学堂便在全国兴起，山西此时便办起了八所这样的学堂。

位于太原上马街的太原女子师范创办于1909年，初名太原女子速成师范学堂，为曾任山西大学堂监督的渠本翘所创立。太原女师是当时山西省的女子最高学府，历来以校规严格、校风谨慎著称。由于石评梅天资聪颖，加之家学渊源深厚，在校期间下笔千言，不加稍改，且琴棋书画样样拿得起，所以很快便有了"才女"之称，又由于成绩优异，获准公费学习，食用由校方供给，并入校内集体住宿。

石家共有五口人，评梅的哥哥汝璜为父亲前房嫡母所生，在评梅九岁时即已成家。哥哥在南方谋事，往往三四年不回，嫂子则带着一幼小女孩周旋于二老之间。父亲性格执拗，母亲不免感到痛苦，评梅为此时常落泪，这种状况对她性格的形成产生了深刻影响。后来提及往事，她曾回忆："我家虽然不是大家庭，但人心不同，意见分歧，亦大不幸事。"为排解家庭凄清，评梅自幼便学会了埋头书本的办法。父亲虽固执，却不保守迂腐，坚持让评梅进入学堂念书，而此时女孩子外出读书，还算风气之先。

父亲对石评梅的影响巨大，她在《归来》一文中便深情地描述了这样一番情形："父亲穿着白的长袍，站在那土丘的高处，银须飘拂向我招手；我慌忙由驴背上下来，跑到父亲面前站定，心中觉得凄梗万分，眼泪不知怎么那样快，我怕父亲看见难受，不敢抬起头来，也说不出什么话来。父亲用他的手抚摸着我的短发，心里感到异样的舒适与愉快……"

1912年9月18日，孙中山抵晋考察路矿，在太原逗留三天。孙先生此次访问，是山西民国史上的一件重大事件，为此，太原所有在校学生都到新南门列队夹道欢迎。此时，正在女师附小读书的石评梅也在其中。她还与同学一起列队到太原海子边的"成立所"，聆听孙中山先生的演讲。但终究因年龄太小，又被热情的市民们挤在了外围，没有近距离见到这位历史伟人。

是年5月7日，当五四运动发生的消息传到太原，各校学生在海子边集会，声援北京学生的爱国行为，并宣布成立太原市大中学校学生联合会。各校相继罢课，走上街头示威。

此时，石评梅所在的太原女师校规森严，校方绝不允许学生参与类似的社会活动，为此学生们多次与校监及门卫发生口角。后来，学生们改变活动方式，转而在校写文章表达意愿，并张之于墙。石评梅同时提议创办一个刊物，作为发表意见的园地。这份油印刊物出版两三期后，便被校方查封，作为主要撰稿人和编辑的石评梅，也受到校方开除学籍的处分，只是念于她平时成绩优异，鉴于"才女"的名气，才免于此祸。

虽说此时已进入民国，五四后各种新思想、新思潮开始迅速传播，但"女子无才便是德"的老传统，仍在那一代人心里顽固地驻扎着。

太原女师毕业以后的出路在哪里？在当时无非是找个体面的人家出嫁，受过良好教育且个性鲜明的她哪能心甘情愿，于是选择了继续深造，将来自食其力的路子。此时，父亲已近七十，百年之后，作为续弦的母亲在家族中的命运让她甚是担虑，她走这条路，一半也是为了母亲。她在日记中写道："母亲在这清静的夜幕下，常常弹弄着凄切的声调，常使我在一夜枕上，流许多伤心泪。"后来，她在多篇文章中深情地提到了自己的母亲。可在那个时代，女子求学之举谈何容易，就连石评梅的亲友也多认为："一个女孩子，中学毕业就可以了，何必费劲的深造呢！"然而在开明父亲的支持下，她坚持要到北京求学，因为那里毕竟是五四运动的策源地。

1919年8月，已是"七月流火"的太原，市民们的日子过得同往常一样，看上去没有什么变化，刚刚发生的五四运动，只在学界产生过不小的波澜。这时，十八岁的石评梅梳着一头短发，提着藤编小箱，挥别了月台上送行的亲友，沿正太铁路只身前往北京，去投考国立北京女子高等师范学校。

这年10月，胡适先生陪他的老师杜威来太原后看到的景致是这样的："街上路灯柱上都贴着黑底白字的格言，如'公道为社会精神，国家元气'，'公道森严驾富强而上之'，'天下具万能之力者，其惟秩序乎'……有许多条都剥落模糊了。"圣谕广训式的说教似乎与五四运动之前、辛亥革命之前没有什么两样，这多少让包括石评梅在内的年轻人感到了沉闷，感到了窒息。

车窗外流动的风景，勾起了这位才女的无限遐思，她想到了亲人，"父母在，不远游"，年事已高的父亲、忍辱负重的母亲，都需要她在身边予以照顾呵护，想到这里，她的眼圈不觉又潮湿起来。她还想到了同学，那些朝气蓬勃、叽叽喳喳的女孩子，还想到了那些整天绷着面孔、为人师表的老师们。到达北京后，又会遇到什么样的同学、什么样的老师，并发生什么事情呢？憧憬中带出了几分莫名的惊恐。

抵京后，石评梅本想报考北京女子高等师范学校的国文科，以便将来做一名国文教师，从事心仪的文学创作，但当年女高师国文科不招生，数理化她又不愿报考。假如明年再来，岂知节外生枝会发生什么，她可是一只飞出笼子的小鸟，再者，她觉得自己的国文已有了一定根底，以后仍可走自学的路子。于是就临时改报了体育科，成了该校体育科的第二届学生。由于当时男女不同校，招收女生的学校仅此而已，别无选择。

位于北京西城的国立北京女子高等师范学校，原为光绪二十四年（1898）设立的京师女子师范学堂。是国内建立最早的女子师范学院，校址设在原斗公府旧址。1919年，学校改称国立北京女子高等师范学校，1924年，又改为北京女子师范大学。

从闭塞的娘子关内来到全国的文化中心——北京，是石评梅一生的重要转折。时值五四运动不久，新文化、新思潮方兴未艾。就文学革命而论，鲁迅等已发表了一系列新文学作品，白话文已开始取代文言文。封建旧道德、旧礼教受到强烈冲击，民主与科学已成为思想进步青年心目中新的旗帜。在这里，虽有远离父母的孤独，但又因找到了不少的同路人而倍感兴奋。在新思潮的影响下，石评梅一方面在女师勤奋学习课业，一方面开始写诗与散文，向各报刊投稿。1921年12月20日，石评梅的诗歌《夜行》在国立山西大学新共和学会会刊《新共和》第一卷第一号上发表，这是迄今为止发现的石评梅最早的一首诗。

> 凉风飒飒，
>
> 夜气濛濛，
>
> 残星灿烂，一闪一闪的在黑云堆里，
>
> 松柏萧条，一层一层的在丛树林中。
>
> 唉！荆棘夹道，怎叫我前进？
>
> 奋斗呵！你不要踌躇……

五四之后，青年人的彷徨徘徊心理是这一时期文学作品的主流，石评梅也不例外。心理上的豁然自由，却增加了这种迷惑度。这一时期，旧的偶像被推倒，新领袖的威信尚未建立起来，信仰上属于真空期。

女高师读书期间，她结识了后来成为著名作家的冯沅君、苏雪林等人，并同庐隐、陆晶清等结为至交。此间，她们常常一起开会、演讲、畅饮、赋诗，所谓"狂笑，高歌，长啸低泣，酒杯伴着诗集"，甚是浪漫。尽情分享着精神解放的快意。也正是在此"浪漫"中，她们一同闯入了文学的门槛。石评梅此时开始在《语丝》《京报副刊》《晨报副刊》《文学旬刊》《文学》等报刊上发表散文、诗歌、小说、剧本，在文坛崭露头角。

邵飘萍欲扩充《京报》副刊，囿于人力不足，资金匮乏，遂萌生借助社会力量办刊的念头，未几，登出广告招募之。北大学生欧阳兰等人为争取主编《京报·妇女周刊》，组织了"蔷薇社"，因此前石评梅在《京报》副刊多有诗作发表，与邵有过交往，便请其出面接洽交涉。

得知来意，邵先讲了屡遭封馆、通缉、坐牢等等一路办报之坎坷，试探石评梅对时政的看法，其不讳道："积弊日久，欠债愈多，作为喉舌，报纸不去抨击，谁去抨击？报纸不替民众说话，谁替民众说话？邵先生，您做得极对，我十分佩服。不过，我们几个，才疏学浅，当然不敢效董狐之笔，步邵先生的后尘。但是我想，在邵先生的指导下，总不至于给《京报》抹黑的吧？"邵颔首微笑："如果办《妇女周刊》，不知石女士有何想法？"石评梅侃侃陈词，认为《妇女周刊》就是要唤起女界大众去创造新生。邵为之动容，随即答应由"蔷薇社"承办《京报·妇女周刊》。嘱咐石评梅可将方才的讲话，作为《妇女周刊》的宗旨，拟一份发刊词。一周后，《妇女周刊》问世。一时间，成为女界之舆论喉舌、新时代女性言论消息之总机关。

此后，发生了震惊中外的"三一八"惨案。惨案翌日，邵赴女师大，为烈士刘和珍拍照，遇石评梅后向她约稿，其连夜赶写了《血尸》一文，控诉此次暴行。一个月后，邵因"宣传赤化"殉难。石评梅含泪撰写悼文，谓"联军进京，我们更是俘虏。邵先生便背上'赤化'，在天桥被枪决了。《京报》从此永别了！可如今我还觉得《京报》是最能反映青年思想、民众愿望的"。

庐隐原名黄淑仪，又名黄英，福建闽侯人。1919年以插班生资格入女高师第一级国文科第一班学习。所以，她虽与石评梅同时进校，却高一级。陆晶清原名陆秀珍，白族，1907年12月17日出生于云南昆明一个古玩商家庭。陆晶清从小对诗歌有浓厚兴趣，她是1922年考入女高师国文科的。除此之外，石评梅还结识了一位对她性格产生了深刻影响的男性朋友——吴天放。

原来，石评梅的父亲担心涉世不深的爱女在北京会人生地疏，遭遇险诈，于是临行前写信托付于在京友人，而那位友人又将此任转托给了山西同乡、时在外交部做职员的吴天放。

吴毕业于北京大学，爱好诗词，作品散见于报刊。共同的爱好引来了共同的话语，当时，吴天放会经常到学校看望石评梅，石评梅遇到什么不懂的问题，也乐意请教于他。对于情窦初开的女孩，这样的交往充满了憧憬与梦想。就这样过了几个月，在一个冰雪严寒的一天，她终于鼓起勇气，到吴在禄米仓胡同的公寓进行了一次不期而遇的造访。

但当她兴奋地敲门而入时，眼前的一幕使之全然惊呆了。

公寓内吴天放正与孩子们嬉戏玩耍，身旁则立着一位少妇。石评梅呆呆地站在那里，心里什么都明白了，但却颤抖着什么也说不出来。一场误会或骗局终于被揭穿，原来吴天放已有家室，且已结婚八年。在这之前的相处中，吴天放只字未提家室之事，她则一直被蒙在鼓里，此时的石评梅流泪黯然退出。

此次造访，似乎要把她所有的理想撕碎。后来她写了散文《葡萄架下的回忆》，描述了当时的心境：

> 在虚伪冷淡的社会里，谁人肯将他心上的一滴热血付与人！可知道在充满着灰尘的世界上，愉快都是狡黠的笑声，所以我宁愿多接触一点浑厚温和的自然界：安慰这枯燥的生活，我不愿随风微愿，在那满戴假面具的人群里讨无趣！

如果说《夜行》是从学校到家庭单调生活的浅象，是对人生的浮表认识，那么，从此开始，她的文学作品便进入了一个思考期，人生理想与现实强烈反差下的思考期。

在爱情上，一方面她爱得那么执着，一方面又爱得那么痛苦。感情与理智，爱欲与道德，时时在内心交战，但终未能冲破自己筑起的藩篱，实现自我超越。体现在诗文上则是一种冷艳风格。她的爱情文字，带有浓厚的回忆和反思色彩。回忆和反思，使其抒情变得更加缠绵悱恻而又深刻隽永。在石评梅笔下，人们分明读到了一颗悲痛欲绝且悔恨不已的心，在孤寂凄苦中，独自追踪着、演绎着、咀嚼着那美丽而又痛苦、不堪回首而又永远难忘的尘梦。这样的冷艳有社会的因素，但初恋带给她的痛苦，是更直接的原因。

已将少女的痴心与热情早已毫无保留地献出的她，可谓欲罢不能，但吴的妻儿毕竟是无辜的，尽管吴天放仍在不断地纠缠着，声泪俱下，请求她答应永远做自己的好友，但评梅不忍成为带来痛苦的罪人，于是狠心地断绝了与吴的来往。但伤痛却永远留在了内心。

她原本是一个活泼热情的女孩，至此之后，常笼罩在一种"说不出的悲哀"之中，一个天真烂漫的纯情少女从此变得忧郁而伤感。

1920年的一天，山西驻京同乡会在位于宣武门外下斜街的山西会馆开会。为解心中郁结，平时仅限在同学圈内活动的石评梅，此时也强作欢笑地到场了。

会馆是外乡人在本地的家，是远方乡愁的慰藉。明清以来，由于晋商事业的成就，而使山西会馆遍布全国，仅北京一地就有山西人创办的会馆三十八家，而清末北京共有会馆四百多所，山西籍的会馆占到总量的近十分之一。下斜街山西会馆则是面积最大的一家。前清时，包括石评梅父亲在内的晋籍举子进京赶考，皆住此馆。每至喜庆节日，馆内必是熙来攘往。异地他乡，难免有思亲怀旧之感，于是，一台梆子戏便将人带回到了遥远的故土。

会馆的建筑美轮美奂。此时，深陷忧伤的石评梅哪里还有心思欣赏这些。

可就在这时，她在此结识了一位著名的人物。

二、生死之恋

位于北京宣武门外下斜街的山西会馆内，一间大厅里黑压压地坐满了人，人群不是为听梆子戏而来，此时一位青年正在演讲。这位青年虽说消瘦，脸色还有些苍白，却满是英气，演讲的声音不很高，语调不很快，却掷地有声，坚定果断。石评梅赶紧找了把凳子坐下，向身边的人打听，知道他就是京城学界的知名人士高君宇。

高君宇，光绪二十二年（1896）出生于山西省静乐县峰岭底村。原名尚德，字锡山，号君宇，别名天辛。其父高佩天，1906年参加中国同盟会，早年以教书为生，后辞教回家经营家业，兼行医治病。

1916年，高君宇从山西省立一中毕业后，考入北京大学理科预科班学习。高君宇到北大后继续关注着社会问题，由于对封建专制的愤懑，受新文化运动的影响，很快成为思想激进的青年领袖。五四时，高君宇深感国事维艰，积极投身其中，曾与许德珩、匡互生等学生代表率先冲进赵家楼。5月6日，北京中等以上学校学生联合会成立，高君宇作为北大代表，参加了学联的领导工作。这期间他曾赴津发动抵制日货运动，到太原联络学生同志。不久高君宇参加讲演团，加入学生社团，办刊物，做讲演，组织学生与当局发动斗争，并很快成为学生社团中的骨干人物。

1920年3月，高君宇参加了北京大学马克思学说研究会。在此期间，共产国际远东局派维经斯基来华了解中国革命的情况，帮助开展建党工作。高君宇和李大钊等人曾与维经斯基进行过几次座谈。同年10月，继上海共产主义小组成立之后，李大钊在京建立了北京共产主义小组，高君宇成为山西籍的第一个共产党人。同时，高君宇还组织参与了北京社会主义青年团成立活动，被选举为北京社会主义青年团书记。

高君宇关于科学、民主、自由问题的演讲，或谈时局，或谈救国拯民之道，其间不乏睿智火花，自然给石评梅留下了深刻印象。散会后，她走到高君宇身旁，结识了这位令其仰慕的青年。此后不久，石评梅出于同乡之谊，给高君宇发去一封礼节性的问候信。不想写信者无心，收信人有意。高君宇开始在《京报》等报刊上留意这位才女发表的文字，那笔端流露出的哀痛，蕴含着一种抗议人世不公的勇气，令高君宇十分的敬慕。

此时，构架在他们之间的，已不仅仅是一种淡淡的友情。高君宇态度的渐变，生性富于感情的石评梅，对此岂能无动于衷。她曾在日记中写道："我不幸有W君伤心之遭运，奈何天辛偏以一腔心血溅我裙前？人生岂真为苦痛而生耶！"此时高君宇已坦然告诉她，在乡下有一个父母包办婚姻的妻子，自己选择的是一条危险的政治道路，自己还患有当时难以治愈的肺病。他猜想，之所以评梅不接受他的示爱，主要是基于婚姻方面的原因，因为石评梅说："宁愿牺牲个人的幸福，而不愿侵犯别人的利益，更不愿拿别人的幸福当作自己的幸福。"

1921年4月15日,石评梅致信高君宇,倾吐了她思想上的彷徨。高君宇次日即回信,帮助她分析青年之所以普遍感到烦闷,就在于社会制度的不合理,"所以我就决心来担负我应负改造世界的责任了。这诚然是很大而繁难的工作,然而不这样,悲哀是何时终了的呢?我决心走我的路了";"我很信仰一个制度,青年们在现在社会享受的悲哀是会免去的——虽然不能完全,所以我要我的意念和努力完全贯注在我要做的'改造上'去了。"信中鼓励石评梅"积极起来,粉碎这些桎梏","被悲哀而激起,来担当破灭悲哀原因的事业,就成了奋斗的人"。

与高君宇的交往带来了思想上的转变。石评梅在校期间,写下了一部反映反封建精神的六幕剧《这是谁的罪?》。她所在的北京女子高等师范学校常常召开游艺会,排演各种节目,这个剧就是应同级级友会演出的急需,用了两夜时间匆匆赶出的。

剧情大致如此:留美学生王甫仁、陈冰华毕业之时,打算回国效力。他们认为改良社会,应从解决家庭问题入手,而首先要做的是婚姻自由。为此,他们私订终身,准备回国后组建家庭。不料回来后,王的父亲已为儿子订了婚,正准备择日完婚,王不敢违命,"依然敌不过环境的软化",结婚了。为践前约,陈冰华在王甫仁新婚之日,毒死了新娘。第二年,就在两人行将破镜重圆之时,陈冰华服毒自杀了,王甫仁痛苦不堪,也随之同归于尽。

剧本于1922年4月在《晨报副刊》连载时即引起关注。这部剧并不十全十美,当时就有评论指出过其在情节、性格描写上的不足之处,但其上演仍轰动一时。

一转眼，四年的学业就要结束了，鉴于"学生毕业之前做一次社会旅行"的规定，1923年5月下旬至6月下旬，石评梅与体育系十二人、博物系十四人组成"女高师第二组国内旅行团"南下考察，石评梅考察的是这些地方的教育状况，作为以后从事教育工作之借鉴。在青岛参观日本青岛高等女子学校时，她对中国学校体育教育的落后有了深刻感受。她们沿京汉铁路，经保定、武汉、南京、上海，从青岛、济南返回北京。返校后，石评梅撰写了一篇五万余字的长篇游记《模糊的余影》。这次旅行是愉快的，至少在此期间，她暂时忘却了现实中的一些烦心事。

同年，石评梅完成学业，走出女高师"红楼"。毕业之后的选择同样令她犯难。女高师校长许寿裳先生计划留她在母校服务，而此时曾在该校担任过体育部主任、后为北京师范大学附中校长的林砺儒先生也在为该校物色女子部学级主任。该校自成立女部以来，一直没有合适的主任人选。为支持林先生的工作，许校长郑重推荐了石评梅。

从此，石评梅便担任起了北师附中女子部学级主任一职，除此之外还兼任体育和国文教员，后来还在春明女校、女一中、若瑟女校等处兼任教员和讲师。

位于厂甸的北师大附中从1921年开始男女同校。在封建传统思想依然顽固的当时，敢于冲破旧礼教，实为一件大事。但男女虽同校，却要分部编班。男女同校，女生应如何管理，"若指导不善，恐将成祸水"。这样的命题，在当时看来，十分的重大。石评梅担任女子部学级主任伊始，即采取理智指导、真情感化的管理办法，使学生心悦诚服地接受了规则约束。不出一月，女部就有了起色。校长林砺儒曾评价道："开学后返校，同事者告余曰：今年新教员多得人，而尤以女子部主任石先生为杰出。""她到校，上下翕然称服。女生曾多至四年级，事无巨细，悉由她任之；间有所商榷，施行结果每优于先所预期。余自是始化疑为乐观，渐至不费心力而安享其成。""请她为学校做事，她都能爽快地担任，决不扭捏，而且该她做的事，也用不着人请，自己就负责干了，遇事则不计较利害，更不会猜疑别人。"

石评梅的教育管理浸透一个"爱"字，与学生相处，形同姊妹。她曾说："我从前常常是不快活的，后来我发现了她们，我这些亲爱的小妹妹，我才晓得我太自私了。我最近读着一本小说，叫作《爱的教育》，读完之后，我哭了。我立誓一生要从事于教育；我爱她们。我明白了我从前的错误。"所以在教学上她是无时无刻不在想尽方法，使学生有所受益。她平时担任的教学课时很多，但无论怎样忙碌，从未对学生的课程敷衍过，常常在深夜里为学生批改作业，第二天一早又到学校上课去，由此受到学生的爱戴和同仁的尊敬。

校长林砺儒对其教学主张表示赞许，并在以后的工作中给她提供了很大帮助。林砺儒，广东信宜人，留日学生。他试行的"六三三"学制，将原来小学七年、中学四年改为了小学六年，初、高中各三年，这一学制一直沿用至今。

北师附中教工宿舍由荒庙改建而成，外院是男教员宿舍，内为女教员所有。石评梅以女孩子特有的细致，将其布置得干干净净、整整齐齐，并为宿舍起了个"梅窠"的雅名。从此，这里成为以文会友的处所。庐隐曾回忆过在此的经历："那时是柴门半掩，茅草满屋顶的一间荒斋。那里有我们不少浪漫的遗痕，狂笑，高歌，长啸低泣，酒杯伴着诗集，想起来真不像个女孩子家的行径。你呢，还可加个名士文人自来放浪不羁的头衔；我呢，本来就没有那种豪爽的气魄，但是我随着你亦步亦趋地也学了喝酒吟诗。"对于评梅而言，这是一段短暂而美好的浪漫经历，那个时代，自食其力对于一个女性是多么的不易。后来，教员宿舍撤销，林砺儒便让石评梅搬到了自己家居住。

那时的石评梅，面色红润，皮肤稍黑，戴一副没有边框的近视眼镜，穿白衣黑裤，埋头走路，且步伐很快，浑身充满活力。

自石评梅的长篇游记《模糊的余影》连载于1923年9月4日至10月7日的《晨报副刊》后，不想引起高君宇的朋友对二人关系的种种议论。

原来，历来描述西湖的文章浩若烟海，石评梅也想写，但苦于无从下笔，正所谓"熟悉的地方没有风景"。正在此时，她接到高君宇的来信，信中恰也谈到了这一难题，于是，她便在《西湖的风景》一文中写道："我的心异常的懦弱，竟使我写不下去。这时候我接到君宇的一封信，他这信是和我谈风景的，中有一段和我现在濡毫难下的情形相同。"对于这些传言，她感到极度恐慌和不安。于是给高君宇写了一封信，对文章未征得同意而擅自引用之事表示歉意。对于外界的追问，她本人"一点也不染这些尘埃"。高君宇则认为青年人应该是直爽的，认为她是回避自己一颗赤诚之心。而石评梅则劝他"移一切心与力专注于自己企望的事业"。

其实，高君宇对自己的事业一直很专注。1921年5月，他受中共党组织的指派，从北京回到山西，组建了太原社会主义青年团。1922年1月，又作为中共代表，与王尽美等人参加了在莫斯科召开的远东各国共产党及民族革命团体第一次代表大会。同年7月，在中国共产党第二次代表大会上，他被选为中央执行委员。会后，根据党组织的决定，高君宇协助蔡和森一起筹备出版了党中央的机关刊物《向导》。

8月，中共中央在杭州召开特别会议，高君宇与陈独秀、李大钊、张国焘及国际代表马林，翻译张太雷出席会议。马林根据共产国际的指示，提议中国共产党党员以个人身份参加国民党，至此拉开了第一次国共合作帷幕。经过讨论以后，高君宇等同意马林的意见，会议原则上通过了上述决议。回到北京以后，根据党组织关于国共合作的决议精神，高君宇与李大钊等在北方领导国民运动。9月，出席上海社会主义青年团组织的纪念国际少年日大会，并发表演讲。1923年2月7日，在长辛店指挥京汉铁路大罢工，领导过京汉铁路工人大罢工运动。5月1日，组织召开了北京各界纪念五一劳动节大会，并发表演讲。11月，经他的努力，把被阎锡山查封达一年之久的山西《平民》周刊移至北京复刊，且亲任编辑。其间，他还撰写了《"到自由之路"究竟在哪里》《读独秀君〈造国论〉底疑问》《江浙战争与外国帝国主义》《工人需要一个政党》等一些针砭时弊的文章。

在《平民》复刊号上，高君宇特向石评梅约稿，石评梅则投了一首诗：

　　烟雾弥漫，

　　波涛汹涌。

　　青年的舵工呵！

　　小心操着你的船儿

　　驶向人类希望之岸。

自山西会馆相识，已三年有余，怎么会"一点也不染这些尘埃"呢？1923年10月15日，高君宇又提笔给石评梅写了一信：

自是之后，我极不由己的便发生了一种要了解你的
心。……三年直到最近，我终于是这样提悬着！……我
所以仅通信而不来看你，也是畏惧这种愿望之显露。
……我何以有这样弥久的愿望，像我们这样互知的浅
鲜，连我自己亦百思不得其解。

正在此时，挚友庐隐放弃了独身主义，与郭梦良结婚，这一消息
给了她不小的震动，而郭梦良在原籍也有家室。她的心里极其矛盾，
这种微妙从这首充满女性主义的新诗《别后》中，可见一斑：

忆哪！
黑云阴森的夜景，
光明的烛珠在沉沉的幕下燃着！
银涛起伏中，
载着幸福之航船去了！
那时我忍了一时悲哀，
一松手把幸福之楫抛去；
人间的失望
成了群中的遗物！忆哪！
清风飘荡着花香，
皎月彩映着人影，
旧痕永镌呵！
那时我忍了一时悲哀，

212

把系在枯枝上的心摘下，

埋在那白云笼罩的红梅树下。

繁重工作使高君宇的身体不堪重负，病痛缠身，党组织决定送他
到京郊的西山疗养。此时正值深秋，满山枫叶让人产生了无尽遐想。
他顺手摘来一片，在上面题写了"满山秋色关不住，一片红叶寄相
思"的诗句，并寄给了石评梅。

两天后，石评梅收到了高君宇从西山寄来的信，打开信看了红叶
上的诗，自然是心潮起伏，感慨万千。初恋受挫后，她就给自己塑了
一层"独身主义"的保护膜，"在这烦恼嚣杂的社会里，不亲近人是
躲避是非的妙法"。她能承受这片红叶的挚情吗？

我伏在案上静静地想，马上许多的忧愁集在我的眉
峰。我真未料到一个平常的相识，竟对我有这样一番不
能抑制的热情。只是我对不住他，我不能受他的红叶。
为了我的素志，我不能承受他，承受了我怎样安慰他；
为了我没有一颗心给他，承受了如此忍心欺骗他。我即
是不为自己设想，但是我怎能不为他设想。

与吴天放分手后，石评梅虽在理智上做到了狠心绝情，然在感情
上又无法把心收回，而吴的忏悔更使她难以忘情。这种矛盾使她不敢
也不忍收下这枚红叶。于是，她又在红叶的背面写了几个字："枯萎
的花篮不能承受这鲜红的叶儿。"并回寄了过去。此时，痴情的石评
梅仍未从初恋的阴影中走出，那次伤害留下的伤疤实在是太深了。

收信后，高君宇为此极度伤心。但仍不死心，认为横亘在他们之间的唯有他目前的婚姻状况，于是便向石评梅表示，决心解决掉这桩包办的婚姻。但石评梅再次表示，因自己而毁掉他人的家庭，会给对方以无限痛苦，这恰是她所不愿看到的，于是劝其万不可造次。而高君宇则认为，他本人也是这场不幸婚姻的牺牲品。"我心已为之利箭穿贯了，然我决不伏泣于此利箭，将努力去开辟一新生命。"

拒绝红叶后的石评梅也处在极端矛盾与痛苦之中。一方面，她认为"不能使对方幸福比自己得不到幸福更痛苦"，并因此而狠心绝情；另一方面，又仿佛亲见了高君宇的失望与受伤般被歉疚、不安和自责缠绕着。

在这样的风雨凄迷里，家乡来信又说石评梅的童年好友吟梅因爱情不幸，染病身亡。这双重的打击使病魔乘虚而入，她终于被击倒了。病中的石评梅新愁旧恨纠结一处，使她更觉人世的黯淡和凄凉。

这一病，石评梅在床上躺了四十多天。而此时她正借住于西城区辟才胡同南半壁街13号的校长林砺儒家。一天，她的病情忽然加重，三个小时不省人事，护理人员连忙将高君宇找来。后来石评梅回忆那天的情形时说："我醒来，睁开眼，天辛跪在我的床前，双手握着我的手，垂他的头在床缘；我只看见他散乱的头发，我只觉他的热泪润湿了我的手背。这时候，我才认识了真实的同情，不自禁的眼泪流到枕上。"

1924年5月，一个狂风暴雨的夜里，忽然来了一个异装的不速之客。这位不速之客正是乔装后的高君宇，他因躲避北洋政府的追捕，连夜赶来送药方，并与他眷恋日久的评梅作别。她在《狂风暴雨之夜》一文中追述了当时的情景：高君宇用日记本上扯下来的纸，以英文写了 Bovia 这个词留给评梅，作为以后联系的用名，还说他最喜爱这个名字。这个词原意为强有力者，后来译文用了"波微"二字。从原意看，是鼓励评梅做一个坚强的人；从中文字面看，又有情投意合而欢畅流波之意。此后她便开始用此名与高君宇书信往来。石评梅后来写文章回忆说："杏坛已捕去了数人，他的住处外尚有游击队在等候着他。今夜他是冒了大险特别化装来告别我。"他则劝石评梅"不要怕""没要紧""就是被捕去坐牢狱他也是不怕的，假如他怕就不做这项事业"。这件事对石评梅的印象颇深。

原来，5 月 21 日清晨，住在北京腊库胡同 16 号的高君宇，起床后正在洗漱，忽听院内一阵嘈杂，似有拉枪栓的声音，且向张国焘所住的北屋冲去。这时他意识到出事了，于是迅速拉开抽屉，把身边的文件浸入脸盆揉烂，再倒入痰盂。只见张国焘夫妇束手就擒后，军警们开始满屋翻腾，忽然，哗啦一声，一盒现洋倒落在地，院内站岗的军警听到这般诱人的声响后便一齐奔向了北屋。这时，高君宇乘机闪入隔壁的厨房，摘掉眼镜，脸上抹了灰，提了菜篮，装作厨子混出了门。

此事的起因是这样的：北洋政府在汉口抓捕了京汉铁路总工会委员长杨德甫。杨被捕后即变节，供出了北京全国铁路总工会的负责人张国焘，而此时，高君宇与张国焘同院。高君宇逃离后，辗转躲进了苏联大使馆，于是便有了雨夜探访的一幕。

一直以来，高君宇总认为，阻止其与石评梅关系进一步发展的主要障碍，是他目前的婚姻状况，于是便下决心将这场延续了十年、名存实亡的婚约做个了断。于是，百忙中危机中的高君宇还是回到了他的老家。当他对妻子及双方家族说明维持这一不幸婚姻的利害后，得到了几方的谅解，合情合理地解决了此事。然后乘人不备，甩掉了盯梢者，夜抄小道潜回太原，并在铁路工人的掩护下，离开太原，南下广州。

而在此期间，高君宇在太原还与高长虹、高沐鸿等人商量成立团体、创办刊物之事，但终因志不同而道不合。高长虹是位自由主义者，与高君宇信仰的共产主义格格不入。高长虹曾说，"在这年暑假中，我在一个地方遇到他了"，他即指高君宇。

8月，在平定度暑假的石评梅收到高君宇寄自上海的一封长信。信中详细叙了他解决婚姻的经过。石评梅知道自己终究没有勇气回应高君宇的爱，这不只因为她早已心灰意冷，因为忌怕世俗的议论，还因为高君宇所从事的事业。"以后，南北飘零，生活在奔波之中，他甚至连礼教上应该敬爱的人都没有了！"石评梅憎恨自己悄悄偷走了高君宇的心后，又悄悄溜走了。于是，石评梅回信道："我可以做你惟一的知己，做以事业为伴共度此生的同志。让我们保持'冰雪友谊'吧，去建筑一个富丽辉煌的生命！"

就石评梅对自己所从事事业的不理解，高君宇回信道："你的所愿，我将赴汤蹈火以求之；你的所不愿，我将赴汤蹈火以阻之。不能这样，我怎能说是爱你！从此，我决心为我的事业奋斗，就这样飘零孤独度此一生。"

到达广州后，根据党组织的安排，高君宇担任了孙中山的秘书。1924年10月10日，广州商团突然发动武装叛乱，袭击纪念"双十节"游行的群众队伍，残杀队伍中的革命人士。高君宇遵照孙中山的讨伐令，率领工团军与滇、桂、湘、豫、粤各军，仅用几个小时就干净利落地把商团的叛乱全部镇压了下去。胜利后复市的这一天，他特意选购了一对洁白如玉的象牙戒指，一只留给自己，一只寄给了石评梅；并给她写了长信："爱恋中的人，常把黄金或钻石的戒指套在彼此的手上，以求两情不渝，我们也用这洁白坚固的象牙戒指来纪念我们的冰雪友谊吧！或者，我们的生命亦正如这象牙戒指一般，惨白如枯骨？"

石评梅会和当初不接受寄情红叶那样，也不接受这枚象牙戒指吗？

1924年10月，第二次直奉战争爆发后，冯玉祥占领北京，并驱逐了仍在紫禁城且频频滋事的逊帝溥仪。北京政变后的11月13日，冯玉祥电邀孙中山北上，孙中山接受了邀请。高君宇则随之北上。

离京半年多的高君宇终于回来了，可由于劳累过度，又患上了咯血症，终于还是支持不住，旧病复发被送进了"德国医院"。那天，石评梅第一次来医院探望高君宇。他第一眼看见的便是她戴在手上洁白的象牙戒指，这让他心中不再凄凉，而是丝丝甜蜜。她终于接受了！

后来，这两枚象牙戒指一直没有离开他们的手。在课堂上，石评梅手上那枚白白的戒指格外引人注目，曾引起过学生们的诸多猜测。这是她身上唯一的装饰品。庐隐后来据此还创作了一部纪实文学《象牙戒指》。

石评梅每次探望高君宇，都会带来一束她心爱的红梅。一次，高君宇睡着了，石评梅便写了张纸条："当梅香唤醒你的时候，我曾在你的梦中来过。"但石评梅的心对他却不是毫无顾虑地打开的，背后似乎有种隐约的力量在不经意间牵扯着她。有次石评梅给高君宇一勺一勺地喂橘子汁，沉浸在浪漫绮思中的高君宇无意间询问了一句：

"世界上最冷的地方是哪里?"而石评梅一声"就是我站着的这地方",又把高君宇拉回到了惨淡的现实。他无言以对,只是凄惨地一笑,两厢沉默。

随后,还是高君宇先开口了:"我在医院里这几天,悟到的哲理确实不少,比如你手里的头绳,可以揣在怀里,可以扔在地上,可以编织成许多时新的花样。我想只要是头绳,一切权力自然操在我们手里,我们高兴编织成什么花样,就是什么。"他仍在启发着石评梅。

在医院的这段日子,对石评梅的顾忌和回避,高君宇是体恤而怜悯的。他知道压在评梅心上的负担太重,这里既有吴天放使她伤心的遭遇于前,又有世人的流言以及传统的束缚,她的自我谴责以及她多年来立志独身的决心于后,更有对他冒险的革命事业的担心。但他对石评梅的谅解越多,评梅心里的烦闷也就越重。

高君宇再一次对她表白了自己的心:"评梅,我是飞入你手中的雪花,在你面前我没有我自己。"又鼓励她起来和不如意的生命做斗争:"命运是我们手中的泥,我们将它捏成什么样子,它就是什么样子。"

这是高君宇病愈后的第一个晴天,他们相约雪后的陶然亭。万木凋敝,河湖冰封,进入这个肃杀岑寂式的清白世界,天地间仿佛只此一对恋人而已。两人边走边聊,高君宇此时心中升起了久未有过的惬意,心中满是欢乐和力量。他不怕前途多舛,只求上苍让他拥有足够的健康去帮助石评梅打开心结,最终赢得她的心。

陶然亭畔葛母墓旁,是一片背依树林、面临芦荡湖水的空旷雪地。高君宇和石评梅聊起在广州当孙中山秘书时和各军阀斗法的旧事,忽然一阵激动:"评梅,你看北京这块地方,全被军阀权贵们糟蹦得乌烟瘴气、肮脏不堪，只有陶然亭这块荒僻地还算干净了！评梅，以后，如果我死，你就把我葬在这儿吧！我知道，我是生也孤零、死也孤零……"

回来的路上，高君宇轻咳了几声，石评梅的情急于色又使他感到了些许安慰。高君宇一时心醉，在雪地上用枯枝画了两个字："心珠"。这是石评梅的乳名，他从来都不曾唤出过。石评梅回头看见了，问道："踏掉吗?"随即提足准备去擦，脸上挂着娇羞顽皮的笑。

病稍愈后的高君宇顾不得医生"须静养半年"的劝告，又南下奔波去了。1925年1月25日，高君宇在上海参加完中共第四届全国代表大会后返京，受周恩来的委托，路经天津时特意下车，看望了在中共天津地委妇女部任部长的邓颖超，并捎去了周恩来的一封求爱信，由此当了回红娘。

1925年3月1日，国民会议促成会全国代表大会在京召开，会议的宗旨是进一步推动国共合作。2日，参加会议的高君宇在吃饭时，突然感到肚子一阵疼痛，但并未在意，直至4日腹痛加剧，才被人送回在苏联大使馆的寓所，遂又转至协和医院。经诊断，为急性盲肠炎，这时的他已骨瘦如柴。

对于高君宇的病，石评梅一直被不祥的预感笼罩着，当她伏在形销骨立的高君宇床前时，不禁泪如泉涌。

3月6日深夜两点，高君宇终于安息在了病床上，结束了自己短暂而热烈的生命，留下了未竟的事业，未成的爱情。

入殓前，石评梅将一幅自己的照片，放入了棺木中的高君宇遗体旁，那枚象征着他们冰雪友谊的象牙戒指仍戴在他的手上。棺椁暂厝法华寺时，荒庙中泪人伴孤灯，守灵的石评梅曾几次昏厥过去。

从高君宇的遗物中，石评梅找到了当初那片寄情的红叶，上面字迹依然，只是已枯干褪色，裂了条缝。捧着这片红叶，石评梅心如刀割，悲天抢地："上帝允许我的祈求罢！我生前拒绝了他的，我在他死后依然承受他。红叶纵然能去了又来，但是他呢，是永远不能再来了！"高君宇的死，终于让石评梅献出了她的心，这不知是他的幸，还是不幸？

追悼会由好友赵世炎主持，李大钊、邓中夏等生前友好送了花圈，邓颖超等前往参加。石评梅因悲伤过度未能前往。她送的挽联写道：

> 碧海青天无限路；
> 更知何日重逢君。

石评梅把高君宇的墓地选在他曾亲自指给她看的地方，陶然亭畔葛母墓旁的那片空地。高君宇的白玉墓碑左侧，刻着石评梅手书的碑文：

> 我是宝剑，我是火花。
> 我愿生如闪电之耀亮，
> 我愿死如彗星之迅忽。
> 这是君宇生前自题相片的几句话，死后我替他刊在碑上。
> 君宇！我无力挽住你迅忽如彗星之生命，我只有把剩下的泪流到你坟头，直到我不能来看你的时候。

三、魂归陶然亭

自高君宇葬于陶然亭后，这里几乎每个星期日都会出现一个手捧鲜花的孤单女子身影，默默注视着那堆黄土，那块碑石，以及碑石上的文字。

石评梅此后写了十多篇署名波微的追忆文章寄托哀思。那些深情的诗文，弹拨出了她的悔恨和思念。其中的《墓畔哀歌》写道：

> 我爱，我原想追回那美丽的皎容，祭献在你碧草如茵的墓旁，谁知道青春的残蕾已和你一同殉葬。
>
> 假如我的眼泪真凝成一粒一粒珍珠，到如今我已替你缀织成绕你玉颈的围巾。
>
> 假如我的相思真化作一颗一颗的红豆，到如今我已替你堆积永久勿忘的爱心。
>
> 我爱，我吻遍了你墓头青草在日落黄昏；我祷告，就是空幻的梦吧，也让我再见见你的英魂……

但石评梅并未因此沉沦下去，悲痛之余，严肃认真地思考着社会与人生，遂对高君宇所从事的事业有所理解，精神也开始振作起来。1926 年，她在一篇日记里写道："我还是希望比较的有作为一点，不仅是文艺家，并已是社会革命家呢！"同年，她对朋友说，"像我这样人还有什么呢？我干教员再这样下去，简直不成了！我虽然不能接续天辛的工作去做，但我也应努力一番事业。你看，北京这样的杀人，晶清是革命去了，北京只剩下我了，暑假后我一定往南边去，让他们认识认识我评梅，做革命事业至少我还可多搜集点资料做文章呢！"有一次行装都已整理好了，只因教育界同仁的劝阻，以及母亲不同意，而未能成行。

在此之前，1924年11月，石评梅与陆晶清编辑出刊了《京报》副刊——《妇女周刊》。《京报》是邵飘萍于1918年10月5日在北京创办的一份报纸，因与时代紧密结合，注重评述政局、反对军阀统治、讲求新闻的时效性与真实性而闻名于世。《妇女周刊》是其二十三种副刊中的一种。1925年5月30日，上海发生"五卅惨案"，《妇女周刊》于7月1日第29号发表本刊编辑部特别启事，对"沪汉惨屠"表示愤慨之情。

《妇女周刊》深受鲁迅的关怀和支持，在《两地书》中多次提及《妇女周刊》与石评梅。1926年8月26日，鲁迅离京南下，石评梅曾至前门车站送行。鲁迅在当天的日记中就有这样的记载："三时至车站，晶清、评梅来送。"

1925年5月7日，母校闹学潮，时任校长杨荫榆决定开除刘和珍、许广平等六名学生，后又指挥军警阻止学生上街，酿成女师大惨案。石评梅目睹这一切，一怒之下以"毕业同学的身份"参加了学生与教育当局的斗争。同时在8月19日出版的《妇女周刊》第30号开辟"女师大风潮专号"。事后鲁迅曾为该刊专门撰写了《寡妇主义》一文。

1926年3月18日，北京各界群众在李大钊的领导下在天安门前召开国民大会，要求段祺瑞执政府拒绝日、英、美等八国提出的撤除大沽口国防设备的最后通牒，抗议日舰对大沽口的炮击。会后两千余人游行请愿，执政府出兵镇压，制造了骇人听闻的"三一八"惨案。

石评梅虽未亲自参与到执政府门前的请愿行列，但好友刘和珍不幸遇难，陆晶清也负了伤。第二天，石评梅即奔赴医院看望负伤的朋友。3月25日，又参加了女师大为刘和珍和杨德群召开的追悼大会，并于3月22日在《妇女周刊》发表《血尸》一文，25日发表《痛哭和珍》一文，悲愤指出："昨天的惨案，这也是放出野兽来噬人"；"你的血虽然冷了，温暖了的是我们的热血，你的尸虽然僵了，铸坚了的是我们的铁志"；"我也愿将这残余的生命，追随你的英魂！"其矛头直指段祺瑞执政府，并称赞刘和珍烈士是"中国女界健康的柱石"。这两篇文章的发表，甚至早于鲁迅那篇著名的《纪念刘和珍君》。

　　1926年上半年，石评梅又与陆晶清等编辑《世界日报》副刊《蔷薇周刊》。

　　"三一八惨案"、"济南惨案"、李大钊及邵飘萍的被害，使她越来越关注社会问题，思考高君宇的志向，由此也带来了文学作品的变化，这一时期的创作似乎已为悲哀找到了出路。1927年发表的小说《匹马嘶风暴》，已配得上是"革命文学"了，是这一时期石评梅的小说代表作之一。《红鬃马》则显示了她作品的新格调。

　　后来，陆晶清离京抵沪，石评梅独立支撑起了《蔷薇周刊》的编辑工作。

　　1927年4月12日，"四一二"政变发生。这日，中华共进会的大批流氓打手冒充工人袭击工人纠察队，军队紧随其后，借口"调解工人内讧"，强行收缴双方枪械，将两千七百名工人纠察队员全部解除武装，上海总工会被占领。政变后的第十八天，石评梅便愤然写下长诗《断头台畔》。

狂飙怒卷着黄尘滚滚如惊涛汹涌，

朝阳隐了这天地只剩下苍黑之云；

一阵腥风吹开了地狱紧闭的铁门，

断头台畔僵卧着无数惨白之尸身。

黑暗的宇宙像坟墓般阴森而寂静，

夜之帷幕下死神拖曳着长裙飘动；

英雄呵是否有热血在你胸头如焚，

醒来醒来呼唤着数千年古旧残梦……

    石评梅主编《妇女周刊》历时一年，出版五十期，其间为《妇女周刊》撰写了四十多篇文章，其中多数是谈及妇女问题的，并竭力宣扬妇女解放。她认为，封建礼教是残害妇女的罪魁祸首，主张女子应接受教育，要有经济和参政方面的平等权利。她认为，完美的新女性要有"高洁的人格和发育丰腴的肌肉"，应具有"充满学识经验的脑筋，禀赋经纬两至的才能"。这些今天看来仍不失为精确的理论，在当时的影响可想而知。

    除却办刊，石评梅把主要精力放在了教学方面，她以教好体育作为德育的门径，并促进智育的发展为理念，所教学生的体育学业成绩在男女生合计的一百多人里，占前二十名。她还自编了体育教材，改革了女子篮球攻防战术。由石评梅培养、训练出来的附中女子排球队，于1928年在清华大学举办的华北运动会上接连打出好成绩，夺冠呼声很高。《世界日报》于当年4月7日特刊登载记者报道，详细描述了她们战败燕大女校排球队的过程，称其为"足称巾帼英雄"。《世界日报》运动会画刊上还登有石评梅和附中女子排球队的合影。决赛那场，会务让石评梅做了记分员，而没有负责现场指挥。这场决赛，附中女子排球队以微小的差分败于京大女子文理学院的大学生排球队，获得亚军。赛后，附中队员们气得直哭，称裁判不公。石评梅却以"胜败乃兵家常事"的观念鼓励队员，劝自己的学生：你们是初中学生，争取下届当冠军吧。

石评梅对学生提倡平民化的教育。虽然当时读附中的女孩子多出自富人之家，却是栽花种树、打扫清除、打球体操样样都行，这与别的女校的学生形成了鲜明对比。

在国文教学方面，学校规定一星期作文，一星期发文，但为了让学生们能多练习几次，石评梅便要求她们每周作一次，这样一来，学生的写作水平自然提高了，老师的工作量则增加了一倍，于是她便需每每在夜深人静，批改删阅，谆谆教诲。一个体育教员教国文，实在是一件罕见之事，校长林砺儒便说过："石先生教国文，并不是因为没人教而叫她教；实在因为教育界中人百分之九十九个半是主张如此的。"以石评梅在当时文学界的成就，来劳神费力、不厌其烦地从事这样的教学工作，对于她所带的学生，实在是一件幸事。

石评梅曾对学生讲："要你们的作文有进步，除开课文上所学的外，必须还要多看些关于文学的书。"于是，她还将自己觉得对学生有帮助的几十册书捐给了班级的"图书柜"。

而在此时，另一名男性进入了石评梅的视野，他就是"狂飙文人"高长虹。

高长虹与高君宇同为山西省立一中的校友，高长虹迟两年入学，又半路离开了。高君宇考入北京大学后，高长虹也曾在北大做旁听生，不久后又回到了山西。所以他们是两度同学，且以"朋友"相称。1921年春，高长虹进入山西教育图书博物馆工作，跟已在那里工作数年之久的石评梅的父亲石铭先生同居一室，相向而坐。

高长虹的父亲高鸿猷为清末副榜举人，曾在天津杨柳青和河北昌黎县当过承审和代理知事。高长虹的老家在盂县西沟村，离平定县城不过四五十里，两家互相仰慕，早有来往。石铭在山西教育图书博物馆做事，缺少一名"书记员"，便举荐了朋友的儿子高长虹。

高长虹如敬父亲一样敬重石铭，石铭如器重得意门生一样把高当侄子看待。老少二人恰都嗜喝酒，公事之余，偶到街头饭店小坐，温一壶酒，边斟边谈。有时还把高长虹领到住处，促膝谈至深夜。石铭对高长虹的天分早已垂青，有意选他做自己的快婿，所以常把话题引到爱女评梅身上。他告诉高长虹，评梅十分聪明，十岁时就读过《红楼梦》《水浒传》，上中学时能一口气写六七百字的文章，且一个字也不用改；他告诉高长虹，评梅是一个淘气的女孩子，爱好自由，常跟教员打麻烦，因此曾被开除过一次；他还告诉高长虹，评梅受到娇惯，已是大孩子了，晚上被臭虫咬，还娇滴滴地哭。总之，事无巨细。

由此，高长虹与石评梅虽未相处却了如指掌。石铭还把这个意思告诉了石评梅，并多方夸奖高长虹多么有才。石评梅在太原读书时就听说过高长虹其人，知道高长虹是山西省立一中有名的才子；高长虹到山西教育图书博物馆做事后，石评梅回太原时曾与他见过面谈过话。

1924年9月1日，高长虹在太原创办《狂飙》月刊，掀起"狂飙运动"。所谓"狂飙运动"，就是要掀起一股猛烈的风暴，唤醒"睡着的、昏着的、躺着的、玩着的"青年乃至广大民众，无情地揭露和鞭笞社会的黑暗，以迎接社会的变革及光明。高长虹们浑身热血沸腾，敢于直面人生，将自己的真心话发表出来，直率而尖锐地抨击社会弊端，这在社会上引起强烈的反响。同年11月移师北京，在《国风日报》上出版《狂飙》周刊。此举引起鲁迅等前辈作家的关注。12月10日晚，高长虹初次拜访鲁迅，送去《狂飙》及《世界语周刊》。鲁迅热情接待，并告诉高"可常来谈谈"。显然，在鲁迅心目中，高长虹是一个不仅醒着的、要前进的青年，是一个"对于中国的社会、文明，都毫无忌惮地加以批评"的青年，是一个能够"大胆地说话，勇敢地进行，忘掉一切利害"的青年。鲁迅还在《野草》一文中评论高长虹的作品，说："《幻想与做梦》光明多了！"

父亲不仅当面夸赞高长虹，写信时，也会顺便称赞一番。聪敏的石评梅，对父亲的内心所想，自然心领神会。石评梅知道父亲喜爱的是高长虹，而她又极爱自己的父亲，不愿因违背父命而使他难过，这是她面对高君宇的苦苦追求时，难以决断的又一个原因。

高君宇于1925年3月6日逝世，高长虹统名为《给——》的四十八首"恋歌"，从6月1日开始在《语丝》等杂志发表，这绝不是偶然的。《给——》的第三十首写道：

> 你父把我像朋友待，
>
> 我待他如小丘待泰山，
>
> 我手采茵陈酿碧酒，
>
> 碧酒我如见你的容颜。

自古诗人爱少女，

少女纯真与憨戏，

臭虫咬破了嫩肉皮，

夜中学作小儿啼。

你父曾坐一儒官，

我父也曾坐知县，

门当户对我把你娶，

我是娇婿你是好妻房。

十岁时你曾授《红楼梦》，

五岁时我熟读《木兰歌》，

我爱你是奇女子，

你爱我是宝哥哥。

1925年7月5日，石评梅为排解高君宇逝世所带来的悲痛，决定回平定老家过暑假。回到家里，父母难免提到女儿的婚事，此时，自然少不了提及高长虹。

如果说吴天放的欺骗使石评梅陷入了无尽的悲哀的话，那么，高君宇的死，则使她完全走向了封闭。一次她在给朋友袁君珊的信中坦言："我第一次便交给了一个不能承受我心的人，又不幸这时我又逢见了不能爱我而偏要爱我的天辛。"在给林砺儒校长的信中，则说自己已经死了，只不过是"里死外活"的罢了。

她在《再读〈兰生弟的日记〉》中写道："我是信仰恋爱专一有

永久性的，我是愿意在一个杯里沉醉或一个梦里不醒的。假使我的希望做了灰，我便将这灰包裹了我的一生，假使我的希望陷落在深涧底，我愿我的心化作了月亮，永久不离地照着这深涧的。"

在此之前，高长虹还有过非礼行为，所以石评梅在给焦菊隐的信中指责高长虹"无理取闹太笑话了"。还写信直告高长虹，她将永不嫁人，所以高长虹在一篇文章中说自己这时"精神上受了一个大的打击"。自高君宇去世，石评梅便把自己的名字跟高君宇的名字紧紧联系在了一起，并决心过独身生活了。

然而，就在此时，有好事者说，《给——》是写给许广平的，因而引起了高长虹与鲁迅之间的一场争论，进而发生了决裂。这种说法，显然是不了解高长虹与石评梅之间的隐情。

石评梅当时已是北京女界有影响的人物，她也一直关注妇女运动，经常以各种形式的作品，塑造各式妇女形象，宣传自己的主张。1928年9月中旬，她完成了小说《林楠的日记》的创作。小说女主角林楠，因丈夫另有新欢而想到离婚，但又舍不得子女和正需服侍的公婆，她想到了走，甚至想到了死。男女若要平等，妇女必须经济上独立，这便是小说的立意。

1928年3月，石评梅从借住五年的林砺儒家迁出后，几经周折，最后搬到了西拴马桩街8号唐宅租住。十天后，也就是9月18日，她便生了病。此前在林家居住时，石评梅就常有身体不适的症状，一次在街上还晕倒过。

那天起床后，石评梅便感到有些不舒服，为不耽误学生的功课，她上午照常上课，中午赶到兼职的若瑟女师后，病情加重，已不能再上课，于是请假回家。推门进屋后，便一头跌倒在床上，从此再没有起来。下午6时，起初同事们以为是一般性的风寒，就请了位姓李的中医到家里来，后来不见好转，反倒愈来愈厉害了。由于石评梅的家人不在身边，大家商量着去住院，但她坚持不去协和医院。因为那里曾是她的伤心之地，三年前，高君宇就是在那所医院去世的。

19日，石评梅的病情加重，高烧中伴着呻吟，请来两名大夫都不能确诊。20日，送进了旧刑部街日本人开办的山本医院，至22日，仍未确定病症，这家医院对病人实在耽误得太多了，于是才由校长林砺儒决定，于23日乘她昏迷之时转到了协和医院，入院后立即做了腰椎穿刺，下午确诊为结核性脑炎。伴随着急促呼吸，又并发肺炎，她的病已十分危险。

30日，医治无效，在众人的呼唤中，一颗年轻的心脏就此停止了跳动。她与当年高君宇病逝的是同一家医院，且是同一间病房，同一个时辰。

她病逝后的第二天，师大附中特别放假一日，全体学生列队至协和医院为她送行。入殓时，棺中随葬了两样东西：一支钢笔，代表了她文学上的劳作，一只银哨，说明了她教学上的成就。

10月13日，师大附中举办"石评梅先生追悼大会"，全体师生及她的生前好友五百余人参加。10月21日，世界日报社、女师大学生会、春明女校、女一中、蔷薇社等多个社会团体共计三百多人在女师大再次举办追悼大会。

> 我在天辛的生前心是不属他的，在死后我不知怎样
> 便把我心收回来交给了他。我是重感情而轻物质的人，
> 所以我宁愿把我心，把我的爱情，把我的青春，和他一

同入葬……

　　1929年10月2日，友人们根据她生前曾表示的与高君宇"生前未能相依共处，愿死后得并葬荒丘"的愿望，将其葬于高君宇墓右侧，并又竖起一座四角白玉剑碑，碑面镌刻着"故北京师范大学附属中学女教员石评梅先生之墓"，碑基上镌刻着"春风青冢"四个篆书大字。墓穴是按照评梅家乡的规制挖筑的，陆晶清受死者母亲的嘱托，将一大红漆奁盒放入了穴中，这是一位花发母亲为女儿精心置办的嫁妆。

　　初秋时节，陶然亭那寥廓、萧森、凄清的背景下，上演了一出现代版的"梁祝"。陶然亭也从此与一段凄美的爱情故事联系在了一起。

　　石评梅是中国现代女性求独立、求平等、求解放、求自由的先驱，是在一个遮蔽的老屋内开启窗扉的抡锤人。她短暂一生的悲剧色彩，恰是那个时代妇女命运的应对，也是那个时代国家命运的映照！

后记

民国是一个时间概念，也是一个历史过程。民国带来一个时代，也带走一个时代，作为历史其太近，作为现实又太远。

民国之多姿，难以想象，何以然？王余光《民国出版史》序云："民国时期是距离我们最近的一段'大历史'，政局上的多变和文化上的多元，都有着与前朝后世不尽相同的状貌。"历史的记述具有选择性，皆以当下为参照系。历史的尺度，就是人文的尺度，作为历史演进中的镜像，那些故事被津津乐道的背后，或因当下的不具备，更衬托出其精彩。

有精彩者，必有黯淡者。知堂《灯下读书论》云："盖据我多年杂览的经验，从书里看出来的结论只是这两句话，好思想写在书本上，一点儿都未实现过，坏事情在人世间全已做了，书本上记着一小部分。"永远不明真相，永远热泪盈眶，还原历史，对于后叙者而言，需从不同的史料中分解分辨。任何一则史料，皆可从不同角度解读，史料未必稀见，而由此鲜活，然越熟悉、越密切，反越难书写。历料积累远超以往，取舍一难，早已熟知的重大事件的背后，有着深层的社会变革，解读自是截然不同，立场一难。

每个人都有自己的关注界限，有自己的认知盲点，其只在自己的界限内如身之使臂，臂之使指。史笔、史观、史识皆一流者，非大诗人、大学人、大哲人不能为，对于自己而言，是永久的奢望。陆陆续续写过几十万字有关民国的文字，所涉皆历史关节、人生片段、世相掠影，成文后时有补充，或添加，或拆解，甚至推翻。取舍何其重要，今人所思所想，民国人似乎都已表达，为我所用，且无痕迹，才算高明。既非亲历者，也非历史学者，注重史料的同时，尚需兼顾可读性。以自己的业余，挑战别人的专业，学之大忌。好在自始至终的业余心理，且出发点也非挑战。了解沿革、记录事迹、留存轶闻，用宏大叙事中多余的素材，做一点并不多余的事情，反映的多是历史关节、人生片断、世相掠影。既非一字一句都是历史，又都是自历史延伸而来，姑且称之为历史散文。有关历史，却非历史著述，此集所选，即"民国情事"主题下的摘录。所谓情事，是一张社会的心理地图，关注情事，本质是关注生命。整体运动加细节局部，齐美尔尝断言："现代生活中的最深层问题，源于在面对势不可当的社会力量时，个人要求保存其存在的自主性和个性。"在情事一途，这一矛盾尤为突出，恰也是精彩所在。

虽是新书，所收旧文。此前，北岳文艺出版社"格致文库"曾收录过《民国文事》《民国情事》二书，此次经过修订，再添一册《民国人事》，合并推出，于我而已，欣慰之事。这套书得以顺利出版，感谢社长郭文礼先生的大力支持，感谢责编关志英女士的辛勤劳作。

作　者

233